三國志

演義 삼국지연의

2

● ─ 일러두기

1. 이 책은 박문서관博文書館 판『현토삼국지懸吐三國誌』(모본)를 저본으로 한 정본 완
   역이다.
2. 본문 삽화는 명대 말엽 금릉金陵 주왈교周曰校본『삼국지통속연의三國志通俗演義』에
   서 발췌하였다.
3. 주요 등장 인물도는 청대 모종강毛宗崗본의 일종인『회도삼국연의繪圖三國演義』에
   서 발췌하였다.
4. 본문 중의 역자 주는 모두 세 종류로 나뉜다. 문장 중간의 단어를 설명하는 주는 괄
   호 안에 넣었고, 문장 전체에 대한 주는 문장 뒤에 밑줄을 그어 구별하였으며, 시문
   에 대한 주는 시 원문 밑에 번호나•표를 매겨 설명하였다.

김구용 옮김 나관중 지음

완역 결정본 《삼국지 연의》

②

三國
志
演義

솔

三國志 演義 ② 차 례

天生郭奉孝豪氣
冠群英腹内藏經史胸中隱甲
兵運謀如范蠡決策似陳平可惜
身先喪中原梁棟傾
　　醉経居士

곽가郭嘉

문추文醜

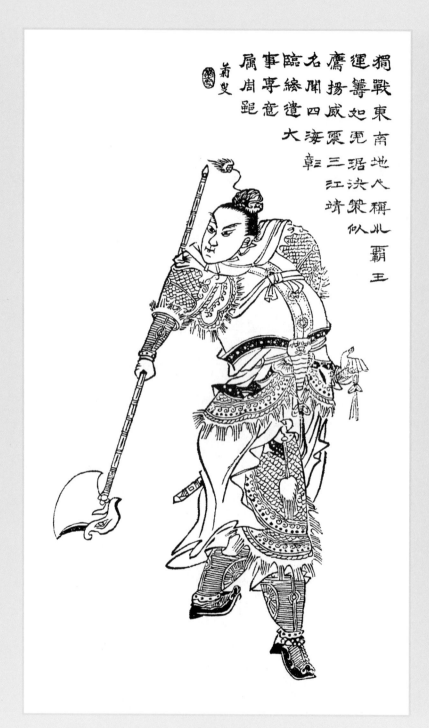

獨戰東南地人稱小霸王
運籌如虎踞決策似鷹揚
威震三江靖名聞四海彰
臨綜遣大事專意屬周郎

菊史

손책孫策

안양顏良

유비劉備

未有中原志 常懷繼嗣憂
聲名高八俊 安坐鎮荊州

英蘭

유표劉表

固
弐
世
之
雄
也
而

今
安
柱
弌

讀
未
見
書
齋
立

丞丞曹操

開疆展土夏侯惇鎗戟叢
中獻萬軍拔矢去眸枯一
目啖睛忠氣慘雙親

松濤

하후돈夏侯惇

【삼국시대 지도】

烏丸

高句麗

潘陽
昌黎   玄
    遼東   丸都

幽州   平壤
燕國 北京   樂浪
代郡 范陽   遼西 ▲碣石山
雁門
中山國   渤海   渤海
        馬韓
石家莊   冀州   弁韓
太原 鉅鹿   平原
鄴   青州
魏郡   濟南國 北海國
    東郡   齊國
河內 白馬   兗州   城陽
洛陽 官渡   濟陰 琅邪國
鄭州   陳留國 沛國   東萊
許   潁川   譙   下邳 徐州
    陳郡
            淮水
新野 豫州   揚州
襄陽 汝南   (壽春)   南京
    江夏   廬江 建業   吳郡 上海
荊州   廬江 長江   東中國海
南郡 武昌   江夏   杭州
武漢   會稽
赤壁   臨海
        鄱陽
    豫章
陽 長沙
廬陵   臨川   建安
湘東
桂陽 吳
                福州

交州 廣州

香港

南中國海

0 100 200 300km

184~202년 조조가 중원을 제압하던 시기의 지도

제12회

도겸은 세 번이나 서주를 양도하려 하고
조조는 여포와 크게 싸우다

조조가 정신없이 달아나는데, 남쪽에서 한 떼의 군사가 달려온다. 하후돈이 군사를 거느리고 구원 온 것이다. 이에 대판 싸움이 벌어졌으나, 밤중에 비가 억수로 내려서 각기 군사를 거두어 돌아갔다.

영채에 돌아온 조조는 자기를 위기에서 구해준 전위에게 많은 상을 주고, 영군도위領軍都尉로 삼았다.

한편, 여포는 영채로 돌아가서 진궁과 상의한다. 진궁이 말한다.

"이 복양성 안에 전田씨 성을 가진 부자가 있으니, 그 집안에서 부리는 동자 아이의 수효만도 천 명이나 되며, 성안에서 제일 큰 집을 가지고 있소. 그 전씨가 수하 사람을 보내어 조조에게 비밀 편지를 바치도록 일을 한번 꾸며봅시다. 그 비밀 편지 내용은 이렇게 쓰면 되오. '여포는 천성이 잔인 무도해서 성안 백성들은 모두 분노하고 있습니다. 이제 여포는 고순高順에게 복양성을 맡기고 군사를 거느리고 여양黎陽 땅으로 옮겨가려 하니, 밤을 이용해서 군사를 거느리고 성안으로 들어오십시오. 우리들이 성안에서 내응內應하겠습니다.' 이렇게 해서 만일 조조가 오거든, 성안으로 끌어들인 이후에 사방 성문에 불을 지르고 바깥에다 미리 복병을 두면, 조조가 비록 경천위지經天緯地하는 재주가 있대도 벗어나지 못할 것이오."

여포는 진궁의 계책대로 전씨에게 비밀히 명령을 내렸다. 이에 전씨는 사자를 조조의 영채로 보냈다.

조조는 첫번 싸움에 져서 어찌할 바를 모르는데, 수하 사람이 들어와서 고한다.

"복양성 안의 전씨 집 심부름꾼이 서신을 가지고 왔습니다."

조조가 밀봉한 서신을 받아 뜯어보니, 이렇게 씌어 있었다.

여포는 이미 여양 땅으로 떠나갔습니다. 성안이 비었으니, 속히 들어오시기를 천만 바라옵니다. 우리가 내응하겠으니, 크게 의義자를 쓴 흰 기旗가 성 위에 꽂혀 있거든, 암호인 줄로 아십시오.

조조는 크게 기뻐하며,

"하늘이 나에게 복양 땅을 돌려주심이로다."

하고 심부름 온 사람에게 많은 상을 주고, 군사들에게 출동 준비를 명령했다.

유엽劉曄은 간한다.

"여포는 지혜가 없지만 진궁이 꾀가 많으니, 혹 그들의 속임수에 빠질까 두렵습니다. 주공이 가시려거든 삼군을 3대로 나누어, 2대는 성밖에 매복시켜 일단 유사시에 대비하라 하고, 1대만 거느리고 들어가십시오. 그래야만 안심할 수가 있습니다."

조조는 유엽의 계책대로 군사를 3대로 나눠 거느리고 복양성 아래에 가서 보니, 성 위에 돌아가며 기와 번旛을 세웠는데, 서쪽 성문 모퉁이 위에 과연 의義 자를 쓴 흰 기가 있었다. 조조는 마음속으로 크게 기뻐했다.

이날 오시午時에 성문이 열리면서 두 장수가 군사를 거느리고 내달아 나와 조조에게 싸움을 건다. 앞서 나온 장수는 후성侯成이요, 뒤따라 나온 장수는 고순이었다.

조조는 전위를 내보내어 바로 후성과 싸우게 했다. 이에 두 장수가 싸운 지 불과 수합에, 후성은 전위를 대적하지 못하고 말을 돌려 성문으로 달아난다. 전위가 뒤쫓아가서 조교吊橋(들어올렸다 내렸다 하는 다리) 가에 이르렀을 때는, 고순도 막아내지를 못하고 다 성안으로 들어가버렸다.

이러한 혼란을 틈타서 성안의 군사 하나가 몰래 조조의 영채에 와서,

"저는 전씨의 심부름을 왔습니다."

하고 밀서를 바쳤다.

"오늘 밤 초경初更에 성 위에서 태징을 치는 소리가 들리거든 신호로 알고 즉시 군사를 거느려 오십시오. 그러면 성문을 열어드리겠습니다."

조조는 하후돈에게 군사를 주어 좌익을 삼고 조홍에게 군사를 주어 우익을 삼는 한편, 자신은 친히 하후연·이전·악진·전위를 거느리고 다시 복양성 아래로 간다.

이전은 말한다.

"주공은 성밖에서 기다리십시오. 우리들이 먼저 성안으로 들어가보겠소이다."

조조는 불쾌한 목청으로,

"내가 친히 가지 않으면, 군사들이 앞서가려 하겠는가!"

하고 맨 앞에 서서 나아간다.

이때가 초경이었다. 아직 달은 뜨지 않았다. 다만 서쪽 성문 위에서 소라를 부는 소리가 난다. 그러더니 갑자기 함성이 일어난다. 성문 위에

서 무수한 햇불이 요란스레 움직이며, 성문이 활짝 열리더니 육중한 조
교가 내려졌다.

조조는 말에 박차를 가하여 먼저 다리를 건너 성안으로 들어가, 곧바
로 관가官家 있는 데로 달린다. 그러나 이상하게 거리에 사람이 하나도
없었다.

"아뿔사, 속았구나!"

조조는 순간 속임수에 빠진 것을 알고 황망히 말을 돌리며 크게 외친다.

"속히 성문 밖으로 후퇴하라!"

그제야 관가 안에서 포 소리가 탕! 터지더니, 사방 성문에서 하늘을
찌를 듯한 불길이 치솟는다. 태징 소리와 북소리가 일제히 울리며, 강물
이 뒤집어지듯 바다가 끓는 듯한 함성이 진동한다.

동쪽 거리에서 장요가, 서쪽 거리에서 장패가 달려 나와, 조조의 군사
를 중간에 몰아넣고 마구 무찌른다. 조조는 정신이 아찔하여 북쪽 성문
을 향해 달아나는데, 학맹과 조성이 나타나 앞을 가로막는다.

조조는 다시 말고삐를 돌려 황급히 남쪽 성문을 향해 달아나는데, 이
번에는 고순과 후성이 나타나 앞을 가로막는다.

이 지경이 되자 전위는 눈을 부릅뜨고 이를 갈면서 마구 적을 시살하
며 나아가니, 고순과 후성은 감당할 수가 없어 성문 바깥으로 달아난다.

전위는 달아나는 적군을 뒤쫓아 닥치는 대로 시살하면서 조교까지
나왔으나, 돌아보니 조조가 보이지 않는지라, 황급히 몸을 돌려 다시 성
안으로 쳐들어가다가, 성문 아래서 마침 달려 나오는 이전과 만났다.

전위는 묻는다.

"주공은 어디 계시느냐?"

이전은 대답한다.

"나도 지금 찾는 중인데, 주공이 보이지 않노라."

전위는 부탁한다.

"그대는 속히 성밖에 나가서 우군을 이끌고 들어오라. 나는 다시 성 안으로 가서 주공을 찾으리라."

이전은 성 바깥으로 달려나간다. 전위는 다시 성안으로 쳐들어가서 조조를 찾았으나 찾지 못하고, 다시 성의 호濠 가로 나왔다가 마침 달려오는 악진과 만났다.

악진은 묻는다.

"주공은 어디 계신가?"

전위는 대답한다.

"나는 두 번이나 성안에 들어가서 찾았으나 주공을 뵙지 못했노라."

악진은 외친다.

"우리 함께 다시 성안으로 들어가서 주공을 구출하자."

이에, 두 장수가 다시 성문으로 달려갔을 때였다. 성문 위에서 굽어보며 쏘는 화포火砲가 불덩어리처럼 쏟아진다. 잇달아 떨어지는 불덩어리 앞에서 악진의 말은 앞다리만 번쩍 쳐들 뿐 나아가지 못하는데, 전위는 연기와 불덩어리 속을 뚫고 성안으로 들어가서 미친 듯이 조조를 찾아 헤맨다.

조조는 어찌 됐는가.

조조는 그때 성 바깥으로 나가는 전위를 보고 따라 나가다가, 사방에서 몰려드는 적군 때문에 남쪽 성문을 나가지 못하고 또다시 북문 쪽으로 달렸다.

그런데 외나무다리에서 원수를 만난 격이라고나 할까. 불길 속에서 여포가 창을 들고 말을 달려온다. 조조는 그만 정신이 아찔해서 순간 손으로 자기 얼굴을 가리고, 달리는 말에 채찍질하여 여포 곁을 슬쩍 지나 마구 달아난다.

그런데 어느새 여포가 뒤쫓아와서 긴 창으로 조조의 투구를 탁 치며 묻는다.

"조조는 어디 있느냐?"

　조조는 선뜻 손을 들어 반대 방향을 가리키면서 둘러댄다.

"저기 누런 말을 타고 내빼는 자가 조조올시다."

　여포는 이 말을 듣자, 즉시 그 누런 말을 탄 자를 뒤쫓아간다. 그제야 조조는 긴 숨을 몰아쉬고 동쪽 성문으로 달아나다가, 도중에서 바로 전위와 만났다. 전위는 조조를 호위하고 한편으론 혈로血路를 열어 성문가에 이르렀다.

　성문은 불이 한참 타올라 불덩어리가 되어 있었다. 게다가 성 위에서 계속 마른 나무와 풀을 무더기로 떨어뜨리니 땅바닥도 모두가 불이었다.

　전위는 창으로 불더미를 헤치며, 연기와 불을 뚫고 먼저 나간다. 조조는 그 뒤를 따라 나가는데, 바로 성문에 이르렀을 때였다. 한참 타오르던 큰 대들보가 불덩어리째로 떨어져 바로 조조가 탄 말의 뒷다리를 쳤다. 말이 고꾸라지는 바람에 조조는 쓰러지고, 자기 몸을 덮어 누른 대들보를 두 손으로 겨우 밀어젖혔다. 삽시간에 조조의 손과 팔과 머리털과 수염은 몽땅 타버리고 온몸에 화상을 입었다.

　전위가 말을 돌려 다시 들어와서 조조를 구출하는데, 마침 하후연이 와서 함께 돕는다. 함께 불길을 뚫고 나가는데, 조조는 하후연의 말을 함께 타고, 전위는 달려드는 적군을 시살하여 길을 열었다. 이윽고 그들은 성을 벗어나자 큰길로 달아난다.

　싸움은 먼동이 틀 때까지 계속되다가, 날이 제법 밝은 뒤에야, 조조는 겨우 영채로 돌아왔다. 모든 장수는 엎디어 절하며 조조에게 문안한다.

　조조는 화상당한 얼굴을 뒤로 젖히며 껄껄 웃는다.

"되지못한 자의 계책에 잘못 걸려들어 이 지경이 됐으니, 내 마땅히 보복하리라."

곽가는 말한다.

"계책만 있다면 속히 실천해야 합니다."

조조는 말한다.

"상대의 계책을 역이용하는 계책을 써야 할 것이다. 내가 화상을 입어 죽었다고 거짓 소문을 퍼뜨리시오. 그러면 여포가 반드시 군사를 거느리고 공격해올 것이니, 그때 나는 마릉산馬陵山 속에 군사를 매복하고 여포의 군사가 반쯤 지나가기를 기다렸다가 그 중간을 쳐서 두 토막을 내면, 여포를 사로잡을 수 있을 것이오."

곽가는 찬성한다.

"참으로 좋은 계책이십니다."

이에 모든 군사는 상복 차림으로 초상을 준비하고, 조조가 죽었노라 거짓 소문을 퍼뜨렸다.

첩자는 즉시 복양성으로 돌아가서 여포에게 보고했다.

"조조는 온몸에 화상을 입고 영채에서 죽었습니다."

여포가 즉시 군사를 일으켜 마릉산으로 가서, 조조의 영채 가까이 이르렀을 때였다.

난데없는 북소리가 일어나더니 사방에서 조조의 복병이 나오는데, 이미 여포의 군사는 완전 포위되어 있었다. 소스라치게 놀란 여포는 죽을힘을 다하여 무찔러, 겨우 포위에서 벗어나 달아났다. 많은 군사를 잃고 패하여 복양으로 돌아온 여포는 성문을 굳게 닫고 지키기만 할 뿐 나가지 않았다.

이해에 갑자기 메뚜기 떼가 크게 날아와 곡식을 먹어서, 관동關東 일대는 곡식 한 섬에 그 당시 돈으로 50관貫씩 했다. 물가는 치솟고 양식은 없어 백성들이 서로 잡아먹는 참극이 속출했다.

조조는 군량이 떨어져서 하는 수 없이 군사를 거느리고 견성으로 돌아갔다. 여포도 군사를 거느리고 식량을 구하러 산양 땅으로 가서 주둔했다. 이리하여 그들은 형편상 싸움을 중단하기에 이르렀다.

한편, 서주성에 있던 도겸은 이때 나이 63세였다. 갑자기 병이 난 후로 도겸은 점점 중태에 빠졌다.

어느 날, 도겸은 미축과 진등을 불러 상의한다.

미축은 말한다.

"전번에 조조가 우리를 공격하다가 물러간 것은 여포가 연주 땅을 습격했기 때문입니다. 이번에 큰 흉년이 들어서 그들이 싸움을 중지했다고 하니, 내년 봄이면 조조는 반드시 우리 서주를 치러 또 올 것입니다. 태수께서는 전번에 두 번씩이나 유현덕에게 태수 자리를 양도하셨지만, 그때는 비교적 건강하셨기 때문에 유현덕이 굳이 받지 않았습니다. 이젠 태수께서 병이 위중하시니 이때에 자리를 내주시면 유현덕도 더 사양하지 못할 것입니다."

도겸은 매우 기꺼워하며 사람을 소패小沛로 보내어 군무軍務에 관해서 상의할 일이 있으니 곧 와달라고 유현덕을 초청했다. 유현덕은 관운장, 장비와 함께 군사 수십 명을 거느리고 서주로 와서 안내를 받아 도겸의 병실로 들어갔다.

도겸은 반가워한다.

"귀공을 이렇듯 초청한 것은 다른 일이 아니오. 이 늙은 몸이 병세가 위독해서 아침저녁간에 어찌 될지 모르는 형편이니 바라고 바라건대 귀공은 한나라 땅을 존중하는 뜻에서 서주의 관인을 받아주오. 그러면 이 늙은 몸은 죽어도 눈을 감겠소."

현덕은 대답한다.

유비에게 서주를 양도하는 도겸. 오른쪽에서 두 번째가 유비

"영감에게 두 아들이 있는데, 왜 자리를 물려주지 않습니까?"

도겸은 대답한다.

"큰아들 상商과 둘째 아들 응應은 다 이런 중임重任을 맡을 만한 인물
이 못 되오. 늙은 몸이 죽은 뒤일지라도, 귀공은 그들을 잘 교훈하시되
결코 서주 고을 일만은 맡기지 마오."

"제가 혼자 몸으로 어찌 이런 큰일을 감당할 수 있겠습니까."

"귀공을 위해서 내가 한 사람을 천거하겠소. 그 사람은 북해 출신으
로 성명은 손건孫乾이요, 자는 공우公祐니, 귀공을 잘 보필할 것이오."

도겸은 미축을 돌아보며 당부한다.

"유현덕 귀공은 당세 인걸人傑이니, 그대는 앞으로 잘 섬기라."

그러나 현덕은 이리저리 핑계만 대고 받지 않는다. 마침내 도겸은 유

현덕 앞에서 손을 들어 자기 가슴을 가리켜 보이더니 자는 듯이 숨을 거두었다. 도겸이 죽자, 모든 사람은 슬피 통곡하며 발상發喪하고, 유현덕에게 관인을 바친다. 그러나 유현덕은 다른 방으로 몸을 피하여 이를 받지 않는다.

이튿날이었다. 이번에는 서주 백성들이 관부官府 앞에 몰려와서 통곡하고 엎드려 절하면서 진정한다.

"유현덕 귀공께서 우리 고을을 맡아주지 않는다면, 우리는 편안히 살 수가 없소이다."

관운장과 장비도 유현덕에게 거듭거듭 권한다. 이에 유현덕도 더 이상 어쩔 도리가 없어 당분간 서주 고을을 맡기로 허락하고 손건과 미축을 보좌補佐로, 진등을 막관幕官(참모)으로 삼고, 소패에 있는 군사를 서주성 안으로 불러들이고, 방문榜文을 내걸어 백성을 안정시키는 동시에 장의葬儀 준비를 서둘렀다.

유현덕은 모든 군사와 함께 친히 상복을 입고 제물을 갖추어 예법을 다하여 제사를 지냈다. 제사가 끝나자, 황하黃河 가에다 도겸을 장사지내고 도겸이 남긴 표문을 조정으로 보내어 사유를 품달했다.

한편, 조조는 견성에 있으면서, 그간 도겸이 죽고 유현덕이 서주 목사牧使가 됐다는 소식을 듣자 크게 노한다.

"내가 아직 원수도 갚기 전에, 유비가 화살 한 대 허비하지 않고 앉아서 서주 땅을 몽땅 차지하다니 세상에 이럴 수가 있나! 내 반드시 유비를 먼저 죽인 연후에, 도겸의 시체를 가루가 나도록 쳐서, 억울하게 떠나신 아버님 원한을 씻어드리리라."

조조는 서주 땅을 치기 위하여 그날로 군사를 일으키려 한다. 순욱荀彧이 들어와서 간한다.

"옛날에 고조 황제는 관내關內를 확보하고, 광무황제는 하내河內를 확

26

보하여 기초와 근본을 튼튼히 했기 때문에 천하를 바로잡아, 나아가면 싸워서 이기고 일단 물러서면 굳게 지킬 수 있었으므로, 비록 여러 가지 곤경을 당했으나 마침내 대업을 성취했던 것입니다. 그런데 주공은 본시 연주 땅에서 일어났고, 황하·제수濟水 땅은 바로 천하의 중요한 곳이니, 말하자면 옛 관중關中과 하내보다 조금도 못할 바가 없습니다. 그러하거늘 이제 서주를 취하러 가면서 이곳에 많은 군사를 남겨둔다면, 가도 성공하기 어려우며, 그렇다고 이곳에 군사를 조금만 남겨둔 채 서주를 치러 다 가버리면, 여포가 당장 쳐들어올 것이니 연주 땅은 아주 잃게 됩니다. 그리하여 연주 땅을 잃고 또 서주 땅도 얻지 못한다면, 그때 주공은 어디로 가시렵니까. 이번에 비록 도겸은 죽었으나 이미 유현덕이 서주 땅을 지키고, 더구나 백성들은 유현덕에게 심복하여 있는 실정이니, 주공이 갈지라도 그들은 죽을 각오로 유현덕을 도와 싸울 것입니다. 이제 주공이 중요한 연주 땅을 아주 버리고 서주 땅을 취하러 가는 것은 큰 것을 버리고 작은 것을 취함이며, 근본을 버리고 보잘것없는 것을 탐함이며, 편안한 것을 버리고 위태로운 데로 나아가는 격입니다. 바라건대 깊이 생각하십시오."

조조는 대답한다.

"금년처럼 흉년이 들어 양식이 없을 때, 군사를 이대로 앉아 있게 하는 것도 좋은 계책은 아니다."

순욱은 계속 간한다.

"그러면 동쪽에 있는 진陳 땅을 쳐서 군사가 먹을 수 있도록 하는 것이 좋습니다. 왜냐하면, 지금 여남군汝南郡과 영천군潁川郡엔 아직도 황건적의 잔당인 하의何儀와 황소黃邵 등이 있어, 그 근방 고을을 노략질하여 많은 황금과 비단과 양식을 쌓아두고 있습니다. 그까짓 놈들을 쳐부수기는 쉬운 일이니, 우선 그들을 격파하여 양식을 빼앗아 삼군을 기르

면 조정에서도 기뻐할 것이며, 백성들도 기뻐하리니, 이야말로 천명에
순종하는 것입니다."

조조는 기꺼이 순욱의 계책대로 하후돈과 조인만 견성에 남겨두고,
친히 군사를 거느리고 가서 먼저 진 땅을 무찌른 다음에 이어 여남군,
영천군으로 나아갔다.

이에 황건적의 잔당인 하의와 황소는 조조의 군사가 오는 것을 알자,
군사를 거느리고 나와 양산羊山에서 서로 대치했다. 이때 황건적의 잔
당이 비록 많기는 하나, 다 보잘것없는 축들이어서 제대로 대오도 행렬
도 짓지 못했다.

조조는 군사를 시켜 활과 노弩(돌을 쏘는 활의 일종)를 마구 쏘며 전
위를 내보냈다. 이에 하의는 부장副將을 내보내어 두 장수가 어우러져
싸운 지 겨우 3합에 전위의 창에 맞은 부장이 말 아래로 떨어져 죽었다.
조조는 이긴 기회에 적을 무찔러 양산을 통과하여 산기슭에다 영채를
세웠다.

이튿날, 황소는 군사를 거느리고 와서 진을 둥그렇게 벌이더니, 그 안
에서 한 장수가 뚜벅뚜벅 걸어 나온다. 황건黃巾과 녹색 전포戰袍 차림으
로 쇠몽둥이를 들고서 큰소리로 외친다.

"내가 바로 절천 야차截天夜叉 하만何曼이다! 누가 감히 나와 싸우겠느냐!"

조홍이 하만의 외치는 소리를 듣자 냅다 소리를 지르며 말에서 뛰어
내려, 칼을 들고 역시 걸어 나가 진영 앞에서 서로 싸운 지 4, 50합에 승
부가 나지 않는다. 이에 조홍이 패한 체 달아나니 하만이 뒤쫓아 온다.
조홍은 갑자기 몸을 홱 돌리면서 뛰어들어 한칼에 하만을 참하고 다시
칼을 번쩍 들어 염통을 찔러 죽였다.

이 광경을 바라본 이전이 기회를 놓치지 않고 적진으로 쏜살같이 달
려들어간다. 황소는 미처 손쓸 겨를도 없었다. 이전은 말을 달려 지나가

면서 잽싸게 팔을 뻗어 황소를 냉큼 끌어올려 잡자, 즉시 말고삐를 돌려 적진에서 나온다.

이에 조조의 군사는 용기 백배하여 적진으로 쳐들어가서 수많은 황금과 비단과 곡식을 닥치는 대로 빼앗는다. 이 지경이 되고 보니, 적장 하의는 겨우 기병 수백 명을 거느리고 갈피葛陂로 달아나기가 바쁘다.

그들이 열심히 도망가는 중에, 바로 산 뒤에서 한 무리의 군사가 나타났다. 그 군사들의 앞장을 선 장사壯士는 키가 8척이요 허리 둘레는 열 아름이나 되었다. 장사는 손에 큰 칼을 들고 길을 가로막는다.

하의는 창을 똑바로 들고 그 장사에게로 달려들었으나, 싸운 지 단 1합에 사로잡히고 말았다. 대장이 제대로 싸우지도 못하고 잡히는 꼴을 본 오합지졸들은 황망히 말에서 내려 항복했다. 장사는 그들을 짐승 다루듯 몰고 갈피로 가서 산채山寨 안에 몰아넣었다.

한편 전위는 하의를 잡으러 갈피까지 뒤쫓아갔다. 그런데 하의는 보이지 않고 난데없는 한 장사가 군사를 거느리고 앞을 가로막는다.

전위는 묻는다.

"네 놈도 또한 황건적이냐!"

장사는 대답한다.

"황건적 수백 명은 나에게 사로잡혀 산채 속에 처박혀 있다."

"그럼 어째서 그놈들을 나에게 바치지 않느냐?"

"네가 나의 보배로운 칼을 빼앗으면, 놈들을 내주마."

전위는 화가 치밀어 쌍창을 높이 들고 장사에게 달려들어간다.

그들은 진시辰時(오전 7시)부터 오시午時(12시)까지 싸웠으나, 승부가 나지 않아서 각기 쉬기로 했다.

조금 지나자 이번에는 장사가 먼저 덤벼든다. 전위도 달려들어 곧장 싸운다. 황혼이 되자 사람보다 말이 지쳤기 때문에 다시 쉬기로 했다.

이러는 동안에 전위의 군사 하나가 말을 달려 돌아가서 조조에게 이 사실을 고했다. 조조는 크게 놀라, 모든 장수를 거느리고 싸움을 보러 달려왔다.

이튿날, 그 장사는 또 나타나서 싸움을 건다. 조조는 그 장사의 늠름한 위풍을 보고 너무나 흡족해서 전위에게 조그만 소리로 말한다.

"오늘은 싸우다가 패한 척하라."

전위는 분부를 받자 나가서 싸운 지 30합 만에 말고삐를 돌려 진영으로 도망쳐 돌아왔다. 장사는 진문陣門 앞까지 뒤쫓아왔으나 화살과 돌이 날아오는 바람에 되돌아갔다.

조조는 군사를 거느리고 급히 50리 바깥으로 후퇴하여, 크게 함정을 파고 그 근방에 군사를 매복시켰다.

이튿날은 전위가 기병 백여 명을 거느리고 가서 싸움을 걸었다.

장사는 껄껄 웃으며,

"패한 장수가 무엇 하러 또 왔느냐?"

하고 말을 달려와 싸움이 벌어졌다. 전위는 그저 몇 합을 싸우다가 문득 말을 돌려 달아난다. 장사는 오늘만은 놓치지 않고 결단을 내겠다는 생각에서 급히 뒤쫓아가다가, 그만 말과 함께 깊은 함정 속으로 떨어졌다.

그제야 주변에 매복했던 군사들이 일제히 나와 갈고리로 장사를 끌어올리고 결박지어 조조에게로 갔다. 조조는 황망히 자리에서 내려와 군사들을 꾸짖어 물러서게 하고, 장사의 결박을 친히 풀어준 다음에 옷을 내오래서 바꿔 입히고, 자리에 앉힌 뒤에 묻는다.

"향관鄕貫은 어디며 성명은 누구시오?"

장사는 대답한다.

"나는 초국初國 초현初縣 땅 사람으로서 성명은 허저許褚요 자字는 중강仲康이라 합니다. 지난날에 황건적의 난리를 만나자 일가 친척 수백 명을 모아 이곳 산속에 산채를 세우고 적을 막았습니다. 어느 날 황건적이 쳐들어오기에, 내가 미리 사람들에게 분부해서 많이 모아뒀던 돌을 집어 손수 돌팔매질을 하니, 하나도 빗나가는 것이 없어 돌 하나에 한 놈씩 거꾸러지는지라, 결국 적은 물러갔습니다. 그 후에 황건적이 또 공격해왔는데, 그때는 산채에 양식이 없어서 하는 수 없이 항복하고, 우리의 밭 가는 소와 그들의 쌀을 바꾸기로 약속하였습니다. 황건적은 쌀을 가져오고 대신 소를 몰아갔습니다. 그런데 산 밖으로 나가자 소들이 황건적을 뿌리치고 산채로 다시 돌아왔습니다. 소도 그놈들을 따라가기가 싫었던 모양이지요. 그러나 이미 쌀을 받은지라, 나는 소 두 마리의 꼬리를 비끌어맨 다음에 잡아당겨 가기 싫어하는 소들을 뒷걸음질시켜 끌고 갔습니다. 그랬더니 황건적들은 크게 놀라 소도 받지 않고 다 달아나버렸습니다. 그래서 오늘날까지 이 산채를 무사히 지키는 중입니다."

조조는 은근히 청한다.

"내 그대의 높은 명성을 들은 지가 오래니, 앞으로 함께 일할 생각은 없소?"

"내가 본시부터 원하던 바입니다."

허저는 마침내 일가 친척 수백 명을 거느리고 조조에게 투항했다. 조조는 허저를 도위都尉로 삼고 극진히 대우했다. 그런 다음 하의와 황소를 참하고 여남과 영천 땅을 평정했다.

조조가 군사를 거느리고 돌아가니 조인과 하후돈이 나와서 영접하며 고한다.

"요즘 설난薛蘭과 이봉李封의 군사가 바깥으로 나돌아다니면서 노략질을 일삼기 때문에, 연주성이 거의 비다시피 되었다고 합니다. 이 기회에 승리한 군사를 거느리고 가서 공격하면 북소리 한 번에 연주성을 탈환할 수 있습니다."

조조는 거듭 머리를 끄덕이고 즉시 군사를 돌려 연주 땅으로 나아갔다. 연주의 설난과 이봉은 뜻밖에 조조의 군사가 들이닥치자, 즉시 군사를 거느리고 싸우러 나왔다.

허저는 조조에게 청한다.

"제가 저 두 놈을 잡아 주공께 온 첫 선물로 삼겠습니다."

조조는 크게 기뻐하며 허락한다. 허저가 내달아 나가자, 이봉은 채색칠한 창[畵戟]을 휘두르며 달려 나온다. 서로 말을 비비대며 싸운 지 겨우 2합에 허저의 칼이 번쩍하자 이봉은 목을 잃고 말 아래로 떨어졌다.

설난은 죽어 자빠지는 이봉을 보고는 황급히 말을 돌려 연주성으로 들어가려는데, 어느새 이전이 조교 가에 와서 길을 막았다. 설난은 감히 연주성 안으로 들어가지 못하고 군사를 거느리고 거야巨野 땅으로 달아나다가, 뒤쫓아오는 여건이 쏜 화살에 맞아 몸을 뒤집으며 말에서 떨어져 죽었다. 장수를 다 잃은 군사들은 산지사방으로 달아나거나 또는 항복했다.

이리하여 조조는 마침내 연주 땅을 되찾았다.

정욱은 청한다.

"이 참에 나아가서 복양 땅도 탈환해야 합니다."

이에 조조는 허저와 전위를 선봉으로, 하후돈과 하후연을 좌군左軍으로, 이전과 악진을 우군右軍으로 삼았다. 조조는 친히 중군中軍을 거느리고, 우금과 여건을 후군後軍으로 삼아 일제히 복양 땅을 향하여 나아간다.

여포는 조조의 군사가 오는 것을 보자 직접 나아가서 싸우려 한다.

진궁은 간한다.

"지금은 나가서 싸울 때가 아니오. 우리의 모든 장수가 오기를 기다렸다가 그때에 나가서 싸워야 하오."

"나는 이 세상에 두려운 놈이 없다!"

여포는 진궁의 말을 듣지 않았다. 여포는 군사를 거느리고 나가서, 창을 비껴 들고 크게 조조를 꾸짖는다. 조조 편에서 허저가 달려 나와 즉시 여포와 어우러져 20합을 싸웠으나, 승부가 나지 않는다.

조조가 이 광경을 바라보다가, 전위에게 분부한다.

"혼자서 여포를 대적할 수는 없는 일이니, 나가서 허저를 도와주라."

전위가 또한 달려나가 허저를 도와 서로 여포를 협공하는데, 왼편에서 하후돈과 하후연이, 오른편에서 이전과 악진이 일제히 내닫는다. 이리하여 여섯 장수가 공격하니, 여포는 혼자서 대적할 수가 없어 드디어 말고삐를 돌려 복양성으로 들어가려는데, 이 웬일인가.

패하여 돌아오는 여포를 지켜보던 전씨는 성 위에서 급히 사람을 시켜 성 앞 조교를 끌어올린다.

성 앞 호濠까지 온 여포는 크게 놀라 소리를 지른다.

"속히 조교를 내려라. 성문을 열어라!"

성 위에서, 전씨가 굽어보고 대답한다.

"내 지난날은 네 협박에 못 견디어 본의 아닌 거짓 편지를 조장군曹將軍에게로 보내고 죄를 지었다마는, 이젠 그 죄를 씻고자 이미 조장군에게 항복했으니 잔말 말라!"

여포는 성 위의 전씨를 쳐다보고 크게 저주하나, 형세가 다급하므로 군사를 거느리고 정도定陶 땅으로 달아났다. 동시에, 성안에 있던 진궁은 사세가 변한 것을 눈치채자, 여포의 가족들을 데리고 동문東門으로 빠져 나와 달아났다.

조조는 복양성을 탈환하자 지난날 전씨의 죄를 용서했다.

유엽은 권한다.

"여포는 사나운 범입니다. 그가 곤경에 빠졌으니 시각을 지체 말고 뒤쫓아가서 치십시오."

조조는 유엽에게 복양성을 맡긴 다음에 친히 군사를 거느리고 정도 땅으로 나아간다.

이때 여포는 장막, 장초와 함께 정도성 안에 있었는데, 고순·장요·장패·후성은 바닷가로 식량을 구하러 가서 아직 돌아오기 전이었다.

조조의 군사는 정도 땅에 이르러 며칠이 지나도 공격하지 않다가, 40리 바깥으로 물러가서 영채를 세웠다.

이때 마침, 제군濟郡에는 보리가 한참 익었다. 조조는 군사를 시켜 보리를 베어다가 식량을 삼았다. 첩자는 정도성으로 돌아가서 이 사실을 여포에게 고했다.

여포는 이렇게 가만히 있을 수 없다 하여 군사들을 거느리고 달려와 조조의 영채 가까이 이르러 바라보니 왼편에 큰 숲이 있었다. 숲 속에 조조의 군사가 매복해 있을 것만 같아서 여포는 겁을 먹고 정도성으로 도로 돌아갔다.

한편 조조는 여포의 군사가 근처까지 왔다가 돌아간 것을 알자, 장수들에게 말한다.

"여포는 숲 속에 복병이 있는 줄 알고 돌아간 것이다. 그러니 숲 속에 정기旌旗를 꽂아두어 많은 복병이 있는 것처럼 꾸며라. 영채 서쪽 일대엔 긴 둑[堤]만 뻗어 있고 물은 없으니, 그곳에 날쌘 군사들을 매복시켜라. 내일 여포가 다시 와서 반드시 숲에 불을 지를 테니, 둑 안에 숨었던 군사들은 그때 나와서 적군의 뒤를 차단하면 여포를 사로잡을 수 있을 것이다."

이에 북 치는 군사 50명만 영채에 남겨두어 일단 유사시에는 북을 치도록 하고, 인근 마을 남녀들을 영채 안으로 끌어와 지시에 따라 함성을 지르게 하고는 그 외의 모든 군사는 제방 너머로 매복했다.

한편, 여포는 돌아가서 진궁에게 보고 온 바를 말했다. 진궁은 충고한다.

"조조는 워낙 속임수를 잘 쓰니, 경솔히 상대해서는 안 되오."

"염려 마오. 내가 불을 질러 공격하면, 적의 복병을 가히 격파할 수 있을 것이오."

여포는 자랑스레 대답했다.

이튿날, 여포는 진궁과 고순에게 정도성을 맡기고, 군사를 거느리고 가면서 멀리 바라보니 숲 속에 정기가 가득히 꽂혀 있었다.

여포는 군사를 몰아 급히 달려와서 숲 사방에 불을 질렀다. 불길이 푸른 숲을 핥건만 뛰어나오는 적군은 하나도 없었다. 그제야 여포는 황급히 조조의 영채를 치려고 군사를 돌리는데, 갑자기 북소리가 크게 진동한다. 여포가 얼떨떨해서 정신을 못 차리는 사이에 문득 조조의 영채 뒤편에서 한 떼의 군사가 나온다. 여포가 그 적군을 치러 달려가는데 이번에는 포 소리가 탕! 울렸다. 그 포 소리를 신호로 둑 안에 매복했던 조조의 군사가 일제히 뛰어나왔다. 하후돈·하후연·허저·전위·이전·악진이 앞을 다투듯 달려와서 마구 시살하니, 여포는 싸우려고도 않고 말머리를 돌려 허둥지둥 달아난다. 뒤따라 달아나던 여포의 수하 장수 성염은 악진이 쏜 화살을 등에 맞고 죽어 자빠진다. 이리하여 여포는 군사의 3분의 2를 잃었다.

패잔병 하나가 정도성에 달려와서 싸움에 진 경과를 보고했다. 진궁은

"빈 성은 지키기 어려우니, 급히 떠나는 수밖에 없다."

하고 고순과 함께 여포의 가족을 데리고 정도성을 버리고 달아났다.

조조가 승리한 군사를 휘몰아 정도성으로 쳐들어가니, 그야말로 파죽지세破竹之勢였다. 미처 도망치지 못한 장초는 성안에서 자기 몸에 불을 질러 자살하고, 장요는 원술에게로 달아났다.

이리하여 산동 지방 일대는 다 조조의 것이 됐다. 조조는 백성들을 위

梟雄有用移時強敵受摧殘

詭計無端窖地多兵先隱伏

曹操定陶破呂布

정도에서 조조에게 패하는 여포(왼쪽)

로하고, 모든 성곽을 수리했다.

　한편, 달아나던 여포는 뒤쫓아온 수하 장수들과 만났다. 진궁도 만났다.

　"나의 군사는 비록 많지 않으나, 조조를 오히려 격파할 수 있다!"

　여포가 다시 정도성을 치러 돌아오니,

　　이기고 지는 것은 병가의 항다반사로다.

　　다시 군사를 거느려 오니, 뉘라서 그 결과를 알리요.

　　兵家勝敗眞常事

　　捲甲重來未可知

　여포와 조조 사이에 승부가 어찌 날 것인지.

제13회

이각과 곽사의 군사는 서로 크게 싸우고
양봉과 동승은 함께 천자를 구하다

조조는 정도 땅에서 여포를 크게 격파했다. 여포는 달아나다가 바닷가에 이르러, 패잔병과 장수들을 모으고 다시 돌아와 조조와 결전할 생각이었다.

진궁은 간한다.

"오늘날 조조의 군사는 매우 강하니 서로 겨루는 것은 이롭지 못하오. 먼저 몸둘 곳을 찾은 뒤에 다시 쳐도 늦지 않소."

여포는 묻는다.

"나는 다시 원소에게로 갈까 하는데 어떨지?"

"먼저 원소가 있는 기주冀州 땅으로 사람을 보내어 저편 소식을 알아본 후에 가는 것이 좋을 거요."

여포는 그러기로 했다.

한편, 원소는 기주 땅에 있으면서 조조와 여포가 싸운다는 소문을 익히 들어서 알고 있었다.

모사인 심배審配가 고한다.

"여포는 이리나 호랑이 같은 자입니다. 그가 연주 땅을 차지한다면, 다음은 반드시 우리 기주 땅을 치러 올 것입니다. 그러니 우리는 여포와 싸우는 조조를 도와야만 앞으로 걱정이 없습니다."

원소는 마침내 장수 안양顔良에게 군사 5만 명을 주고 명령한다.

"가서 조조를 도우라."

첩자는 재빨리 정탐하고 돌아가서 여포에게 이 사실을 보고했다. 여포는 크게 놀라 진궁과 상의한다.

"그렇다면 우리는 원소에게 가는 것을 단념하는 수밖에 없소. 들으니 유현덕이 근자에 서주 땅을 다스린답니다. 그리로 갑시다."

여포는 진궁의 말대로 마침내 서주 땅을 향하여 간다.

접경 지대의 파발꾼은 달려가서 유현덕에게 보고한다.

"여포의 일행이 서주성으로 오는 중입니다."

유현덕은 말한다.

"여포는 당대의 영특한 용사니, 나가서 영접해야겠다."

미축이 반대한다.

"여포는 호랑이 같은 자이니 들여놓아서는 안 됩니다. 그런 자는 반드시 사람을 해칩니다."

"지난날 여포가 연주를 치지 않았다면, 이곳 서주는 그때 조조의 군사에게 결딴이 났을 것이다. 이제 곤경에 빠진 여포가 나를 믿고 오니, 어찌 우리를 해칠 리 있으리요."

장비는 투덜댄다.

"형님은 너무 마음이 좋아서 탈이오. 그러나 준비는 해야겠지요."

유현덕은 수하 사람들을 거느리고 서주성 바깥 30리까지 나가서 여포를 영접하고 함께 말을 나란히 하여 돌아왔다. 그들은 관아에 이르러 대청에 올라가 서로 인사를 마치자 자리에 앉았다.

여포가 먼저 말한다.

"지난날 내가 사도 왕윤 대감과 함께 짜고 동탁을 죽이고 이각·곽사의 변란을 만나, 부득이 장안을 떠난 후로 관동 일대를 떠도는 신세가 되었소. 그러나 모든 제후들은 나를 받아들이지 않더군요. 전번에 어질지 못한 조조가 이곳 서주를 공격했을 당시 귀공은 서주 태수 도겸을 힘써 도와줬기 때문에 그 기회에 나는 연주를 쳐서 차지하였고, 비로소 천하대세를 균등하게 나눌 수 있었소. 그러던 것이 이리 될 줄이야 뉘 알았으리요. 나는 도리어 조조의 간특한 계책에 빠져 군사와 장수를 많이 잃었소. 이제 귀공에게 와서 앞으로 함께 큰일을 도모하고자 하니, 귀공의 뜻은 어떠시오?"

"그러지 않아도 도겸 태수가 세상을 떠나시자 서주를 다스릴 사람이 없어서 이 몸이 잠시 고을 일을 맡아보는 터인데, 이제 다행히도 장군이 오셨으니, 이 자리를 물려드리는 것이 합당한 줄로 아오."

유현덕은 관패와 관인을 내오래서 여포에게 내놓는다. 굶주린 여포는 선뜻 관패와 관인을 받으려 손을 내밀다가 앞을 보았다.

유현덕의 등뒤에 나란히 서 있는 관운장과 장비가 노한 눈을 크게 뜨고 자기를 노려보지 않는가. 순간 여포는 기가 질려 억지웃음을 짓는다.

"나는 한갓 용맹한 사나이라. 어찌 서주 고을을 다스릴 수 있겠소."

유현덕은 거듭 받아달라며 청한다. 이때 진궁이 말한다.

"옛말에 '강한 손님은 주인을 누르지 말라'고 하였으니, 주인도 손님에게 공연한 의심을 사지 마십시오."

그제야 유현덕은 더 이상 권하지 않고 잔치를 베풀었다. 잔치가 파하자 여포는 정해진 숙소로 내려갔다.

이튿날, 여포는 감사하다는 뜻에서 자기 숙소에다 잔치를 차리고 유현덕을 초청했다. 유현덕이 관운장, 장비와 함께 여포의 숙소에 가서 얼근히 취했을 때였다.

여포는 청한다.

"후당後堂으로 갑시다."

유현덕은 관운장, 장비와 함께 여포를 따라 후당으로 들어갔다.

"나의 아내와 딸을 나오라 할 테니, 절을 받으시오."

여포의 말에 유현덕은 거듭거듭 사양한다.

여포는 씩 웃으면서 취한 체한다.

"아우는 굳이 사양할 것 없지 않은가."

순간, 장비가 눈을 딱 부릅뜨더니 호령한다.

"네 이놈! 우리 형님은 한漢 황실의 금지옥엽金枝玉葉(임금의 일가 친척)이시다. 네까짓 것이 뭔데 감히 우리 형님을 동생이라 부르느냐. 밖으로 좀 나가자. 내 네 놈과 함께 3백 합을 싸우리라."

유현덕은 장비를 꾸짖는데, 관운장이 달래서 바깥으로 내보냈다. 유현덕은 여포에게 사과한다.

"내 동생이 취해서 한 미친 소리니, 형은 노하지 마오."

"……"

여포는 아무 대답이 없었다. 분위기가 갑자기 어색해졌다. 유현덕이 일어서자, 여포는 바깥까지 따라 나왔다.

장비는 창을 비껴 들고 말을 달려오며 큰소리로 외친다.

"여포야, 썩 나서라. 너와 함께 3백 합을 싸우리라!"

유현덕은 관운장을 시켜서 겨우 장비를 말렸다.

이튿날, 여포는 유현덕에게 와서 말한다.

"귀공은 나를 버리지 않으나 두려운 것은 귀공의 동생들이 나를 용납하지 않는지라, 여포는 다른 곳으로 떠나는 수밖에 없소."

유현덕은 대답한다.

"장군이 떠난다면, 이는 다 나의 잘못이오. 동생이 장군에게 버릇없이 굴었으니, 내 다음날에 동생을 보내어 반드시 사과하게 하리다. 이곳에서 가까운 곳에 소패라는 읍내가 있으니, 지난날에 내가 군사를 주둔시키고 있던 곳이오. 보잘것없는 조그만 읍내지만, 장군은 싫다 말고 우선 소패 땅에 가 있으면 어떻겠소? 양식과 함께 군사들에게 필요한 물품은 대어드리리다."

여포는 유현덕에게 감사하고 자기 군사를 거느리고 소패 땅으로 갔다. 여포가 떠나간 뒤에, 유현덕이 장비를 불러 책망한 것은 더 말할 나위도 없다.

한편 산동 지방 일대를 평정한 조조는 표문을 써서 그간의 경과를 조정에 보고했다. 이에 조정에서는 조조에게 건덕장군建德將軍 비정후費亭侯라는 칭호를 내렸다.

이때 장안에서 이각은 스스로 대사마大司馬가 되고 곽사는 스스로 대장군이 되어 마음대로 놀아났으나, 조정에서는 아무도 감히 그들을 규탄하지 못했다.

어느 날 태위 양표와 대사농 주준은 헌제에게 비밀히 아뢴다.

"오늘날, 조조는 20여만 명의 군사를 거느리고 수십 명의 모사와 장수를 두었습니다. 폐하께서는 조조만 얻을 수 있다면 종묘 사직을 튼튼히 하고 간악한 무리를 무찌를 수 있으니, 천하에 이보다 더 다행한 일이 어디 있겠습니까."

헌제는 울면서 대답한다.

"짐朕은 이각과 곽사 두 놈에게 구박을 받아온 지도 오래다. 그 두 놈만 죽일 수 있다면 참으로 큰 다행이겠다."

양표가 아뢴다.

"신에게 한 가지 계책이 있으니 두 놈이 서로 싸워서 죽게 하겠습니다.

그런 후에 폐하는 조조에게 군사를 거느리고 오라고 하여 그들의 무리를 소탕하고 조정을 편안히 하소서."

헌제는 묻는다.

"그 계책이란 어떤 것이냐?"

양표는 아뢴다.

"듣건대 곽사의 계집은 질투심이 대단하답니다. 사람을 곽사의 계집에게 보내어 반간계反間計(쌍방에 이간을 붙이는 계책)를 쓰면, 두 놈이 서로 죽이려고 싸울 것입니다."

헌제는 비밀리에 조서詔書를 써서 양표에게 주었다.

며칠 뒤, 양표는 자기 아내를 곽사의 집으로 보냈다. 양표의 아내는 곽사의 아내와 이야기하다가 기회를 보아 넌지시 말한다.

"요즘 들리는 소문에 의하면, 곽장군께선 이사마李司馬(이각) 부인과 보통 사이가 아니라면서요. 서로 배가 맞은 지는 오래고, 둘이서 깨가 쏟아진다던데요. 그러나 조심해야지요. 이각 대감이 이 일을 알아보세요. 댁의 대감을 그냥 두지는 않을 거예요. 그러니 이런 일은 부디 잘 알아서 정신을 바짝 차리고, 이각 대감 집에 못 가도록 남편을 막아야 합니다. 꼬리가 길면 잡힙니다. 이런 말은 안 할 말이나, 부인을 위해서 귀띔해드립니다."

곽사의 아내는 파랗게 질린다.

"남편이 자주 밖에서 자고 오기에 수상쩍다 생각했더니, 그런 짐승 같은 짓을 했군요! 아이구 기가 막혀라! 부인이 이렇게 일러주지 않았으면 감쪽같이 모를 뻔했어요. 내 마땅히 이 일을 방비해야지."

잠시 뒤 양표의 아내가 돌아가는데, 곽사의 아내는 비밀을 알려줘서 고맙다고 거듭 감사했다.

며칠이 지났다. 이날 곽사는 초청을 받고 이각의 부중府中에서 열리는 잔치 자리에 참석하기 위해 나갈 준비를 한다.

아내는 말린다.

"이각의 속마음은 측량할 수 없어요. 더구나 영웅은 둘이 공존하지는 못한답디다. 그가 잔치 자리에 대감을 청해놓고 술에다 독약이라도 타 먹이면, 난 장차 어찌 되오?"

곽사는 곧이들으려 않는다.

"무슨 그런 말을 하우. 이각과 나는 친형제나 다름없는 사이인데, 사람을 그렇게 의심하면 못쓰오."

그러나 아내는 남편을 굳이 보내지 않았다.

저녁때였다. 이각의 부중 사람이 술을 가지고 곽사의 부중으로 왔다.

"오늘 잔치에 장군께서 오시지 않았으므로 대감께서 보내신 술입니다."

그 술을 후당으로 들여갔다. 곽사의 아내는 그 술에 몰래 독약을 타고 남편에게 권한다. 곽사가 마시려는데, 아내는

"밖에서 온 음식을 어찌 그냥 잡수시려 합니까. 잠깐만 기다려요."

하고 개를 불렀다. 개는 술을 몇 번 핥다가 즉시 죽어 자빠졌다. 이때부터 곽사는 이각을 의심하기 시작했다.

하루는 조회를 마치고 궁에서 나오는 참이었다. 이각은 곽사에게 자기 집으로 가자며 굳이 청했다. 곽사는 끌려가서 술을 마시다가 밤 늦게야 헤어졌다. 취하여 집으로 돌아온 곽사는 우연히 배가 아팠다. 아내는

"필시 술에 독약을 탄 거요!"

하고 남편에게 급히 똥물을 먹였다.

곽사는 술을 죄 토하고 뱃속이 진정되자 격노한다.

"내 이각과 함께 큰일을 도모했는데, 이제 그놈이 무단히 나를 없애려 드는구나! 선수를 쳐서 죽이지 않으면 반드시 내가 그놈 손에 죽을 것 이다."

長安蹊裂二軍無復築堅城

漢室傾頹一木有誰支大廈

李傕郭汜亂長女

대결하는 이각과 곽사

이튿날, 곽사는 비밀리에 본부 군사를 무장시키고, 이각을 칠 준비를 했다. 그러나 이러한 일에 비밀은 있을 수 없어서 어떤 자가 급히 이각의 부중에 달려가 이 사실을 고했다.

이각 또한 크게 노하여,

"곽사란 놈이 어찌 감히 나에게 그럴 수 있단 말인가! 이제 알았다. 내 그놈을 죽이리라."

하고 즉시 본부 군사를 일으켜 곽사를 치러 간다.

양쪽 수만 명의 군사는 서로 치러 오다가 장안성 아래서 만나 접전이 벌어졌다. 그들은 싸우면서도 한편으론 백성 집들을 노략질하기를 잊지 않았다.

이때 이각의 조카 이섬李暹은 군사를 거느리고 궁원宮院을 에워싸고 수레 두 채를 대령시켰다. 한 채에는 천자를 태우고 또 한 채에는 복황후伏皇后를 태웠다. 가후賈詡·좌영左靈에게는 어가御駕를 모시도록 했다. 그 외의 궁녀와 고자대감은 걷게 하여 후재문後宰門(후재문厚載門을 잘못 쓴 것) 바깥으로 다 끌고 나갔다. 그들은 후재문을 나서자 달려오는 곽사의 군사와 정면으로 만났다. 곽사의 군사가 마구 쏘는 화살에 맞아 죽는 궁녀와 고자대감은 헤아릴 수 없을 정도로 많았다.

이때 이각이 군사를 거느리고 달려와서 곽사의 군사 뒤를 치니, 곽사는 그제야 군사를 거두고 물러갔다. 이리하여 천자와 복황후를 태운 어가는 그들에게 끌리어, 위험을 무릅쓰고 장안성을 나와 이각의 진영에 당도했다.

한편 곽사는 이각의 군사가 가버린 뒤에 다시 군사를 거느리고 궁으로 들어가서, 남은 궁녀와 비빈, 채녀采女를 모조리 자기 진영으로 압송한 다음에 궁전에다 불을 질렀다.

이튿날에야 곽사는 이각이 천자를 납치해간 사실을 알고, 군사를 거느리고 가서 이각의 진영을 냅다 쳤다. 천자와 황후는 바깥에서 양쪽 군사가 싸우는 소리를 듣자 무서워서 벌벌 떤다.

후세 사람이 이 일을 탄식한 시가 있다.

광무황제는 중흥하여 한나라 세상을 다시 밝히니
위를 계승하여 아래로 전한 지가 모두 열두 황제라.
무도한 환제·영제 때문에 종묘 사직은 기울어지고
고자대감들은 권세를 맘대로 부려 말세가 됐도다.
지혜 없는 하진은 삼공이 되어
쥐새끼 같은 간신들을 몰아내려다 간웅을 불러들였구나.
승냥이와 여우 떼는 몰아냈지만 마침내 범과 늑대들이 몰려들어

서주의 역적 동탁이 음탕한 사건을 일으켰도다.

왕윤은 아름다운 초선에게 일편단심을 부탁하여

동탁과 여포 사이를 이간시켜 끝장을 냈도다.

괴수 놈은 거꾸러졌으니 천하가 태평해야 할 텐데

뉘 알았으랴, 이각과 곽사는 속으로 분개했도다.

신주(중국)의 기구한 운명을 어찌할거나.

육궁은 굶은 배를 움켜쥐고 싸우는 세상을 근심했도다.

인심은 흩어져 천명이 이미 떠났으니

영웅들은 각기 산과 강물을 나누어 차지했도다.

후세의 제왕들이여, 이러한 사태를 교훈 삼아 항상 조심하되

완전한 보물을 공연히 깨뜨리지 말라.

수많은 생명은 불에 타거나, 오장육부를 땅에 뿌렸으며

원통한 피는 넘쳐서 산은 쇠잔했도다.

그 당시 역사를 읽자 슬픔을 참을 수 없어

아득한 고금을 생각하며 쑥대밭으로 변한 옛터를 탄식하노라.

임금은 망할 날이 있다는 것을 늘 생각하고 경계하여

태아太阿(옛 보검의 이름)를 굳게 잡고 나라 기강을 바로 세워

야 한다.

光武中興興漢世

上下相承十二帝

桓靈無道宗社墮

莣臣擅權爲叔季

無謀何進作三公

欲除社鼠招奸雄

豺獺雖驅虎狼入

西州逆豎生淫凶

王允赤心睡紅粉

致令董呂成矛盾

渠魁殄滅天下寧

誰知李郭心懷慎

神州荊棘爭奈何

六宮饑饉愁干戈

人心旣離天命去

英雄割據分山河

後王規此存競業

莫把金甌等閒缺

生靈鳥爛肝腦塗

剩水殘山多怨血

我觀遺史不勝悲

今古茫茫歎黍離

人君當守苞桑戒

太阿誰執全綱維

　곽사의 군사가 쳐들어가자, 이각은 진영에서 나와 서로 접전이 벌어졌다. 마침내 곽사는 싸움이 불리해지자 군사를 거두어 잠시 물러갔다.

　그 동안에 이각은 황제와 황후를 수레에 태워 지난날 동탁의 별장이었던 미오 땅으로 갔다. 그러고는 조카 이섬을 시켜 감시하게 했다. 이섬은 사람들의 안팎 출입을 엄금하고, 음식을 계속 대주지 않아서 황제를 모시는 신하들은 배가 고파 기운을 못 차릴 정도였다.

　황제는 보다못하여 사정한다.

"이각에게 쌀 다섯 섬과 소뼈 다섯 마리분만 들여보내라고 하여라."

이 말을 전해 들은 이각은 화를 내며,

"아침저녁으로 밥을 주었는데, 무엇을 또 달란 말이냐!"

하고 썩은 고기와 썩은 양식을 주니, 냄새가 흉악해서 먹을 수가 없었다.

황제는 치를 떤다.

"역적 이각 놈이 짐을 이렇듯 속이는구나!"

곁에서, 시중侍中 양표가 아뢴다.

"이각은 성격이 잔인하고 포악합니다. 사태가 이 지경에 이르렀으니, 폐하는 잠시 참으사 그의 날카로운 칼날을 모면토록 하십시오."

황제는 머리를 숙이더니 소리 없이 울며 소매로 눈물을 이리 닦고 저리 닦는다.

문득 사람이 들어와서 아뢴다.

"한 떼의 군사가 창과 칼을 햇빛에 번쩍이며 태징과 북을 울리면서 폐하를 구출하러 오나이다."

황제는 군사를 거느려 오는 자가 누구인지 알아 오도록 했다. 나갔던 자가 잠시 뒤에 들어와서 아뢴다.

"곽사가 군사를 거느리고 온답니다."

황제는 기쁘기는커녕 더욱 근심에 잠겼다.

이윽고 바깥에서 함성이 크게 일어난다. 이때 이각은 군사를 거느리고 나가서 채찍으로 전진해오는 곽사를 가리키며 크게 꾸짖는다.

"너를 박대한 일이 없거늘, 어째서 나를 해치려 하느냐?"

곽사는 씹어 뱉듯이 대답한다.

"너는 반역한 놈이다. 역적 놈을 어찌 그냥 둘 수 있겠느냐?"

이각은 소리를 높여 되묻는다.

"나는 이곳에서 천자를 호위하는데, 어째서 역적이라 하느냐?"

곽사는 더욱 소리를 높여 꾸짖는다.

"네 이놈, 천자를 납치해다 놓고서도 뻔뻔스레 호위한다니 무슨 말이냐."

"여러 말 할 것 없다. 군사를 쓸 것 없이 나와 너 단둘이서 결판을 내자. 어느 쪽이건 이기는 자가 천자를 차지하기로 하자."

두 사람은 한가운데로 달려 나와 서로 맞부닥쳐 싸운 지 10여 합에 이르렀으나 승부가 나지 않는다.

이때, 양표가 말을 달려오면서 크게 외친다.

"두 분 장군은 잠시 진정하시라. 늙은 몸이 모든 대신들과 상의해서 두 분을 화해시켜드리겠소."

그제야 이각과 곽사는 싸움을 중지하고, 각기 자기 진영으로 돌아갔다.

양표는 즉시 주준과 함께 조정 관리 60여 명을 모으고 먼저 곽사의 진영에 가서 화해하도록 권했다. 그러나 곽사는 대답도 않고 다짜고짜 양표와 주준 등 60여 명을 모조리 자기 진영 안에 잡아 가두었다.

눈이 휘둥그래진 관원들은 호소한다.

"우리는 장군을 좋게 해드리려 왔는데, 이게 무슨 대접이오?"

곽사는 대답한다.

"이각은 천자를 납치했는데, 내가 대신들을 감금 못할 것 있소?"

양표는 묻는다.

"한 분은 천자를 납치하고 한 분은 우리 대신들을 감금했으니, 장차 어쩌자는 속셈이오?"

곽사는 발끈 화를 내며 칼을 뽑아 양표를 죽이려 든다. 중랑장中郞將 양밀楊密이 힘써 말리니 곽사는 마침내 양표와 주준만 석방하고, 그 나머지는 그냥 진영 안에 처박아두었다.

풀려 나온 양표는 주준에게 말한다.

"국가의 신하 된 몸으로 그 임금을 구조하지 못한다면, 이야말로 하늘과 땅 사이에 살 면목이 없구려."

그들은 서로 부둥켜안고 울다가 땅바닥에 쓰러져 기절했다. 주준은 집으로 돌아가 세상을 근심하던 끝에 그만 병이 나서 죽었다.

이런 뒤로, 이각과 곽사는 50여 일 동안을 날마다 서로 싸우니, 양편 군사 중에서 죽은 자만 해도 헤아릴 수 없을 정도였다.

원래 이각은 평소에 사교邪教와 요술妖術을 좋아해서, 늘 군중軍中에 무당을 불러다가, 북을 치고 강신降神을 시켰다. 가후가 무당을 내보내 도록 여러 번 간했으나 듣지 않았다.

어느 날 시중 양기楊琦는 황제에게 가만히 아뢴다.

"신이 보기에 가후는 비록 이각의 심복 부하이지만 그러나 폐하에 대한 충성심이 있습니다. 폐하께서는 가후를 불러다가 일을 상의해보소서."

이렇게 말하는데 마침 가후가 들어온다. 황제는 좌우 사람을 바깥으로 내보내고 울면서 묻는다.

"경은 한나라를 불쌍히 생각하여 짐의 목숨을 구해줄 뜻은 없는가?"

가후는 꿇어 엎드려 아뢴다.

"그것이 바로 신의 소원입니다. 폐하는 아무 말 마소서. 신이 알아서 하리다."

황제는 눈물을 씻으며 감사했다.

조금 지나자 이각이 허리에 칼을 차고 곧장 들어왔다. 황제의 얼굴은 겁에 질려 흙빛으로 변했다. 이각은 황제 앞에 뻣뻣이 서서 말한다.

"신하라고 할 수도 없는 곽사가 공경 대신公卿大臣들을 감금하고 폐하를 납치하려 하니, 신이 아니었다면 폐하는 벌써 붙들려갔을 것입니다."

황제는 일어서서 두 손을 앞에 모으고 감사한다. 이각은 더 말하지 않고 나가버린다.

이때 황보역皇甫酈이 황제를 뵈러 들어왔다. 황제는 황보역이 말을 잘

하는데다가 이각과 같은 고향 출신이라는 것을 알기 때문에 분부한다.

"경은 어떻게든 이각과 곽사가 화해하도록 힘써 주선하시오."

황제의 분부를 받고 황보역은 먼저 곽사의 진영에 가서 화해하도록 여러 가지로 권했다.

"이각이 천자를 내놓으면 나도 즉시 모든 대신들을 내놓겠소."

곽사는 끝내 버티었다.

황보역은 이각의 진영으로 가서 권한다.

"천자께서 내가 귀공과 같은 고향인 서량西涼 땅 출신이라는 걸 아시고, 특히 나에게 두 분을 화해시키도록 분부하셨소. 곽사는 이미 천자의 분부에 따르기로 하였으니 귀공의 뜻은 어떠하오?"

이각은 대답한다.

"나는 여포를 내쫓은 큰 공로가 있소. 그 외에도 내가 정사政事에 참여한 지 4년 동안에 많은 공훈과 업적을 쌓은 것은 천하가 다 아는 바요. 곽사는 한갓 말 도둑놈에 불과했거늘, 감히 모든 대신을 감금하고, 나에게 반항하니 맹세코 그놈을 죽여야겠소. 그대가 보기엔 그래 나의 모사와 군사가 곽사의 부하들만 못할 것 같소?"

"그렇지 않소. 옛날에 유궁有窮의 후예后羿(하夏나라 때 유궁국有窮國의 왕 후예는 활을 잘 쏘기로 유명했는데, 그는 정사를 돌보지 않았기 때문에 결국 신하에게 죽음을 당했다는 고사가 있다)는 활 잘 쏘는 자기 힘만 믿고, 불행이 닥쳐오는 걸 생각하지 않다가 마침내 멸망하였소. 가까운 일을 예로 든다면 귀공도 직접 목격하였듯이 동태사(동탁)는 참으로 강력한 분이었소. 그러나 많은 은혜를 입은 여포가 도리어 배반하여 동태사는 하루아침에 국문國門 높이 매달렸으니, 강한 것은 족히 믿을 것이 못 되오. 장군은 이미 상장上將이 되어 절월節鉞을 잡았고 자손과 일가 친척들도 다 높은 벼슬에 있으니, 그만하면 국가로부터 받은 은혜가 크오. 그러하거늘 이제 곽사는 모든 대신을 감금하고 장군은 천자를 감금했으니, 과연 누가 덜하다 할 수 있겠소?"

이각은 크게 분노하여 그 당장에서 칼을 뽑고 꾸짖는다.

"천자가 너를 보내며 나를 욕하라더냐! 먼저 네 목을 참하리라."

곁에서 기도위騎都尉 양봉楊奉이 황망히 간한다.

"아직 곽사도 없애버리기 전에 천자가 보낸 사람을 죽이면, 군사를 일으킨 곽사의 명분만 세워주는 결과가 되어 장차 천하 제후들은 곽사를 도울 것입니다."

가후도 또한 힘써 말리니, 이각의 분노는 약간 누그러졌다. 가후는 슬며시 황보역을 밀어 바깥으로 내보냈다.

바깥으로 나오자 황보역은 소리를 높여 외친다.

"이각이 천자의 분부를 거역하는 뜻은 뭔가! 천자를 죽이고 스스로 천자가 되려는 속셈이다."

시중 호막胡邈은 황급히 황보역의 입을 틀어막는다.

"그런 말 마오. 목숨이 위태롭소."

황보역은 호막의 손을 뿌리치며,

"호막아! 너도 또한 이 나라 신하이거늘 어째서 역적 놈에게 붙었느냐. 자고로 '임금이 욕을 보게 되면 신하는 죽어야 한다'는 말이 있으니, 이각의 손에 죽는 것이 나의 분수이다!"

하고 크게 꾸짖었다.

황제는 이 기별을 듣자 곧 사람을 보내어 황보역에게 즉시 그의 고향 서량으로 가라는 분부를 내렸다. 이리하여 죽기를 각오했던 황보역은 죽지도 못하고 길게 세상을 탄식하면서 고향으로 향하였다.

원래 이각의 군사는 반 이상이 서량 땅 출신이었다. 그 나머지는 오랑캐족 군사가 가담한 것이었다. 서량 땅 출신 군사들은 황보역이 '우리는

같은 서량 땅 사람'이라는 것을 강조하면서,

"이각이 역적질을 하니 그를 따르는 자는 역적의 무리이다. 두고 봐라. 반드시 머지않아 큰 불행을 당할 것이다."

하고 역설하는 말을 들었기 때문에, 마음이 차츰 흔들렸다.

이각은 참다못해 마침내 분을 못 이겨 호분虎賁 벼슬에 있는 왕창王昌에게,

"당장 뒤쫓아가서 황보역을 잡아오너라."

하고 분부했다.

그러나 왕창은 황보역이 충의가 대단한 선비라는 것을 알았기 때문에 뒤쫓는 체 돌아다니다가 와서 보고한다.

"암만 뒤쫓아가도 어디로 갔는지 황보역은 보이지 않습니다."

가후도 또한 오랑캐 군사들을 가만히 충동한다.

"천자께서 너희들의 충성과 오랫동안 싸운 수고를 아시고 비밀리에 이런 조서를 내리셨다. 즉, 너희들이 고국으로 돌아가면 나중에 많은 상을 주시겠다는 것이다."

그러지 않아도 오랑캐 군사들은 이각이 승급昇級도 시켜주지 않고 상도 주지 않는 데에 불평을 품은 참이었다. 오랑캐 군사들은 가후의 말을 듣자, 일제히 무기를 거두어 떠나버렸다.

가후는 황제에게 가서 가만히 아뢴다.

"이각은 욕심만 많지 꾀가 없습니다. 이번에 군사들이 흩어져 돌아가자 겁을 먹었으니, 폐하께서는 이 기회에 높은 벼슬을 미끼로 삼아 유인하십시오."

황제는 그날로 조서를 내려, 이각을 진짜 대사마로 봉했다.

이각은 기뻐서,

"이는 여자 무당들이 기도해서 강신한 영험일 것이다."

하고 여자 무당들에게 많은 상을 주었다. 그러나 장수와 군사들에게는 상을 주지 않았다.

기도위 양봉은 분노하여 송과宋果에게 불만을 털어놓는다.

"우리는 생명을 걸고 몸소 날아드는 화살과 돌멩이 사이로 드나든 사람들이오. 그래 우리 공로가 저 무당년들만도 못하단 말이오?"

송과도 분연히 대답한다.

"역적 이각 놈을 죽여, 천자를 구출하지 않고서 뭘 하리요?"

양봉은 제의한다.

"오늘 밤에 그대는 진영 안에서 불을 지르오. 그것을 신호로 나는 밖에서 호응하겠소."

양봉과 송과는 2경에 일을 일으키기로 약속했다.

그러나 뉘 알았으리요. 두 사람의 비밀은 사전에 누설되고 말았다. 어떤 자가 두 사람의 말을 엿듣고 곧장 이각에게 가서 미주알고주알 일러 바쳤다. 노기 등등해진 이각은 먼저 사람을 보내어 송과를 잡아들여 한 칼에 쳐죽였다.

양봉은 송과가 죽은 줄도 모르고 그날 밤 2경에 군사를 거느리고 기다렸으나, 진영 안에서 불이 오르지 않는다. 뜻밖에도 진영 안에서 이각이 친히 군사를 거느리고 달려 나와 덤벼든다. 양봉은 그제야 비밀이 누설된 줄 알고 진영 앞에서 서로 싸워 4경에 이르렀다. 결국 양봉은 패하여 패잔병들을 거느리고 서안西安 땅으로 달아났다.

이러한 일이 있은 뒤로 이각의 군사는 점점 쇠약해진데다가 곽사의 공격을 받았으므로 죽어 없어지는 군사 수효도 많았다.

어느 날, 섬서 지방에서 파발꾼이 말을 달려 미오로 왔다.

"장제張濟가 대군을 거느리고 섬서 땅에서 이리로 오는 중입니다. 이각과 곽사 두 장군에게 화해를 붙여보되, 말을 듣지 않을 경우에는 응하지 않는 쪽을 싹 무찔러버리겠다고 선언했습니다."

그러지 않아도 이각은 군사가 쇠약한 판국이라, 재치 있게 먼저 사람을 장제의 군사에게로 마중 보내어 곽사와 화해할 뜻을 전했다. 일이 이쯤 되니 곽사도 혼자 버틸 수가 없어서 화해했다.

장제는 황제에게 표문을 바치며,

"홍농군弘農郡(낙양이 있는 곳)으로 행차하사이다."

하고 청했다.

황제는 몹시 기뻐하며,

"짐은 늘 동도東都(낙양)가 그리웠노라. 이 기회에 돌아가면 다행이겠다."

하고 장제에게 표기장군驃騎將軍을 봉했다. 장제는 황제에게 많은 양식과 고기와 술을 공급했다.

곽사는 모든 대신을 석방하겠노라고 말만 하였다. 이각은 수레와 말을 수습하고 지난날의 어림군御林軍(친위군) 수백 명에게 창을 주고 황제를 호송하게 했다.

이리하여 황제는 난여鑾輿를 타고 미오를 떠나 신풍新豊 땅을 지나서 패릉覇陵 땅에 이르니, 이때가 바로 가을이라, 갑자기 쓸쓸한 바람이 일어난다.

문득 함성이 크게 일어나더니, 수백 명의 군사가 다리 위로 달려와서 어가 앞을 가로막으며 묻는다.

"어디서 오며 어디로 가는 자들이냐?"

시중 양기는 말에 박차를 가하여 다리 위로 올라가서 대답한다.

"성가聖駕가 이곳을 지나가시거늘, 누가 감히 앞을 막느냐?"

저편 장수 두 사람이 나와서 말한다.

"우리는 곽사 장군의 명령을 받아 이 다리를 파수하면서 간특한 첩자들의 침입을 막고 있소이다. 참으로 성가가 왕림하셨다면, 우리가 친히 황제를 뵈어야만 믿겠습니다."

양기는 어가의 주렴을 높이 들어 보였다.

황제는 말한다.

"짐이 여기 있거늘, 너희들은 어째서 물러가지 않느냐?"

그제야 두 장수는

"만세!"

를 외치며, 군사를 다리 양쪽으로 늘어세우고 어가를 통과시켰다.

그 후 두 장수는 돌아가서 곽사에게,

"어가는 무사히 지나가셨습니다."

하고 보고했다.

곽사는 발끈 노하며,

"내 장제를 혼내주고 어가를 다시 미오로 납치해올 작정이었는데, 어째서 너희들 맘대로 놓아줬단 말이냐. 이 못난 놈들아!"

하고, 그 당장에서 두 장수를 참했다. 곽사는 즉시 군사를 일으켜 황제를 잡으러 밤낮없이 뒤쫓아간다.

어가가 바로 화음현華陰縣 가까이 당도했을 때였다. 뒤에서 하늘을 진동하는 함성이 일어나더니 크게 외치는 소리가 들린다.

"어가는 꼼짝 마라! 게 섰거라!"

황제는 기겁을 하고 울면서 대신들에게 매달린다.

"겨우 늑대 굴을 빠져 나왔나 했더니, 바로 범을 만났구나. 장차 어찌하면 좋을까?"

모두가 얼굴빛이 변해서 어쩔 줄을 모르는데, 적군은 점점 가까이 온다.

이때 산 뒤에서 난데없는 북소리가 진동하더니 한 장수가 나타난다. 보니 '대한 양봉大漢楊奉'(대한 사람 양봉)이라고 쓴 큰 기가 선두를 달려온다.

원래 양봉은, 송과와 짜고 이각을 치려다가 실패하자, 패하여 서안 땅으로 달아나던 중 군사를 거느리고 종남산終南山에 들어가 있었던 것이다.

양봉은 어가가 온다는 소문을 듣자 군사 천여 명을 거느리고 황제를 호위하러 오는 참이었다. 위기에 봉착한 황제를 본 양봉은 즉시 군사를 일렬로 늘어세우고 달려오는 적군 앞을 끊었다.

곽사의 장수 최용崔勇이 나서면서 크게 외친다.

"이놈, 누군가 했더니 네가 바로 역적 양봉이구나!"

양봉은 노여워하며 돌아보고 묻는다.

"서황徐晃은 어디 있느냐?"

말이 끝나기가 무섭게 한 장수가 큰 도끼를 휘두르며 준마를 달려 나와 최용에게 달려든다. 서로 말을 비비대며 싸운 지 불과 1합에 서황의 도끼를 맞고, 최용은 두 조각이 나서 말 아래로 떨어져 구른다.

이를 본 양봉은 즉시 군사를 휘몰아 적군을 무찌르니, 곽사의 군사는 크게 패하여 20여 리 바깥으로 달아났다. 양봉은 군사를 거두어, 어가 앞에 나아가 천자를 뵙는다.

황제는 반기며 위로한다.

"경이 짐을 위기에서 구했으니 공로가 적지 않도다."

양봉은 다시 절하고 머리를 조아린다. 황제가 묻는다.

"적의 장수를 죽인 사람은 누구냐?"

양봉은 그 장수를 불러 어가 앞에 절하게 하고 소개한다.

"이 사람은 하동군河東郡 양현楊縣 땅 출신으로 성명은 서황이요, 자를 공명公明이라 합니다."

황제는 거듭 서황을 위로했다. 이에 양봉은 어가를 호위하여 화음현으로 들어갔다. 그곳을 지키는 장군 단외段煨는 어가를 맞이하여 의복

천자를 호위하는 양봉과 동승

과 음식을 바쳤다. 그날 밤 천자는 양봉의 영중營中에서 잤다.

　한편, 첫번 싸움에 패한 곽사는 이튿날 다시 군사를 점검하고 천자가 머물러 있는 화음현 양봉의 진영을 습격한다. 이에 서황이 말을 내달아 싸우러 나오자, 곽사의 많은 군사는 사방팔방으로 진영을 포위했다.

　진영 안에 있는 천자와 양봉은 완전 포위당하여 위기에 빠졌다. 이때 문득 동남쪽에서 함성이 크게 진동하며 한 장수가 말을 쏜살같이 달려와서 곽사의 군사를 마구 시살한다. 서황도 적군이 무너지기 시작하는 것을 보자 용기 백배하여 일제히 공격을 가하니 곽사의 군사는 크게 패하여 달아났다. 동남쪽에서 와서 위기를 구한 그 장수는 앞으로 나아가 절한다.

　모든 사람이 보니, 그 장수는 다른 사람이 아니라 바로 천자의 외척

뻘인 동승董承이었다. 황제는 반갑고 고달파서 눈물을 흘리며 동승에게 지난 일을 호소했다.

동승은 몸을 굽혀 아뢴다.

"폐하는 근심 마소서. 신은 양봉 장군과 함께 맹세코 곽사와 이각 두 도둑을 잡아죽이고 천하를 바로잡으리다."

황제는 속히 홍농弘農 땅으로 가자며 조른다. 이리하여 어가는 밤낮 없이 길을 재촉해서 홍농군으로 갔다.

한편, 곽사는 패잔병을 수습하여 돌아가다가 중도에서 이각을 만났다. 곽사는 이각에게 말한다.

"양봉과 동승이 천자를 구출하여 홍농 땅으로 가버렸으니, 이거 야단났소. 그들이 산동에 이르러 자리를 잡기만 하면, 반드시 천하의 모든 제후들을 일으켜 우리 두 사람을 칠 것이오. 그렇게 되면 우리는 물론이요 삼족三族(친족·외족·처족)까지도 다 죽었지 별수없소."

이각은 대답한다.

"지금 장제는 군사를 거느리고 장안에 주둔했으니 쉽사리 그곳을 뜨지는 못할 것이오. 이 기회에 나와 그대는 군사를 한데 합쳐 거느리고 홍농 땅을 쳐서 천자를 죽이고, 천하를 두 조각으로 나눠 가지면 되니 과히 염려 마시오."

곽사는 기꺼이 찬성하고 서로 군사를 합쳐 홍농군으로 향했다. 그들은 지나는 곳마다 군사를 풀어 마구 노략질을 한다. 그래서 그들이 지나간 곳이면 남아나는 물건이 없었다.

한편, 홍농 땅의 양봉과 동승은 멀리서 적군이 온다는 보고를 듣자, 군사를 거느리고 동간東澗으로 급히 가서 마침내 일대 접전이 벌어졌다.

이각과 곽사는 상의한다.

"우리 군사는 많고 저편은 형세가 약하니, 마구 무찔러 나아가면 이길 것이오."

이에 이각은 왼쪽에서, 곽사는 오른쪽에서 산과 들을 뒤덮듯이 나아간다. 양봉과 동승은 죽을 각오로 싸웠으나 밀리고 밀리어, 마침내 많은 관리와 궁녀와 부책符冊, 전적典籍 등 서류와 어물御物 등을 다 버리고 겨우 황제와 황후만 수레에 태워서 빠져 달아난다.

이리하여 곽사는 군사를 거느리고 홍농 땅으로 들어와서 마음대로 약탈하는 동시에 군사를 나누어 어가를 뒤쫓는다.

한편, 어가를 모시고 협북峽北으로 달아나던 동승과 양봉은 적병이 추격해오는 것을 알자, 사람을 급히 보내어 이각과 곽사에게 강화를 청하는 동시에 일변 밀사를 하동군으로 보내어, 지난날 백파白波 땅에서 황건적의 두목질을 한 일이 있는 한섬韓暹 · 이악李樂 · 호재胡才에게 천자의 뜻을 전하고, 속히 구원 와주기를 분부했다.

이때 이악 등 세 사람은 황건적이 망한 이래로 각기 산적 노릇을 하였다. 천자는 너무 신세가 다급해서 그들까지 소집한 것이다. 그들은 천자가 지난날의 죄를 다 용서하고 벼슬까지 준다는 데야 마다할 리가 없었다.

이악, 한섬, 호재는 산채를 버리고 각기 군사를 거느리고 급히 동승과 양봉에게로 갔다. 이리하여 힘을 얻은 동승과 양봉은 적군을 격파하고 다시 홍농 땅을 탈환했다. 그러나 만사는 그것으로 끝나지 않았다.

이각과 곽사는 이르는 곳마다 민가를 약탈하고 늙은이와 약한 자를 죽이고, 씩씩한 자만 뽑아서 패사군敗死軍(결사대)이란 것을 조직하고 싸울 때마다 앞에 내세웠기 때문에 그 형세가 만만치 않았다.

이악의 군사는 위양渭陽 땅으로 나아갔다.

곽사는 군사를 시켜 길에다 많은 의복과 여러 가지 물건을 버려두었다. 아니나다를까 원래가 산 도둑놈들이었던 이악의 군사는 오다가 길에 널려 있는 옷과 물건을 보자, 서로 다투어 줍느라고 대오가 무너진다.

그 기회에 이각과 곽사는 각기 군사를 거느리고 달려나가서 무찌르니, 이악의 군사는 달아나기에 바쁘다. 일선이 무너지니 양봉과 동승은 적군을 막을 도리가 없어 또 천자를 모시고 북쪽으로 달아나는데, 적군이 뒤쫓아온다.

이악이 아뢴다.

"사태가 위급하니, 청컨대 천자는 수레에서 내리사 말을 타고 먼저 가소서."

황제는 대답한다.

"짐이 모든 신하를 버리고 차마 혼자 갈 수는 없다."

이 말을 듣자 모든 신하는 소리쳐 울면서 천자를 뒤따른다.

이때 뒤에서 적군의 추격을 막던 호재가 싸우다가 죽었다.

동승과 양봉은 적군의 추격이 가까워지자, 천자께

"사태가 급하니 수레를 버리십시오. 걸으셔야 합니다."

하고 아뢰었다.

천자는 신하들의 호위를 받으며 허둥지둥 걸어서 황하 언덕에 당도했다.

이악 등은 조그만 배 한 척을 구해서 황하 가에 대었다. 이때가 바로 추운 겨울이라, 황제와 황후는 서로 부둥켜안고 밑을 굽어보며 벌벌 떤다. 그 일대는 말이 언덕이지 높은 벼랑이어서 배 위로 내려가기가 어려운데, 뒤에서 적군이 달려온다.

양봉이 분부한다.

"말고삐를 모두 풀어서 그것으로 황제를 비끄러매고, 배 위로 내려모셔라."

사람들 속에서 황후의 친정 오라버니인 복덕伏德이 흰 비단 10여 필을 내놓으며 말한다.

"내가 난군亂軍 중에서 주운 비단이니, 이걸로 천자를 모시도록 하오."

행군교위行軍校尉 상홍尚弘은 흰 비단 필匹로 황제와 황후를 각각 싸고 감아서 묶었다. 황제가 먼저 허공에 매달려 벼랑 아래 배 위로 천천히 내려진다. 이악은 칼을 짚고 뱃머리에 서 있는데, 황후의 오라비 복덕이 먼저 내려와서 매달려 내려오는 황후를 받아 업고 배 위에 내려놓는다.

이때 벼랑 위에서 뛰어내리기도 하고, 또 언덕에 모였던 자들은 한꺼번에 배를 타려고 미친 듯이 닻줄에 매달린다. 그러나 조그만 배에 그 많은 사람이 다 탈 수는 없는 노릇이었다. 참으로 잔인한 사태가 벌어졌다. 그때까지 뱃머리에 우뚝 서 있던 이악은 칼을 뽑아 뱃전에 달라붙는 자들을 마구 쳐죽였다.

이윽고, 배는 황하를 건너 다른 쪽 언덕에 닿았다. 이악은 황제와 황후를 내려놓자 즉시 배를 돌려 돌아온다.

이쪽 언덕에서 기다리던 자들은 배가 돌아오자 미친 듯이 마구 뛰어 올라탄다. 배는 워낙 조그만 일엽편주라, 순식간에 만원이 됐다. 이악은 다시 칼을 뽑아 뱃전을 붙드는 자들의 손이며 손가락을 마구 친다. 통곡 소리는 하늘을 진동하며, 물위에는 무수한 손가락과 손이 둥둥 떠돈다. 배는 멀어져간다.

이악이 언덕에 내려 보니 황제의 좌우를 모시는 대신은 결국 10여 명에 불과했다.

양봉은 겨우 소달구지 한 대를 구해와서 황제를 태우고 떠나 대양大陽 땅에 이르렀다. 모두가 꼬박 굶고 어느 기와집에 들어가 밤을 새우는데, 시골 첨지 하나가 와서 좁쌀밥 한 그릇을 진상한다. 황제와 황후는 좁쌀밥 한 그릇을 함께 먹는데, 어찌나 깔깔한지 목에 넘어가질 않는다.

이튿날 황제는 이악을 정북장군征北將軍으로, 한섬을 정동장군征東將

軍으로 봉한 다음에 다시 소달구지를 타고 떠나간다. 어디서 두 대신이 쫓아와서 꼬꾸라지듯 절하며 통곡한다. 두 대신은 태위 양표와 태복太僕 한융韓融이었다. 황제와 황후도 그들과 함께 울었다.

한융은 하직 절을 하며,

"이각과 곽사 두 역적이 자못 신의 말이면 믿는 편이니, 신은 죽을 각오로 가서 타일러보겠습니다. 폐하는 부디 용체龍體를 보중하소서."
하고 홀로 떠나갔다.

이악이 황제를 양봉의 진영으로 모시고 가서 잠시 쉬는데, 양표가 아뢴다.

"우선 안읍현安邑縣에 가서, 잠시 도읍都邑하사이다."

이에 황제는 윤허하고, 다시 길을 떠나 안읍 땅으로 갔으나, 그곳에는 들어앉을 만한 큰 집도 없었다.

결국 황제와 황후는 초가집에서 기거하는데, 닫아걸 문도 없어서 가시덤불로 울타리를 둘러 앞가림이나마 했다. 대신들은 뜰에 앉아 앞날을 의논한다. 모든 장수는 군사를 거느리고 울타리 바깥에서 지켰다.

일이 이쯤 되고 보니, 얼마 전만 해도 관가의 눈을 피해 산속에서 숨어 살면서 화적질을 해먹던 이악이 전권全權을 잡고, 조금만 비위에 거슬리면 황제 앞에서 대신들을 욕하고 치고 찼다. 뿐만 아니라, 이악은 일부러 황제에게 잡곡밥과 막걸리만 줬다. 황제는 아무 소리 못하고 죽지 못해서 달게 먹었다.

이악과 한섬 등은 추호도 꺼릴 것이 없어 연명장連名狀에 서명하더니 황제에게 바치며,

"저희들이 추천하는 사람에게 벼슬을 내려야 합니다."
하고 윽박질러 오사리잡놈 · 무당 · 심복 졸개 따위 2백여 명에게 교위校尉 · 어사御史(오늘날 검찰관) 등 벼슬을 시키는데, 직인職印을 새길 여가

가 없어 나뭇조각에다 송곳으로 파서 찍어주니, 체통이고 뭐고 말할 여지가 없었다.

한편, 황제에게 하직하고 떠났던 한융은 가서 사리를 따져 간곡히 타일렀기 때문에, 이각과 곽사 두 역적 놈도 그 말을 좇아 그간 잡아두었던 여러 대신과 궁녀들을 석방했다.

그 해에 크게 흉년이 들어서 백성들은 야채만 먹고 부황이 났거나 아니면 굶어서 들판에 쓰러져 있는 실정이었다.

하내河內 태수 장양張楊은 쌀과 고기를 보내어 진상했다. 하동河東 태수 왕읍王邑은 비단 옷감을 진상해서 황제는 겨우 안정했다.

동승과 양봉은 서로 상의하고 한편으론 사람을 낙양으로 보내어 궁을 손질하고 천자를 동도에 모시기로 했다. 그러나 이악은 이 일에 반대했다.

동승은 타이른다.

"낙양은 원래부터 도읍지요, 이곳 안읍은 조그만 고을이라, 천자가 계실 곳이 못 되오. 이제 어가를 모시고 환도還都하는 것이 이치에 마땅하오."

이악은 내뱉듯 말한다.

"천자를 데려가고 싶거든 가구려. 난 이곳이 좋으니 여기 남으면 그만 아니오."

이에 동승과 양봉은 어가를 모시고 떠나갔다. 애초에 반대하던 이악이 천자를 낙양으로 떠나 보낸 데는 그만한 이유가 있었다. 즉, 이악은 사람을 이각과 곽사에게로 보내어 도중에서 천자를 납치하기로 내통했던 것이다.

그러나 동승·양봉·한섬은 천자를 모시고 낙양으로 가는 도중에 이악의 흉계를 알게 되어, 군사를 단단히 배치하고 어가를 빈틈없이 호위한 다음에 기관箕關 땅을 향하여 달린다.

이악은 계책이 누설됐다는 보고를 듣자, 이각과 곽사의 군사가 오는 것도 기다리지 않고 스스로 본부 군사만 거느리고, 천자를 잡으러 급히 뒤쫓아간다.

그날 밤 4경 때였다. 기산箕山 아래서 이악은 달아나는 어가를 뒤쫓아와 큰소리로,

"어가는 꼼짝 말고 게 섰거라. 이각과 곽사가 여기 왔노라!"

거짓말하고 협박한다.

황제는 어찌나 놀랐는지 금세 경풍 걸린 사람처럼 벌벌 떤다. 이때 산 위에서 무수한 횃불이 두루 나타나니,

전번에는 이각과 곽사 두 도둑이 나뉘어 서로 싸우더니
이제는 이각, 곽사, 이악 세 도둑이 하나로 합쳤다.
前番兩賊分爲二
今番三賊合爲一

한나라 천자는 이 위기에서 어떻게 벗어날 것인가.

제14회

조조는 어가를 모셔 허도로 가고
여포는 밤을 이용하여 서주성을 습격하다

이악은 군사를 거느리고 쫓아와서, 이각과 곽사의 군사가 왔노라 속이니 천자가 대경 실색한다. 양봉은

"저것은 이각과 곽사의 군사가 아니라, 바로 이악입니다."

아뢰고 마침내 서황더러 나가서 싸우도록 명령했다.

이악은 달려와서 어우러져 싸운 지 단 1합에 서황이 내리치는 도끼를 맞고 말 아래로 떨어진다. 적군은 죽어 자빠지는 장수를 보자, 변변히 싸우지도 않고 흩어져 달아나거나 아니면 죽음을 당했다.

동승과 양봉은 다시 어가를 호위하고 달리어 기관 땅을 지나간다. 태수 장양은 음식과 비단을 가지고 나와 지도簧道 땅에서 어가를 영접했다. 황제는 감격하여 장양에게 대사마大司馬를 봉했다. 대사마가 된 장양은 군사를 주둔시키려고 야왕현野王縣으로 떠나갔다. 이리하여 황제는 마침내 낙양으로 돌아왔다.

옛 궁실은 다 타버려서, 시가市街는 황량하고 보이느니 잡초만 우거졌다. 궁원宮院 중에 남은 거라고는 무너진 담과 부서진 벽뿐이었다.

황제는 양봉에게 명하여 조그만 궁실을 지어 거처하니, 문무 백관들은 가시덤불 속에 서서 조례朝禮를 드렸다. 이에 흥평興平 연호를 건안建安 원년元年(196)으로 개원改元했다.

이해에도 계속 크게 흉년이 들었다. 낙양 백성이라고는 겨우 수백 호에 불과하지만 그나마 먹을 것이 없어 다 성 바깥으로 나가 나무껍질을 벗기거나 풀뿌리를 캐어 근근히 연명했다. 뿐만 아니라, 상서랑尚書郞 이하의 모든 관리들도 성 바깥에 나가서 나무를 하고 풀뿌리를 찾아 헤매었다. 그리하여 무너진 담과 부서진 벽에 쓰러져 죽는 사람이 나날이 늘었다. 참혹하고 참혹한 일이다. 운기運氣가 쇠할 대로 쇠약한 한나라 마지막 참상이 이보다 더 심할 수는 없을 것이다.

후세 사람이 망해가던 한나라를 탄식한 시가 있다.

　　옛날에 한 고조는 망탕 땅에서 흰 뱀을 죽인 뒤로
　　붉은 기치旗幟를 내세우고 종횡으로 천하를 주름잡았도다.
　　진나라가 쓰러지자 한나라가 일어섰으니
　　초나라 항우를 거꾸러뜨리고 마침내 천하를 정했도다.
　　그 뒤로 자손이 나약하니 간사한 신하들은 떼를 지어 날뛰며
　　종묘와 사직이 시들어 영락하니 도둑들은 미친 듯 덤벼들도다.
　　보라, 이제는 낙양과 장안 두 도읍지가 함께 위기에 빠졌으니
　　쇠로 만든 조상彫像이 무슨 눈물이 있을까마는 무서워서 떠는
　　듯하더라.

　　血流芒峴白蛇亡
　　赤幟縱橫遊四方
　　秦鹿逐暢興社稷
　　楚妥推到立封彊

天子懦弱姦邪起
宗社凋零盜賊狂
看到兩京遭難處
鐵人無淚也悽惶

태위 양표는 아뢴다.

"지난날 폐하의 조서를 받았으나, 미처 조조에게 보내지 못했습니다. 지금도 조조는 산동에서 강력한 장수와 군사를 많이 거느리고 있으니, 조정으로 불러들여 왕실을 돕게 하면 어떻겠습니까?"

황제는 대답한다.

"짐이 이미 조서를 내렸으니, 경은 잘 알아서 하라. 다시 짐에게 아뢸 것 없다."

양표는 황제의 말씀을 듣자 즉시 사신을 산동으로 보내어 조조를 선소宣召했다.

한편, 조조는 산동에 있으면서, 천자가 낙양에 환도했다는 소문을 듣자, 모사들과 함께 상의한다.

순욱이 말한다.

"옛날 춘추 전국 시대 때 진晉 문공文公은 제후들을 거느리고 천자인 주周 양왕襄王을 영접했기 때문에 천하가 진 문공에게 복종하였고 한 고조는 초나라 의제義帝의 초상을 잘 치러주었기 때문에 천하 민심을 얻었습니다. 그런데 오늘날은 천자가 몽진蒙塵(피난)했으니, 이 기회에 장군이 먼저 대의명분을 내세워 의병을 일으키고 천자를 받들어 민심을 대변하면 이야말로 만년 대계萬年大計라 할 수 있습니다. 빨리 서두르지 않으면 천재일우千載一遇의 이 좋은 기회를 딴사람에게 빼앗길까 두렵습니다."

조조는 매우 기뻐서 즉시 군사를 일으키려 하는데,

"낙양에서 천자가 보내신 사신이 왔습니다."

하고 수하 사람이 들어와서 고한다.

조조는 의관을 갖추고 천자의 조서를 받자, 그날로 군사를 모조리 일으켰다.

한편, 황제는 낙양에 있으나 모든 것이 미비했다. 무너진 담 하나 고쳐 쌓지 못하는 실정이었다.

하루는 파발꾼이 말을 달려와서 아뢴다.

"이각과 곽사가 군사를 거느리고 낙양으로 오는 중입니다."

천자는 크게 놀라, 양봉에게 묻는다.

"조조를 데리러 산동으로 간 사신이 돌아오기도 전에, 이각과 곽사의 군사가 또 쳐들어온다니, 이 일을 어찌하면 좋겠나?"

양봉과 한섬은 아뢴다.

"신들이 죽을 각오로 싸워서 폐하를 보호하겠나이다."

동승은 말한다.

"낙양은 성곽이 허술한데다가 군사도 많지 않으니, 싸워서 이기지 못하면 어쩔 요량이오? 차라리 폐하를 모시고 조조가 있는 산동으로 가는 것이 안전하오."

황제는 동승의 말을 좇아 그날로 어가를 타고 산동으로 떠나가는데, 문무 백관들은 탈 말이 없어 걸어서 뒤따른다.

천자의 일행이 낙양성을 떠나 한 마장도 못 갔을 때였다. 저편에서 먼지가 해를 가리더니 태징 소리·북소리가 진동하면서 무수한 군사와 말이 달려온다.

천자는 벌벌 떨면서 아무 말도 못하고 바라보는데, 문득 장수 한 사람이 말을 달려온다. 자세히 보니 지난날 산동으로 보냈던 사신이 돌아온다. 사신은 어가 앞에 이르러 절하고 아뢴다.

"조조 장군은 조서를 받자 산동 군사를 모조리 일으켜 오다가 이각과 곽사가 낙양을 침범한다는 소문을 듣고, 하후돈을 선봉으로 삼고 장수 열 명과 군사 5만 명을 먼저 폐하를 호위하도록 보내니 저렇듯 오는 중입니다."

이 말을 듣고야 황제는 겨우 안심했다.

하후돈·허저·전위 등이 군사를 거느리고 속속 이르러 군례軍禮를 갖추며 뵈니, 천자는 그들을 위로한다.

다른 파발꾼이 말을 달려와서 아뢴다.

"동쪽에서도 한 떼의 군사가 옵니다."

천자는 하후돈에게,

"어서 가서 알아봐라."

하고 보냈다.

이윽고 하후돈이 갔다가 와서 아뢴다.

"조조 장군이 보낸 산동군 보병들이 오고 있습니다."

마침내 조홍·이전·악진 등이 속속 이르러 천자께 절하고, 각기 성명을 고한다.

조홍은 아뢴다.

"신의 형(조조)이 적군이 가까이 온 것을 알고 하후돈을 돕도록 신들을 보냈으므로 이렇게 달려왔습니다."

"조장군曹將軍은 참으로 사직社稷의 신하로다."

황제는 그들에게 선두에 서서 나아가도록 분부했다.

또 파발꾼이 달려와서 고한다.

"이각과 곽사가 군사를 거느리고 이리로 쳐들어옵니다."

황제는 하후돈에게 두 길로 나뉘어 적군과 대결하도록 분부했다. 하후돈과 조홍은 마치 새 날개처럼 좌우로 나뉘어 기병을 앞세우고 보병

헌제 앞에 무릎을 꿇는 조조

을 뒤따르게 하여 일제히 달려가서 이각과 곽사의 군사를 마구 시살하고 목 만여 개를 참하니 적군은 크게 패하여 달아났다.

이에 그들은 황제를 모시고 낙양으로 돌아왔다. 하후돈은 낙양성 바깥에 군사를 주둔시켰다.

이튿날 조조는 대군을 거느리고 와서 진영을 벌인 뒤, 낙양성 안으로 들어가 어전御殿 댓돌 밑에 이르러 절하고, 천자를 뵈었다.

천자는 엎드린 조조에게,

"몸을 편히 하오."

하고 먼 길 온 수고를 위로한다.

"신은 지난날 나라의 은혜를 입었기에 항상 보답할 길을 생각하던 중, 이제 이각과 곽사의 죄악이 하늘에 가득 차고, 또 신에게 용맹한 군사 20여만 명이 있으니, 하늘의 이치로써 역적을 치는 데야 어찌 이기지 못할 리가 있겠습니까. 폐하는 더욱 용체를 보중하사 국사를 돌보소서."

황제는 조조를 사례교위로 봉한 뒤에, 절월節鉞을 하사하고 녹상서사錄尙書事를 겸임시켰다.

한편 이각과 곽사는 조조가 멀리서 온 것을 알자 속히 싸워 결말을 내기로 의논했다.

가후는 간한다.

"그건 안 될 말이오. 조조의 군사는 날쌔며 수하 장수는 용맹하니, 차라리 항복하고 지난날의 죄나 면하도록 하오."

"네가 나의 날카로운 기세를 꺾으려 드느냐!"

이각은 발끈 화를 내며 칼을 뽑아 가후를 죽이려 든다. 모든 장수가 힘써 말리어 가후는 겨우 죽음을 면했다. 그날 밤 가후는 홀로 말을 타고 고향을 향하여 떠나가버렸다.

이튿날, 이각은 군사를 거느리고 조조의 군사와 대결했다. 조조는 먼저 허저, 조인, 전위에게 기병 3백 명을 주어 세 번씩이나 이각의 진을 공격한 다음에야 비로소 진영을 벌였다.

서로 진영을 벌이는 중에, 이각의 조카 이섬李暹과 이별李別이 나란히 싸우러 나와 외치기도 전이었다. 이 편에서 허저가 말을 나는 듯이 달려나가, 먼저 한칼에 이섬을 베어 죽이니, 이별은 기겁하여 저절로 말에서 굴러 떨어진다. 허저는 눈 깜짝할 사이에, 일어나려는 이별의 목을 싹둑 잘라, 두 놈의 목을 함께 들고 진영으로 돌아왔다.

조조는 허저의 등을 쓰다듬는다.

"그대는 참으로 나의 번쾌樊噲(한 고조의 수하 명장)로다."

조조는 하후돈에게 군사를 주어 오른편에서 나아가게 하고, 자신은 친히 중군을 거느리고 나아가는데, 북소리가 울리자 이들 삼군은 일제히 달려가 적진을 마구 무찌르니, 적군은 대적할 수 없어 크게 패하여 달아난다. 조조는 친히 보검을 휘둘러 지휘하여 밤이 샐 때까지 추격하니, 죽은 적군도 많지만 항복하는 자가 무수했다.

이각과 곽사는 서쪽으로 열심히 달아나니, 그 꼴이란 마치 상갓집 개 같아서 정처도 없었다. 마침내, 그들은 큰 산속으로 들어가서 자취를 감췄다.

조조는 군사를 거두어 돌아와서, 낙양성 바깥에 주둔했다. 이때 낙양성 안에서는 양봉과 한섬이 서로 의논한다.

"이제 조조가 큰 공을 세웠으니 반드시 모든 권력을 잡을 것인즉, 결코 우리 두 사람을 용납할 리 없다."

두 사람은 궁으로 들어가서 천자께,

"이 기회에 뒤쫓아가서 이각과 곽사를 죽이고 오겠습니다."

핑계를 댄 뒤에 군사를 거느리고 대량大梁 땅으로 떠나가버렸다.

어느 날 황제는 사람을 조조의 진영으로 보내어,

"나랏일을 의논할 테니 궁으로 들라."

하고 불렀다.

조조는 궁에서 사람이 왔다는 말을 듣자 청하여 인사했다. 칙사로 온 사람은 눈썹과 눈이 매우 청수하고 기상이 고결했다.

조조는 마음속으로,

'이제 도읍은 크게 흉년이 들어 관리와 군사와 백성이 다 굶는 판인데, 이 사람은 혼자서 신수가 좋구나.'

생각하고 묻는다.

"귀공의 얼굴은 조금도 굶은 티가 없으니, 무슨 좋은 것이라도 먹소?"

그 사람은 대답한다.

"별다른 걸 먹는 건 없소. 30년 전부터 자극성 있는 음식은 먹지를 않습니다."

조조는 연방 머리를 끄덕이며 묻는다.

"그대는 무슨 벼슬에 있소?"

"나는 효렴孝廉으로 천거받아 원소와 장양 밑에서 일을 맡아보다가, 이번에 천자께서 환도하셨다는 소문을 듣고 특히 배알하러 왔더니 정의랑正議郎 벼슬을 주시는지라, 본시는 제음군濟陰郡 정도현定陶縣 출신으로서 성명은 동소董昭요 자를 공인公仁이라 하오."

조조는 선뜻 자리를 피해 앉으며,

"귀공의 높은 명성을 들은 지 오래더니, 다행히 여기서 만나뵙는구려." 하며 공대하고, 장중帳中에 술상을 차리고 순욱을 불러 인사시킨 다음 대접하게 했다.

홀연 파발꾼이 들어와서 고한다.

"한 떼의 군사들이 동쪽으로 떠나갔습니다. 누가 그들을 거느려 갔는지 모르겠습니다."

조조는 급히 뒤쫓아가서 알아오도록 분부하는데, 동소가 말한다.

"그건 지난날 이각의 장수로 있었던 양봉과 황건적의 남은 무리로 화적질을 해먹던 한섬입니다. 그들은 귀공이 낙양에 왔기 때문에, 그들 군사를 거느리고 대량 땅으로 피해간 것입니다."

조조는 묻는다.

"그들이 이 조조를 의심한 거로구려."

동소는 대답한다.

"보잘것없는 자들인데 귀공은 무엇을 염려하시오?"

"이각과 곽사 두 도둑이 도망쳤으니, 장차 무슨 짓을 할까요?"

"그들은 발톱 없는 범이요 날개 없는 새입니다. 머지않아 귀공에게 사로잡힐 것이니 염려 마십시오."

조조는 동소가 막힘 없이 사리에 맞게 대답하는 말을 듣자, 드디어 조정 대사大事에 관해서 물었다.

동소는 대답한다.

"귀공이 의병을 일으켜 폭도들을 죽이고 조정에 들어와 천자를 도우면, 이는 오패五覇(춘추 전국 시대 때 주 왕실을 돕고 천하 패권을 잡은 다섯 제후니 제濟 환공桓公·송宋 양왕襄王·진晉 문공文公·진秦 목공穆公·초楚 장왕莊王을 이른다)의 공로만 못하지 않습니다. 그러나 모든 인물은 제각기 다르고 또 뜻도 각기 다르기 때문에, 반드시 귀공에게 복종하지 않을 것인즉, 그냥 낙양에 머물러 있으면 점점 여러 가지로 불편한 점이 많을 것입니다. 천자를 모시고 허도許都로 옮겨가는 것만이 상책인데, 천자가 여러 곳으로 피난을 다니시다가 이제 겨우 낙양에 환도하셨기 때문에 사람들은 세상이 하루 속히 안정되기를 바라느니 만큼, 이제 다시 어가를 옮긴다면 반대가 일어나겠지요. 그러나 세상이란 비상한 일을 해야만 비상한 공로를 세울 수 있으니, 장군은 잘 알아서 결정하십시오."

조조는 동소의 손을 덥석 잡고 웃는다.

"그 점이 바로 내가 늘 생각하던 일이오. 양봉이 대량 땅에 있고 대신들이 조정에 있으니 혹 다른 변란이 일어나지나 않겠소?"

동소는 대답한다.

"그건 쉬운 일입니다. 양봉에겐 편지 한 장만 보내어 우선 안심을 시켜놓으십시오. 대신들에겐 '낙양엔 식량이 없으므로 어가를 허도로 모시노니, 허도로 말할 것 같으면 노양魯陽 땅이 가까워 식량을 들여오기에 길이 멀지 않아서 여러 가지로 편리하다'고 분명히 말하십시오. 모두가 굶주려 있는지라, 대신들도 식량을 얻기 위해서 부득이 옮긴다는 말을 들으면 반드시 기뻐하고 복종하리다."

조조는 입이 벌어지면서 크게 기뻐한다. 동소가 하직하고 궁으로 돌아가려는데, 조조가 다시 그 손을 잡고 청한다.

"앞으로 내가 도모하는 바를 귀공은 잘 지도해주시오."

"나 같은 사람을 알아주시니 도리어 감사하오."

하고 동소는 돌아갔다.

조조는 그날로 모든 모사들과 함께 새로이 도읍을 옮길 일을 비밀히 상의했다. 이때 시중侍中 태사령太史令 왕입王立은 종정宗正(궁중 일을 맡아보는 대신) 유애劉艾에게,

"내가 천문天文을 보니, 작년 봄부터 태백성太白星(금성)은 북두성과 견우성 사이에서 진성鎭星(토성)을 침범하여 천진天津(백조좌 부근)을 지나갔고, 형혹성熒惑星(화성)은 거꾸로 거슬러와서 태백성과 천관天關에서 서로 만났소. 금성과 화성이 서로 만나면 반드시 새로운 천자가 나오게 마련이오. 내가 보기에는 한나라 운수도 머지않아 끝장이 나니, 진晉·위魏 땅에서 반드시 새로이 일어나는 자가 있을 것 같소."

가만히 말하고 헌제에게 가서,

"천명은 순환하는 것이어서 떠나기도 하고 새로 오기도 하며, 오행五行도 또한 한 가지만 늘 번영하지 않으니, 화火 기운을 대신해서는 토土 기운이 일어나는 것입니다. 즉 한나라를 대신해서 천하를 잡을 자는 분명코 위魏나라에 있는 것 같습니다."

하고 비밀히 아뢰었다. 조조는 새나온 이 말을 듣자, 사람을 왕입에게로 보내어,

"그대가 조정에 충성하는 마음을 내 모르는 바는 아니나, 하늘의 이치는 깊으니 함부로 말하지 않는 것이 이로울 것이다."

하고 으름장을 놓았다. 그리고, 조조는 순욱에게 왕입이 말했다는 그 내용을 일러줬다.

순욱은 풀이한다.

"한나라는 화덕火德으로 왕이 됐지만, 주공은 바로 토土 기운을 띠고 나셨소. 이번에 옮겨가려는 허도는 바로 토의 방위에 있으니 그곳으로 가야만 반드시 흥할 수 있습니다. 왜냐하면 화火는 능히 토를 생生하며, 토는 능히 목木을 왕성하게 하나니, 그러므로 동소와 왕입의 말이 여합부절如合符節로 들어맞아서 다음날에 반드시 새로 일어나는 분이 있을 것입니다."

이 말을 듣자 조조는 마침내 결심했다. 이튿날, 조조는 궁에 들어가서 황제께 아뢴다.

"낙양은 황폐한 지 오래라, 수리할 수도 없습니다. 더구나 식량을 운반해오는 데도 여러 가지 어려움이 있습니다. 그러나 허도는 노양 땅과 가까운데다가 성과 궁실과 돈과 식량과 물자가 다 갖추어져 있습니다. 그러므로 신은 감히 허도로 도읍을 옮기시기를 청합니다. 폐하는 윤허하소서."

황제는 감히 싫다고 할 수도 없었다. 모든 신하는 조조의 위세에 겁이 나서 또한 감히 반대하는 자가 없었다. 마침내 택일하여 어가가 낙양을 다시 떠나가는데, 조조는 군사를 거느리고 천자를 호위하니 문무 백관이 다 따른다. 천자의 행차가 몇십 리쯤 갔을 때였다.

앞에 보이는 높은 언덕에서 문득 함성이 크게 일어나더니 양봉과 한섬이 군사를 거느리고 달려 나와 길을 가로막는다. 그들 중에서 서황이 앞으로 썩 나오며 조조를 향하여 크게 외친다.

"조조는 천자를 납치하여 어디로 가려 하느냐?"

조조가 말을 달려 나가서 바라보니, 서황의 위풍은 참으로 늠름하고 씩씩했다. 조조는 마음속으로,

'참으로 비범한 사람이다.'

감탄하고, 허저를 돌아보며,

"나가서 싸우라."

하고 명령한다. 허저는 달려나가 서황과 맞부닥쳐 서로 도끼와 칼을 휘둘러 싸운 지 50여 합에 승부가 나지 않는다. 조조는 곧 징을 쳐서 군사를 거두고 모사들을 불러 의논한다.

"양봉과 한섬은 족히 말할 것도 못 되나, 서황은 참으로 비범한 장수라. 내 서황을 힘으로써 항복받기가 애석하니, 계책을 써서 초청하려고 하노라."

행군종사行軍從事 만총滿寵이 고한다.

"주공은 염려 마십시오. 제가 전부터 서황과 잘 아는 터이니, 오늘 밤에 졸개로 변장하고 몰래 저쪽 진영에 숨어 들어가서 서황이 진심으로 투항해오도록 하리다."

조조는 흔연히 허락했다.

그날 밤 만총은 한낱 졸개로 변장하고 적군 속에 섞여 들어가서 서황의 장막 앞에 이르렀다. 만총이 가만히 장막 안을 엿보니, 서황은 촛불을 밝히고 갑옷을 입은 채 단정히 앉아 있었다. 만총은 들어가서 서황 앞에 이르러 공손히 읍한다.

"장군은 그간 별고 없으신가요?"

서황은 머리를 들어 자세히 보더니 묻는다.

"그대는 바로 산양山陽 출신 만백녕滿伯寧(백녕은 만총의 자이다)이 아닌가? 여기에 어찌 왔소?"

만총은 대답한다.

"나는 지금 조조 장군 휘하에 있소이다. 오늘 싸움에서 지난날의 친구를 보았기에, 한마디 드릴 말씀이 있어서 죽음을 무릅쓰고 왔소."

서황은 자리를 권하고 온 뜻을 묻는다. 만총은 대답한다.

"귀공으로 말하면 용맹과 지혜가 세상에서 출중하거늘, 어째서 양봉과 한섬 따위에게 몸을 굽히고 계시오. 오늘날 조조 장군은 당세의 영걸이라, 어진 사람을 좋아하고, 장수를 예의로써 대접한다는 것은 천하가 다 아는 사실이오. 조조 장군은 오늘 싸움에서 그대의 용맹을 보시고 크게 공경하사, 사나운 장수를 시켜 결전하지 않고 특히 이 만총을 보내어 귀공을 모셔오라 하셨소. 귀공은 왜 어리석은 무리를 버리고 공명 정대한 분에게 가서 함께 대업大業을 성취하려 않으시오?"

서황은 한참 동안 말없이 생각하다가 탄식한다.

"나도 양봉과 한섬이 큰일을 성취할 만한 사람이 못 된다는 것은 아오. 그러나 어찌하리요. 오랫동안 상종했으니 차마 버릴 수도 없구려."

"귀공은 듣지 못하셨소? '훌륭한 새는 나무를 골라서 살고 현명한 신하는 주인을 골라서 섬긴다' 하오. 섬길 만한 주인을 만났는데도 그냥 지나쳐버린다면 어찌 남아 대장부라 하리요."

서황은 벌떡 일어나더니 감사한다.

"그대 말씀을 좇기로 하겠소."

"그렇다면 양봉과 한섬의 목을 베어가서, 조조 장군을 뵙는 예물로 삼읍시다."

"아랫사람이 주인을 죽이는 것은 의가 아니니, 나로서는 할 수 없소."

만총은 사과한다.

"그대는 참으로 의리 있는 분이오."

이에 그날 밤으로 서황은 장하帳下의 군사 수십 명을 거느리고, 만총을 따라 조조에게로 떠나갔다. 이 사실은 군사들에 의해서 즉시 양봉에게 보고됐다.

양봉은 서황이 떠났다는 말을 듣자 친히 기병 천여 명을 거느리고 뒤쫓아가,

"의리 없는 서황아! 게 섰거라."

하고 크게 외친다.

양봉은 말을 달려 서황 가까이 다가가는데, 문득 한 방 포 소리가 나더니 산 위아래로 무수한 횃불이 일제히 나타나고, 매복했던 군사가 사방에서 쏟아져 나온다. 그 군사들 속에서 조조가 친히 앞으로 나서며 크게 꾸짖는다.

"내 여기서 너를 기다린 지 오래니, 양봉아, 꼼짝 말고 칼을 받아라!"

이 말에 양봉은 깜짝 놀라 군사를 급히 돌리며 둘러보니, 어느새 조조의 군사들이 완전 포위하고 있었다.

이때 마침 한섬이 군사를 거느리고 양봉을 구출하러 달려왔다. 한섬의 군사와 조조의 군사 사이에 일대 혼전混戰이 벌어지자, 그 틈을 타서 양봉은 겨우 빠져 달아난다. 조조는 적군이 혼란해진 틈을 타고 맹렬하게 공격하니, 양봉과 한섬의 군사는 태반이나 항복했다.

양봉과 한섬은 고단한 신세가 되어, 그나마 얼마 남지 않은 패잔병을 거느리고 몸을 의탁하러 원술한테로 달아났다.

조조는 군사를 거두어 진영으로 돌아왔다. 만총은 서황을 데리고 들어와서 인사를 시킨다. 조조는 매우 즐거워하며 서황을 극진히 대접했다.

이리하여 조조는 어가를 모시고 허도에 이르자 궁실과 전각殿閣과 종묘와 사직단社稷壇과 성대省臺, 사원司院 등 각 관청과 아문衙門을 세우고 성곽과 부고府庫를 고쳐 쌓고 동승 등 열세 명을 열후로 봉했다. 공로에 따라 상을 주고 죄에 대해서 벌을 내리는 것까지도 오로지 조조 마음대로였다.

이리하여 조조는 스스로 대장군大將軍 무평후武平侯가 되어, 순욱을 시중상서령侍中尙書令으로, 순유를 군사軍師로, 곽가를 사마좨주司馬祭酒로, 유엽을 사공연조司空椽曹로 삼았다. 그리고 모개毛鸞와 임준任峻을 전농중랑장典農中郎將으로 삼아 세금 징수와 식량을 살피게 했다. 정욱을 동평국東平國의 상相으로, 범성范成과 동소를 낙양령洛陽令으로, 만총을 허도령許都令으로, 하후돈·하후연·조인·조홍을 다 장군으로, 여건·이전·악진·우금·서황을 다 교위校尉로, 허저·전위를 다 도위都尉로 삼았다. 그 밖에 모든 장수에게도 각각 벼슬을 봉했다.

이때부터 천하의 크나큰 권세는 조조에게로 넘어갔다. 조정의 큰일은 무엇이든지 조조에게 먼저 품달한 이후에 천자에게 아뢰었다.

조조는 큰 기반을 정하자 후당後堂에다 잔치를 베풀고, 모든 모사와 함께 앞으로 할 일을 상의한다.

조조는 먼저 말한다.

"유비가 서주에서 군사를 거느리고 스스로 고을 일을 맡아보는데, 더구나 전번 싸움에 패한 여포가 서주로 갔는지라, 보고에 의하면 유비가 소패 읍내에서 여포를 살도록 했다 하니, 만일 그들 두 사람이 단결하여 이리로 쳐들어오는 날이면 큰 걱정이 아닐 수 없다. 그대들에게 혹 묘한 대책이라도 있는지?"

허저는 청한다.

"바라건대, 저에게 날쌘 군사 5만 명만 주시면, 유비와 여포의 머리를 참하여 승상께 바치겠나이다."

순욱은 말한다.

"장군의 기상은 용맹하나, 이런 일이란 계책을 써야 하오. 이제 허도에 도읍을 새로 정했으니 함부로 군사를 쓸 때가 아니오. 나에게 한 가지 계책이 있으니, 즉 두 범이 서로 잡아먹게 하리라. 이제 유비가 비록 서주 땅을 거느렸으나 아직 천자의 승낙을 받지 못했소. 주공은 우선 천자에게 청하여 유비를 서주 목사로 제수하는 동시에 비밀 편지 한 통을 보내어 여포를 죽이라고 분부하십시오. 우리 뜻대로만 된다면 유비는 여포의 도움을 받지 못할 것이며, 일이 우리 뜻대로 안 될지라도 여포가 반드시 유비를 죽일 것이니, 이것이 두 범이 서로 잡아먹게 하는 계책입니다."

조조는 순욱의 계책대로 곧 천자께 청하여 유비를 정동장군正東將軍 의성정후宜城亭侯로 봉하고 서주 목사로 삼는다는 칙명과 비밀 편지 한 통을 사신에게 주어 보냈다.

한편, 유현덕은 서주에 있으면서 황제가 허도로 가 새로이 도읍을 정하셨다는 소문을 듣자, 표문을 보내어 축하하려던 참이었다.

수하 사람이 들어와서 고한다.

"허도에서 칙사가 옵니다."

유현덕은 성 바깥에 나가서 칙사를 영접하여, 함께 돌아와 천은天恩을 감사하고 잔치를 베풀어 대접했다.

칙사는 말한다.

"귀공이 이번에 정식으로 서주 목사가 된 것은 조조 장군이 황제께 적극 천거한 덕분입니다."

유현덕이 감사하자, 그제야 칙사는 편지를 내어준다. 유현덕은 편지를 받아 보고 나서,

"이 일은 좀 생각을 해야 할 것 같소."

하고 잔치가 파하자 칙사를 관역館驛으로 보내어 편히 쉬게 했다.

그날 밤에 유현덕은 모든 사람과 함께 이 일을 상의한다.

장비가 불쑥 말한다.

"여포는 본시 의리 없는 놈입니다. 그깟 놈을 죽이는 데 의논은 해서 뭘 합니까."

유현덕은 타이른다.

"여포는 갈 곳이 없어서 나를 찾아온 사람이다. 그런 사람을 죽인다면 이는 의리가 아니니라."

장비는 통명스레 내뱉는다.

"형님은 사람이 너무 좋아서 탈이우."

이튿날 여포는 유현덕에게 축하하러 왔다. 유현덕은 여포를 안으로 안내하도록 했다. 여포는 들어와서 말한다.

"귀공이 이번에 조정으로부터 정식 벼슬을 받았다는 말을 듣고 축하하러 왔소이다."

유현덕은 감사하며 겸손해하는데, 장비가 칼을 들고 대뜸 청 위로 올라서면서 여포를 죽이려 덤벼든다. 유현덕은 황급히 두 사람 사이로 들어서서 장비를 꾸짖는다. 여포는 크게 놀란다.

"익덕(장비의 자)은 어째서 나만 보면 죽이려 드오?"

장비는 씹어 뱉듯 대답한다.

"조조가 너를 의리 없는 놈이라 하고, 우리 형님에게 너를 죽이라 했다."

유현덕은 연방 소리를 질러 장비를 물러세우고 여포를 데리고 후당으로 들어가 조조에게서 온 밀서를 내어 보이고 사실대로 말했다.

여포는 밀서를 읽더니 운다.

"이는 간특한 조조가 우리 두 사람을 이간하려는 거요."

"형은 염려 마시오. 나는 맹세코 그런 의롭지 못한 짓은 하지 않을 거요."

여포는 일어나 거듭 절하고 감사한다.

유현덕은 함께 술을 마시다가, 저녁 무렵에야 여포는 소패 읍내로 돌아갔다. 관운장과 장비는 묻는다.

"형님은 왜 여포를 죽이지 않으셨소?"

"조조는 내가 여포와 서로 짜고서 허도를 칠까 봐 겁을 먹고 있다. 그래서 나와 여포를 서로 잡아먹게 하고 조조는 중간에서 어부지리를 보자는 배짱이니, 내 어찌 그런 계책에 넘어가리요."

관운장은 그 뜻을 선뜻 알아듣고 머리를 끄덕이는데, 장비가 투덜댄다.

"그런 놈은 죽여 없애야 뒷걱정이 없습니다."

유현덕은 타이른다.

"그러면 못쓴다. 그건 대장부의 할 짓이 아니니라."

이튿날 유현덕은 돌아가는 칙사를 전송하는데, 천자의 성은聖恩에 감사하는 상표문上表文과 조조에게 전하도록 답장을 주어 보냈다. 그 답장은 천천히 일을 도모해야 할 것 같다는 내용이었다.

칙사는 허도로 돌아와서 조조에게 서신을 바치고 보고한다.

"유현덕은 여포를 죽이지 않습디다."

조조는 순욱에게 묻는다.

"우리 계책대로 일이 안 됐으니 어찌하면 좋겠소?"

순욱은 대답한다.

"나에게 또 한 가지 계책이 있으니, 이는 범을 몰아서 늑대를 잡아먹게 하는 계책입니다."

조조는 묻는다.

"그 계책이란 뭣이오?"

순욱은 대답한다.

"원술에게 밀사를 보내어 '이번에 유비가 천자께 비밀리에 표문을 보냈는데, 남군南郡으로 쳐들어가서 원술을 무찌르겠다는 내용이었으니, 귀공은 각별 주의하라'고 이르십시오. 원술이 그 말을 들으면 반드시 노하여 유비를 칠 것입니다. 그때에 승상은 유비에게 원술을 치라는 조서를 보내십시오. 이리하여 원술과 유비가 서로 싸우게 되면, 여포는 반드시 딴생각을 품고 배반할 것이니, 이것이 바로 범을 몰아서 늑대를 잡아먹게 하는 계책입니다."

조조는 매우 흐뭇해하고 먼저 사람을 원술에게로 보내는 동시에 천자의 조서를 가짜로 꾸며 서주 유현덕에게로 보냈다.

한편, 서주 목사 유현덕은 도읍에서 또 칙사가 온다는 기별을 듣자, 성 바깥에까지 나가서 영접했다. 칙사로부터 천자의 조서를 받아 보니,

즉시 군사를 일으켜 원술을 치라는 내용이었다. 유현덕은 원술을 치겠다고 대답하고 칙사를 돌려보냈다.

미축은 말한다.

"이것 또한 조조의 계책이올시다."

유현덕은 머리를 끄덕이며,

"그렇기는 하지만, 왕의 명령이시니 거역할 수 없다."

하고 드디어 군사를 일으켜 출발 준비를 서둘렀다.

손건은 청한다.

"떠나기 전에 우선 이 서주성을 지킬 사람부터 정하십시오."

유현덕은 대답한다.

"동생 중에서 누가 지키면 되겠지."

관운장은 청한다.

"제가 남아서 이 서주성을 지키겠습니다."

"나는 수시로 너와 함께 의논을 해야 할 텐데, 어찌 떨어져 있으리요."

장비가 나선다.

"그럼 제가 남아서 지키면 되지 않습니까."

"글쎄 네가 이 서주성을 잘 지킬 수 있을까. 첫째로 너는 취하면 군사를 심히 매질하는 버릇이 있다. 둘째로 너는 모든 일을 쉽게만 생각하고 간하는 말을 듣지 않는 버릇이 있으니 내가 마음을 놓을 수 없구나."

장비는 다짐한다.

"형님, 저는 이제부터 술을 입에 대지 않겠소. 군사도 때리지 않겠습니다. 모든 사람의 간하는 말을 잘 들어서 일을 처리하리다."

곁에서 미축이 말한다.

"말뿐일까 두렵소."

장비는 대뜸 눈알을 부라린다.

"내가 형님을 모신 지 여러 해로, 한 번도 신용을 잃은 일이 없거늘, 너는 어째서 나를 업신여기느냐."

유현덕은 생각하다가,

"동생의 말은 비록 그러하나, 내 종시 마음이 놓이지 않는다."

하고 진등에게 부탁한다.

"진등은 장비를 잘 도와 술을 많이 마시지 못하게 하여 모든 일에 실수 없게 하라."

진등은 남아서 장비를 보좌하기로 승낙했다. 유현덕은 여러 가지로 당부한 다음 기병과 보병 3만을 거느리고 서주를 떠나 남양 땅으로 행군한다.

한편 원술은 조조의 사자가 와서,

"유비가 천자께 표문을 보냈는데, 남양 일대를 쳐서 무찌르겠다고 하였습니다."

귀띔해주는 말을 곧이듣고 몹시 노여워한다.

"유비는 원래가 자리나 짜며 짚신이나 삼던 천한 놈이었는데, 이젠 큰 고을을 차지하고 제후들과 어깨를 나란히 하기에, 그렇지 않아도 내 그놈을 쳐서 버릇을 가르치려 했더니, 그놈이 도리어 나를 침범하려 드는구나. 참으로 괘씸한 놈이로다!"

원술은 장수 기영紀靈에게 군사 10만 명을 주어 서주 땅으로 출발시켰다. 이리하여 기영의 군사와 유현덕의 군사는 우이현磻燒縣에서 서로 대치했다.

유현덕의 군사는 기영의 군사보다도 수효가 적어서 산을 등지고 냇물 곁에 영채를 세웠다. 장수 기영은 원래가 산동 사람으로 평소 한 자루의 삼첨도三尖刀를 잘 쓰니, 그 무게가 50근이었다.

이날 기영은 군사를 이끌고 진 앞에 나와서 크게 꾸짖는다.

"촌놈 유비야, 네 어찌 감히 우리 경계를 침범하느냐?"

유현덕은 응수한다.

"천자의 조서를 받자와 충성 없는 신하를 치러 왔거늘, 네가 감히 와서 거역하느냐. 너의 죄는 죽어 마땅하다."

기영은 발끈 분노하여 말에 박차를 가하고 칼을 춤추며 유현덕에게로 곧장 달려온다. 이를 보자 관운장이 달려나가면서,

"되지못한 놈아, 거센 체 말라!"

크게 꾸짖고 기영과 맞닥뜨려 싸운 지 30합에 승부가 나지 않는다. 기영은 싸우다 말고 외친다.

"잠시 쉬었다가 싸우자."

이 말을 듣자 관운장은 말고삐를 돌려 진영으로 돌아왔다. 관운장은 진영 앞에서 기다리는데, 원술의 진영에서는 기영이 나타나지 않고 부장副將 순정荀正이 나온다.

관운장은 소리를 지른다.

"기영을 나오라 하여라. 내 자웅雌雄을 결정하리라."

순정은 응수한다.

"너는 이름 없는 장수니, 우리 기영 장군의 적수가 아니다."

관운장은 화가 치밀자 말을 달려 나가 서로 칼로 부닥친 지 단 1합에 순정을 베어 죽였다.

이에 유현덕이 군사를 휘몰아 무찌르니, 기영은 크게 패하여 회음현淮陰縣 강물 어귀로 후퇴했다. 기영은 나가서 정정당당히 싸우지 못하고, 군사를 몰래 보내어 유현덕의 영채를 기습하다가 번번이 참패를 당했다. 이리하여 양쪽 군사는 서로 대치하고만 있었다.

한편 장비는 유현덕이 떠나간 뒤로 일반 일은 진등에게 쓸어 맡긴 채, 기밀에 관한 중대사만 알아서 처리했다.

어느 날 장비는 잔치를 베풀고 모든 관리들을 초청해서 말한다.

"형님이 떠나실 때 나에게 술을 많이 마시지 말도록 분부하신 뜻은 혹 일에 실수가 있을까 염려하신 때문이다. 그러니 여러분은 오늘 나와 함께 싫도록 마셔 한 번만 취하고, 내일부터는 각기 술을 삼가고 서주성을 지키는 나를 힘껏 도우라. 자 오늘 하루만 우리 마음껏 마시기로 합시다."

장비는 말을 마치자 벌떡 일어서서 모든 관리에게 손수 술잔을 안기며 권한다.

술이 조표曹豹 앞에 이르렀을 때였다. 조표는 말한다.

"나는 술을 마시지 않음으로써 늘 나를 교훈합니다."

장비는 대뜸 눈알을 부라린다.

"이런 죽일 놈이 있나, 그래 술을 안 마실 테냐? 나는 꼭 너에게 술을 먹여야만 직성이 풀리겠다."

조표는 겁에 질려 겨우 한 잔을 마셨다. 장비는 모든 관리에게 한 차례 술을 돌리고 손수 엄청나게 큰 잔에다 술을 콸콸 부어 쉴새없이 수십 잔을 들이킨다. 장비는 어느새 크게 취하자 또다시 일어나 모든 관리에게 일일이 잔을 권한다. 술이 또 조표 앞에 이르렀을 때였다.

"저는 참으로 술을 못합니다."

장비는 힐책한다.

"너는 조금 전에도 마시지 않았느냐? 그러고도 어째서 잡아떼느냐."

조표는 두 번 세 번 사양한다. 장비는 취한데다가 발작이 나서,

"네 이놈, 장수의 명령을 어기면 어찌 되는지 응당 알렷다."

하고 버럭 화를 내며 군사들에게 호령한다.

"당장 이놈을 끌어내 곤장 백 대만 쳐라!"

군사들은 조표를 끌어내려는데, 진등이 보다못해 말한다.

"현덕공께서 떠나실 때 그대에게 뭐라시던가? 벌써 잊었는가?"

장비는 소리를 꽥 지른다.

"너는 문관文官이니 너 할 일이나 하지 간섭 말라."

일이 이쯤 되니, 조표는 어찌할 도리가 없어 장비에게 애걸한다.

"익덕공翼德公은 내 사위의 안면을 봐서라도 나를 용서해주오."

장비는 묻는다.

"네 사위라니, 그게 누구냐!"

"여포가 바로 내 사위요."

여포의 전처前妻가 바로 조표의 딸이었던 것이다. 이 말을 듣자 장비는 흥분한다.

"내가 실은 너를 칠 생각이 없더니, 이제 여포를 내세우고 위협하려 드는구나. 어디 견뎌봐라. 내가 너를 때리는 것은 바로 여포를 때리는 것인 줄 알아라."

모든 사람이 몰려들어 말리건만 소용이 없었다. 장비는 매를 들어 그 무서운 힘으로 조표를 친다. 모두가 말리고 사정해서, 장비는 50대를 치고서야 겨우 매를 놓았다. 술자리는 파했다. 모든 관리는 각기 돌아갔다.

조표는 자기 집으로 돌아와서 장비를 저주하며, 그날 밤으로 편지 한 통을 써서 심복 부하에게 주어 소패 읍내로 보냈다. 그 편지는 장비의 무례한 소행을 낱낱이 기록하고, 유현덕이 회남淮南을 치러 가서 없으니 오늘 밤 안으로 장비가 술이 깨기 전에 군사를 거느리고 와서 서주성을 습격하라, 이 절호의 기회를 놓치면 안 된다는 내용이었다.

여포는 조표의 편지를 받아 보자 곧 진궁을 불러 상의한다.

진궁은 말한다.

"이곳 소패는 오래 있을 땅이 못 되오. 이제 칠 기회가 생겼으니 이 참에 서주성을 차지하지 않으면 나중에 후회한들 무슨 소용이 있습니까."

여포는 크게 머리를 끄덕이고, 즉시 갑옷을 입고 기병 5백 명을 거느

리고 떠나가니, 진궁이 군사를 거느리고 계속 그 뒤를 따른다. 고순이
또한 나머지 군사를 거느리고 뒤따라 출발한다.

소패 읍내에서 서주성까지는 불과 4, 50리니, 말에 올라타기만 하면
바로 갈 수 있는 거리였다. 여포가 서주성 아래 이르렀을 때는 밤 4경이
었다. 달빛이 밝으나 성 위에서는 소패 군사가 들이닥친 것도 전혀 모르
는 모양이었다.

여포는 성문 가에 이르러 외친다.

"유사또(유현덕)께서 긴급한 일로 보내신 사람이 왔소."

성 위에 있던 조표 수하의 군사들은 즉시 달려가서 알리었다. 조표는
곧 성 위로 올라가서 여포를 굽어보더니,

"속히 성문을 열어줘라."

하고 군사들에게 분부한다.

성문이 열리자, 여포는 암호를 외치고 모든 군사를 거느리고 일제히
성안으로 들어와서 크게 함성을 지른다.

장비는 크게 취하여 부중에서 자다가, 좌우에서 급히 흔들어 깨우는
바람에 일어났다.

"큰일났습니다. 여포가 속임수로 성문을 열게 하고 쳐들어왔습니다."

장비는 버럭 화를 내며 황망히 갑옷을 입고 장팔사모丈八蛇矛를 들었
다. 장비가 겨우 부중府中 문 앞으로 나와서 말을 탔을 때였다. 여포의 군
사가 들이닥친다. 장비는 아직도 술이 덜 깨어 마음껏 싸우지를 못한다.
여포는 원래 장비의 용맹을 알기 때문에 선뜻 대들지를 않는다.

그 기회에 말 탄 열여덟 명의 연나라 장수(장비는 연나라 출신이다)
들이 장비를 도와 동문東門을 무찔러 성 바깥으로 나갔다. 이때 유현덕
의 가족이 다 성안 부중에 있었건만 장비와 열여덟 명의 장수들은 돌아
볼 여가가 없었다.

밤을 틈타 서주성을 습격하는 여포

　조표는 취한 장비가 겨우 10여 명의 호위를 거느리고 성 바깥으로 달아나는 것을 보자, 곧 백여 명의 군사를 거느리고 급히 뒤쫓는다.

　장비는 조표가 뒤쫓아오는 것을 돌아보자 분기 탱천하여 즉시 말을 돌려 조표에게로 달려든다. 싸운 지 3합에 조표가 패하여 달아난다. 장비는 나는 듯이 뒤쫓아가서 강가에 이르러 단번에 창 한 번으로 조표의 등을 냅다 찔렀다. 왼편 심장까지 꿰뚫린 조표는 탔던 말과 함께 강물 속으로 떨어져 죽었다.

　장비는 서주성 바깥으로 돌아와서 살아 남은 군사들은 속히 도망쳐 나오라고 소리쳤다. 성안에서 겨우 도망쳐 나온 군사들은 장비를 따라 회남 땅을 향하여 달아났다.

　서주성을 점령한 여포는 백성들을 안심시키고 군사 백여 명에게,

"유현덕의 가족을 극진히 보호하라."

하고 아무도 그 집에 함부로 드나들지 못하도록 명령했다.

한편, 장비는 기병 10여 명과 함께 군사들을 거느리고 우이현으로 가서 유현덕을 뵈었다. 장비는 조표가 여포와 내통하고 여포가 밤에 습격해왔기 때문에 서주성을 빼앗긴 자초지종을 고했다. 이 말을 듣자, 모든 사람은 아연 실색했다.

유현덕은 탄식한다.

"얻었대서 무슨 기쁠 것이 있으며, 잃었대서 무슨 근심할 것이 있으리요!"

관운장은 묻는다.

"그래 형수씨는 지금 어디 계시느냐?"

장비는 고개를 떨군다.

"다 서주성 안에 계십니다."

유현덕은 아무 말이 없다. 관운장이 발을 구르며 원망한다.

"네가 당초에 서주성을 지키겠다며 자청했을 때 뭐라고 말했느냐. 형님이 떠나실 때 너에게 뭐라 당부하시더냐. 이제 서주성을 잃고 형수씨마저 적군 속에 두고 왔다니 이 일을 어찌하면 좋단 말이냐."

장비는 황공무지하여 칼을 뽑아 스스로 자기 목을 치려 하니,

술잔을 들어 통쾌히 마실 때 어찌 정신을 차리지 못했던가.

칼을 뽑아 스스로 자결하려 하니 후회한들 무엇 하리요.

擧杯暢飮情何放

拔劍捐身悔已遲

장비의 목숨이 어찌 될 것인지.

제15회

태사자는 힘껏 소패왕과 싸우고
손책은 엄백호와 크게 싸우다

장비가 허리에 찬 칼을 뽑아 자결하려는데, 유현덕이 뛰어들어 안더니 칼을 빼앗아 던진다.

"옛사람이 말하기를 형제는 손발 같고 처자는 옷과 같다 하였다. 옷은 떨어지면 기워 입을 수 있지만 손발이 끊어지면 어찌 다시 붙일 수 있으리요. 우리 세 사람이 지난날 도원에서 의형제를 맺었을 때, 비록 같은 해 같은 달 같은 날에 태어나지는 못했으나, 다만 같은 해 같은 달 같은 날에 함께 죽기를 원했으니, 이제 서주성과 가족을 잃었대서 어찌 형제를 도중에서 죽게 하리요. 더구나 서주성은 본래 나의 것이 아니었다. 가족은 붙들려 있지만 여포가 반드시 해치지 않을 것이니 잘하면 얼마든지 구해낼 수도 있다. 그러하거늘 아우는 어째서 한때 잘못을 저질렀다 하여 죽으려 하느냐."

유현덕이 말을 마치고 크게 우니, 관운장과 장비도 목놓아 울었다.

한편 원술은 여포가 서주성을 습격해서 차지했다는 소식을 듣자 즉시 사람을 보내어,

"곡식 5만 석石과 말 5백 필과 황금과 은 만 냥과 채색 비단 천 필을 줄 테니, 유현덕의 뒤를 쳐서 협공하시오."

하고 제의했다.

여포는 흐뭇해하며 고순에게 군사 5만 명을 주며,

"어서 가서 유현덕의 뒤를 습격하라."

하고 명령했다.

한편, 유현덕은 첩자의 보고로 이 소식을 듣자, 궂은비 내리는 중에 군사를 거두어 우이현을 버리고 동쪽 광릉廣陵 땅을 차지하려 달아났다.

이리하여 여포의 장수 고순이 군사를 거느리고 왔을 때 유현덕은 이미 떠나고 없었다.

고순은 원술의 장수 기영紀靈과 서로 만나자,

"이제 약속한 물건을 주시오."

하고 요구했다. 기영은 대답한다.

"귀공은 우선 서주로 돌아가시오. 나도 돌아가서 주공께 말씀 드리겠소."

이에 고순은 작별하고 군사를 돌려 서주로 가서 여포에게 기영의 말을 전했다. 여포는 뒷맛이 개운치 않았다. 의심이 났던 것이다.

그 후 원술에게서 서신이 왔다. 그 서신은 고순이 비록 군사를 거느리고 오기는 했지만 유현덕을 치지 못했으니, 유현덕을 잡을 때까지 기다렸다가 그때 약속한 물건을 보내주겠다는 내용이었다. 여포는 노기등등하여 저주하며 즉시 군사를 일으켜 원술을 치기로 했다.

진궁이 말린다.

"안 될 일이오. 원술은 수춘壽春 땅에 웅거했기 때문에 군사도 많으며 곡식도 많으니 가벼이 칠 수 없소. 그러느니 차라리 유현덕을 돌아오도록 청해서 소패 읍내에 주둔시키고, 우리의 우익羽翼으로 삼으십시오. 다음날에 유현덕을 선봉으로 삼아 먼저 원술을 무찌른 이후에, 원소를 무찌르면 그때 우리는 천하를 주름잡을 수 있소."

여포는

"유현덕이 어디 있나 찾아서, 이 서신을 전하고 모셔오너라."

하고 사자를 떠나 보냈다.

한편, 유현덕은 광릉 땅을 취하러 갔다가 도리어 원술의 군사에게 기습을 당하여 군사를 절반이나 잃고 돌아오다가 도중에서 여포의 사자를 만났다. 유현덕은 사자가 바치는 여포의 서신을 받아 보자 매우 반가워한다.

관운장과 장비는 말한다.

"여포는 의리 없는 사람입니다. 그가 우리를 오라 한다고 그대로 믿어서는 안 됩니다."

유현덕이 말한다.

"여포가 호의로써 청하는데 내 어찌 그를 의심하리요."

유현덕은 마침내 서주로 갔다.

여포는 유현덕이 자기를 의심하지나 않을까 염려했다. 그래서 우선 유현덕의 가족을 처소로 돌려보냈다.

원래 유현덕에게는 감부인甘夫人과 미부인鳥夫人 두 부인이 있었다. 두 부인은 오랜만에 유현덕을 만나 말한다.

"여포는 문밖에 군사를 두어 아무나 함부로 못 드나들게 하고, 늘 시첩을 시켜 필요한 물건을 보내줬기 때문에, 조금도 군색하지 않게 지냈어요."

유현덕은 관운장과 장비에게 말한다.

"그러기에 내가 말하지 않던가, 여포는 나의 가족을 해칠 사람이 아니라고."

유현덕은 감사하러 성안으로 들어갈 준비를 했다. 그러나 여포라면

원한이 사무친 장비는 들어가기가 싫어서 두 형수씨를 모시고 먼저 소패 읍내로 갔다.

유현덕이 관아에 들어와서 감사하니, 여포는 변명한다.

"내가 서주성을 빼앗은 것은 아니오. 귀공의 아우 장비가 술만 먹고 여러 사람을 죽이겠기에, 혹 실수나 하지 않을까 염려되어, 내가 와서 지키는 중이오."

"나는 오래 전부터, 형에게 서주성을 양도할 생각이었소."

여포는 체면상 서주성을 도로 내주는 체했으나, 유현덕은 굳이 사양하고 군사를 거느려, 소패 읍내로 가서 안정했다.

유현덕은 관운장과 장비가 불평이 가득한 것을 보자,

"몸을 굽혀 자기 분수를 지키며 하늘이 기회를 주실 때까지 기다릴 일이지, 함부로 생명을 걸고 다투어서는 못쓴다."
하고 타일렀다.

여포는 사람을 시켜 늘 곡식과 비단을 소패 읍내로 보내줬다. 이리하여 여포와 유현덕은 서로 화평을 유지했다.

한편 수춘 땅에서는 원술이 크게 잔치를 베풀어 모든 장수를 위로하는데, 수하 사람이 들어와서 고한다.

"손책이 여강廬江 태수 육강陸康을 쳐서 크게 이기고 돌아왔습니다."

원술은 곧 손책을 들어오도록 했다. 손책이 들어와 당하堂下에서 절하니, 원술은 손책의 수고를 위로하고 잔치에 참석하도록 했다.

원래 손책은 아버지 손견孫堅이 죽은 뒤로 강남江南 땅에 물러가 있으면서, 현명한 인재와 훌륭한 장수를 예의로써 초청하고 대우했다는 것은 이미 말한 바이다.

그 당시의 서주 목사 도겸은 손책의 외숙뻘 되는 단양丹陽 태수 오경吳璟과 사이가 좋지 못해서 여러 가지로 말썽이 많았다. 그래서 손책은 어머니와 식구를 곡아曲阿 땅으로 옮겨놓고, 자신은 원술에게 와서 몸을 의탁하고 있던 것이다.

원술은 손책을 매우 사랑하며 늘 탄식하기를,

"내게 손책 같은 아들만 있다면 죽어도 한이 없겠다."

고 하였다. 그래서 원술은 손책을 회의교위懷義校尉로 삼고 군사를 주어 경현涇縣 땅 태사조랑太師祖郞(『통감通鑑』권 61, 흥평興平 2년 조條에 나와 있다. 그는 도둑 무리의 두목이었던 듯하다)을 치게 했더니, 손책은 가서 단번에 무찌르고 돌아왔다.

원술은 손책의 뛰어난 용기를 알자 이번에는 여강 태수 육강을 치게 했는데, 손책은 또다시 크게 승리하여 돌아온 것이다.

호화로운 잔치가 끝나자, 손책은 영채로 돌아왔다. 원술이 잔치 자리에서 손책을 대하는 태도는 언제나 그렇듯이 매우 오만했다. 손책은 자기 신세를 생각하고 울적한 마음을 풀 길이 없어 뜰을 거닐었다. 하늘에는 둥근 달이 휘영청 밝았다.

"나의 아버지는 그렇듯 뛰어난 영웅이었는데, 나는 어쩌다가 이꼴이 되었나!"

손책은 참을 수가 없어 그만 소리를 내어 통곡한다. 이때 어떤 사람이 바깥에서 뜰 안으로 들어서더니, 크게 껄껄 웃는다.

"백부伯符(손책의 자字)는 왜 그러시오? 그대의 부친께서는 살아 계셨을 때 나를 많이 부리셨는데, 그대는 어려운 일을 당해도 어째서 나에게 묻지 않고 울기만 하오?"

손책이 돌아보니 그는 단양군丹陽郡 고장故障 땅 출신으로 성명은 주치朱治요 자는 군리君理니, 지난날 부친 수하에 있던 사람이다. 손책은 눈물을 닦으며 주치에게 앉을자리를 준다.

"내가 우는 것은 선친의 남기신 뜻을 계승하지 못한 원한 때문이오."

주치는 묻는다.

"그렇다면 그대는 원술에게 고하고 군사를 빌려 강동으로 돌아가서 외숙뻘인 오경을 돕겠다는 명분을 내세우되, 속으론 대업을 도모하시오. 그러지 않고, 남의 수하에서 왜 오래도록 곤욕을 당하시오?"

손책과 주치가 서로 상의하는데, 한 사람이 들어서면서 말한다.

"그대들이 상의하는 말을 내가 다 엿들었소. 나의 수하에 날쌘 용사 백 명이 있으니, 손책 귀공의 한 팔이 되어드리리다."

손책이 보니 그는 바로 원술의 모사로서 여남군 세양細陽 땅 출신이니 성명은 여범呂範이요 자는 자형子衡이었다. 손책은 기쁜 마음으로 여범에게 자리를 주고 셋이서 상의한다.

여범이 말한다.

"원술이 군사를 빌려주지 않을까 두렵소."

손책은 대답한다.

"나에게 선친이 남기신 조정 옥새가 있으니, 그것을 저당하지요."

여범은 머리를 끄덕인다.

"원술이 그걸 욕심낸 지 오래요. 옥새를 저당하면 반드시 군사를 빌려줄 것이오."

세 사람은 그러기로 결정하고 의논을 마쳤다.

이튿날 손책은 원술 앞에 가서 절하고 운다.

"부친의 원수를 아직 갚지 못했는데, 이제 외숙인 오경은 또 양주楊州 자사 유요劉繇에게 갖은 핍박을 받고 있으니, 지금 곡아 땅에 있는 저의 늙은 모친과 식구도 머지않아 반드시 해를 입을 것입니다. 감히 청하옵건대 씩씩한 군사 몇천 명만 빌려주시면, 강을 건너가서 모친을 뵈옵고 가족을 보호하겠습니다. 영감께서 저를 믿지 못하실까 해서 선친의 유물인 옥새를 당분간 맡기겠습니다."

원술은 손책이 내놓은 옥새를 만져보며 매우 기뻐한다.

"옥새가 필요한 건 아니다. 네 뜻이 정 그러하다니 그럼 잠시 맡아두기로 하마. 내 너에게 군사 3천 명과 말 5백 필을 줄 테니, 가서 상대를 평정하고 속히 돌려보내라. 너는 직위가 낮아서 그 많은 군사를 지휘하기 어려울 것이다. 내 천자께 상표하여 너를 절충교위折衝校尉 진구장군殄寇將軍으로 승격시킬 테니, 우선 군사를 거느리고 가거라."

손책은 원술에게 절하고 물러나와 택일하고, 마침내 군사를 거느리고 주치와 여범, 그리고 전부터 함께 고생해온 장수 정보程普, 황개黃蓋, 한당韓當 등과 함께 일제히 출발했다.

그들이 역양歷陽 땅에 이르렀을 때였다. 저편에서 한 떼의 군사를 거느리고 한 사람이 앞장서오는데, 그 풍신과 거동이 참으로 청수했다. 그 사람은 손책을 보자 즉시 말에서 내려 절한다. 손책이 보니 그 사람은 바로 여강현廬江縣 서성舒城 땅 출신으로 성명은 주유周瑜요, 자는 공근公瑾이었다.

지난날 손견이 동탁을 치러 갈 때, 가족을 서쪽 땅에 옮겨둔 일이 있었다. 그러니까 손책이 주유와 서로 알게 된 것은 바로 주유의 고향 서성에서였다. 그때부터 손책과 주유는 각별히 친했다. 두 사람은 나이가 동갑이라 의형제까지 맺었다. 손책은 주유보다 두 달 먼저 태어났으므로 주유는 손책을 형님으로 대우했다. 그런데 주유의 숙부뻘 되는 주상周尚이 단양 태수가 된 것은 근래의 일이었다. 그래서 주유는 숙부 주상을 찾아뵙고 돌아오는 도중에 이처럼 손책을 만난 것이다.

손책은 주유를 보자 어쩌나 반갑고 기쁜지 자기 속뜻을 모두 다 하소연했다. 주유는 대답한다.

"그렇다면 제가 충성을 다하여 함께 대업을 도모하리다."

손책은 아주 흐뭇해하며,

"내가 공근을 얻었으니 큰일을 거의 마친 거나 다름없다."

하고 주유와 주치, 여범을 서로 인사시켰다.

주유는 손책에게 묻는다.

"형이 큰일을 이루고자 할진대 또한 강동에 두 장張씨가 있다는 걸 아시는지요?"

손책은 되묻는다.

"두 장씨라니 그게 누구요?"

"한 사람은 팽성彭城 땅 출신 장소張昭니 자는 자포子布요, 또 한 사람은 광릉 땅 출신 장굉張紘이니 자는 자강子綱이오. 두 사람은 다 경천위지經天緯地하는 재주가 있는데, 피난하러 이곳에 와서 은거하였소. 형은 어째서 그런 뛰어난 인재를 초빙하지 않으시오?"

손책은 기뻐하며 곧 사람을 보내어 장소와 장굉에게 예물을 바치고 초빙했다. 그러나 장소와 장굉은 둘 다 사양할 뿐 오지 않았다. 이에 손책은 친히 그들의 집을 찾아가서 서로 이야기해본 연후에 큰 기쁨을 느끼고 다시 힘써 그들을 초빙했다. 그제야 두 사람은 허락하고 손책을 따라 나섰다.

손책은 장소를 장사長史(사무관의 장)로 삼아 무군중랑장撫軍中郎將을 겸하게 하고 장굉을 참모參謀 정의교위正議校尉로 삼아 함께 유요를 칠 일을 상의했다.

한편, 유요는 어떤 사람인가 하니 자는 정례正禮요, 동래군東萊郡 모평牟平 땅 출신이었다. 유요는 역시 한 황실 종친인 태위太尉 유총劉寵의 조카요, 연주 자사 유대劉岱의 친아우로서 지난날에 양주 자사가 되어 수춘 땅에 주둔한 일이 있는데, 그때 원술의 공격을 받고 쫓겨난 후 강동으로 건너와 곡아 땅에 머물러 있었던 것이다.

유요는 손책의 군사가 쳐들어온다는 보고를 받자 즉시 모든 장수와 함께 상의한다. 부장 장영張英이 말한다.

"제가 1대의 군사를 거느리고 우저牛渚 땅에 주둔하면, 비록 백만 적군이 와도 능히 쳐들어오지 못할 것입니다."

장영의 말이 끝나기도 전이다. 장막 아래에서 한 사람이 높이 외친다.

"원컨대 제가 전부前部 선봉이 되겠습니다."

모든 사람이 보니 그는 바로 동래군 황현黃縣 땅 출신인 태사자였다.

지난날 태사자는 황건적의 남은 무리에게 포위당한 북해北海의 공융孔融을 구해주고, 유요한테 와서 그 휘하에 있었던 것이다. 이날 태사자는 손책의 군사가 온다는 말을 듣자 스스로 전부 선봉이 되기를 원했다.

유요는 대답한다.

"너는 나이가 너무 젊어서 아직 대장 노릇을 할 수 없으니, 내 곁에 있으면서 분부 거행이나 하여라."

태사자는 불만스러이 물러섰다.

이에 장영은 군사를 거느리고 우저 땅에 이르러 창고에다 곡식 10만 석을 쌓고 손책의 군사가 가까이 온다는 보고를 받자 나아갔다. 양쪽 군사는 우저 땅 물가에서 대치했다.

손책이 말을 달려 나온다. 장영은 바라보며 크게 꾸짖는다. 손책은 황개에게 출전을 명령한다. 황개가 달려 나와 장영과 맞부닥쳐 싸운 지 몇 합이 못 되었을 때였다.

갑자기 장영의 영채가 저절로 크게 혼란하더니,

"어떤 놈이 진영에다 불을 질렀습니다."

하는 기별이 왔다. 장영은 싸우다 말고 급히 군사를 돌려 돌아가는데, 손책은 추격하여 마구 무찌른다. 장영은 어찌나 다급한지 우저 땅을 버리고 깊은 산속으로 달아났다.

그럼 장영의 진영에다가 불을 지른 자는 누구일까. 씩씩한 두 사람의 장수가 한 짓이었다. 즉 한 사람은 구강군九江郡 수춘 땅 출신으로 성명은 장흠蔣欽이요 자는 공혁公奕이며, 또 한 사람은 구강군 하채下蔡 땅 출신으로 성명은 주태周泰요 자는 유평幼平이었다.

장흠과 주태 두 사람은 어지러운 세상을 만나 양자강에서 사람들을 모아 도둑질을 하며 살아왔다. 그러나 그들은 오래 전부터 강동 손책이 당대 호걸이며, 유능한 인물에겐 예의로써 대한다는 소문을 익히 들었기 때문에, 이번에 부하 3백여 명을 거느리고 투항해온 것이다.

손책은 크게 환영하여 두 사람을 거전교위車前校尉로 삼고 우저의 창고에 쌓인 양식과 무기와 항복한 적군 4천여 명을 거두고, 드디어 신정神亭 땅으로 행군한다.

한편 유요는 패하고 돌아온 장영을 보자 분노하여 참하려 하는데, 모사인 책융彫融과 설예薛禮가 힘써 말린다.

"장영을 영릉성零陵城으로 보내어 적군을 막게 하십시오. 다시 싸울 기회를 주어 이번에 지은 죄를 갚게 하십시오."

그래서 유요는 장영을 영릉성으로 보내고 친히 군사를 거느려 가서 신정령神亭嶺 남쪽 기슭에 영채를 세웠다.

동시에 손책은 신정령 북쪽에 이르러 영채를 세우고 지방 백성에게 묻는다.

"이 근처 산에 한나라 광무황제를 모신 사당이 있느냐?"

지방 백성이 대답한다.

"바로 신정령 위에 사당이 있습니다."

손책은 머리를 끄덕인다.

"어젯밤 꿈에 광무황제께서 나를 부르시기에 가서 만나뵈었다. 그러니 마땅히 사당에 가서 절하리라."

장사長史직에 있는 장소는 말린다.

"가서는 안 됩니다. 신정령 남쪽에 유요가 영채를 세웠으니, 복병이라도 있으면 어찌하시렵니까?"

"귀신이 나를 도우시는데 무엇을 두려워하리요."

손책은 드디어 갑옷 차림으로 창을 들자 말을 타고 정보, 황개, 한당, 장흠, 주태 등 장수 열세 명을 거느리고 영채를 나와 신정령 위로 올라갔다. 사당에 이르러 말에서 내린 손책은 향불을 사르며 절한 다음에, 앞으로 나아가 무릎을 꿇고 축원한다.

"손책이 능히 강동에서 대업을 세우고 선친의 남기신 뜻을 다시 일으키게 되면 즉시 사당을 중수重修하여 춘하추동으로 제사를 받들겠습니다."

손책은 축원을 마치자 사당에서 나와, 말에 올라타고 모든 장수를 돌아본다.

"내 여기까지 온 김에 저 너머 유요의 영채를 살펴보리라."

모든 장수는 위험한 일이라며 말렸지만, 손책은 듣지 않고 마침내 높은 곳에 올라가서 남쪽을 바라보았다.

이때 산촌 숲 속에 숨어서 망을 보던 유요의 군사는 곧 영채로 달려가서 보고한다.

"손책이 산 위에 나타나서 우리 영채를 살펴봅니다."

유요는 말한다.

"음, 그것은 손책이 우리를 유인하려는 수작이니 쫓아가지 말아라."

그러나 태사자는 욕기가 나서,

"이럴 때 손책을 잡지 않으면 언제까지 기다리란 말인가."

하고 드디어 유요의 명령을 듣지 않고서 갑옷 차림으로 창을 들더니 말을 달려 영채를 나가면서 크게 외친다.

"담력 있는 자는 다 나를 따르라!"

그러나 모든 장수는 움직이지 않는다. 다만 지체 낮은 부장 하나가,

"태사자는 참으로 용맹한 장수이다. 내가 도와드리리라."

하고 말에 채찍질하여 함께 떠나갔다. 모든 장수는 두 사람을 비웃었다.

한편, 손책은 한동안 적진을 바라보다가 말을 돌려 고개를 지나가는데,

"손책아! 게 섰거라."

하는 큰소리가 산 위에서 난다.

손책이 돌아보니 산 위에서 장수 두 사람이 말을 달려 나는 듯이 내려온다. 손책은 즉시 열세 명의 장수를 일렬로 늘어세운 다음에 창을 비껴 들고 말을 세우고 고개 밑에서 기다린다. 태사자는 달려 내려오면서 크게 외친다.

"누가 손책이냐?"

손책은 묻는다.

"너는 누구냐?"

"내가 바로 동래 땅 출신 태사자다. 손책 너를 잡으러 왔노라."

손책은 껄껄 웃는다.

"내가 손책이다. 너희 둘이 한꺼번에 덤벼들어도 두려워할 내가 아니다. 너희들을 두려워한다면 진정 손책이 아닐 것이다."

"너희들도 다 덤벼라. 나 역시 두려워할 사람이 아니다."

태사자는 창을 쳐들고 쏜살같이 손책에게로 달려온다. 손책도 또한 달려나가 태사자와 맞닥뜨려 서로 싸운 지 50합에 승부가 나지 않는다. 정보 등 장수들은 모두 속으로 감탄하여 마지않는다.

태사자는 손책의 창 쓰는 법이 추호도 빈틈이 없음을 알자, 유인하려고 패한 체 달아나는데, 내려온 산 위로 치닫지 않고 산 뒤로 돌아 나간다. 손책은 달아나는 태사자를 바짝 뒤쫓아가며 크게 꾸짖는다.

신정에서 태사자(왼쪽)와 싸우는 손책

"달아나다니 참으로 비겁한 놈이다!"

그러나 태사자는 마음속으로,

'상대는 10여 명의 장수를 거느렸으며 나는 혼자니 설령 손책을 잡는다 할지라도 그들 장수에게 도로 빼앗길 것은 뻔하다. 그러니 좀더 따라오도록 달아나다가 호젓한 곳에 이르러 처치하리라.'

생각하고 한편 싸우며 한편 달아난다.

손책인들 어찌 태사자를 달아나도록 버려둘 리 있으리요. 끝까지 뒤쫓아가 평지의 냇가에 이르렀다. 태사자는 갑자기 말을 돌려, 바로 뒤쫓아오는 손책에게 달려들어 싸운 지 또 50합에, 손책이 창을 겨누어 냅다 찌르니, 태사자는 나는 듯이 몸을 비끼면서 손책의 창을 옆구리에 꽉 껴안고 역시 창을 겨누어 냅다 찔렀다.

손책 역시 잽싸게 몸을 피하면서 태사자의 창을 옆구리에 꽉 껴안고 서로 놓지 않는다. 두 사람은 순간 동시에 허리에 찬 칼을 뽑아, 상대를 쳤으나 맞지 않자, 칼끼리 공중에서 쟁그랑 소리를 내며 서로가 함께 말 아래로 굴러 떨어진다. 주인이 떨어지자 말은 각각 어딘가로 가버렸다.

두 사람은 어느새 창도 칼도 다 버리고 맨주먹으로 달라붙어 서로 치며 차며 드잡이를 했는데 그 바람에 전포가 다 찢어진다. 갑옷이 부서져서 보기에도 끔찍스럽다.

손책은 재빨리 손을 놀려 태사자의 등뒤에 메고 있는 짧은 창을 뽑아 꽉 찌르니, 순간 태사자는 빠져 나오면서 어느새 손책의 투구를 벗겼는지 그 투구로 짧은 창을 받아 친다.

이때 문득 뒤에서 함성이 크게 일어나며 유요가 보낸 구원군 천여 명이 달려온다. 손책은 자못 당황해하는데, 정보 등 열두 명의 장수들이 또한 달려왔다. 그제야 손책과 태사자는 손을 놓고 각기 성큼 뒤로 물러섰다.

태사자는 구원 온 군사들 중에서 말 한 필을 얻어 타더니, 창을 들고 다시 손책에게로 달려 들어온다. 혼자 달아나던 손책의 말을 정보가 도중에서 잡아 끌려왔는지라, 손책도 즉시 말을 타고 달려나가 태사자와 다시 싸움이 벌어졌다.

이에 유요 편 군사 천여 명과 손책의 장수 정보 등 열두 명 사이에 일대 접전이 벌어져서 신정령 아래까지 서로가 밀고 밀린다.

이때 주유가 군사를 거느리고 손책을 도우러 오자 유요도 또한 친히 대군을 거느리고 신정령 아래로 와서 일대 혼전이 벌어졌다. 그러나 이미 해는 저물어 어두워지기 시작한다. 비바람이 몰아쳐서 각기 군사를 거두었다.

이튿날, 손책은 군사를 거느리고 유요의 진영으로 나아가니, 유요도 또한 군사를 거느리고 나와서, 양쪽 군사는 서로 마주 바라보이는 곳에 각기 둥글게 진영을 벌였다.

손책은 창 끝에 어제 빼앗은 태사자의 짧은 창을 비끄러매어 군사에게 내주고, 나가서 외치게 한다.

군사는 나아가 그것을 적군에게 높이 쳐들어 보이며 외친다.

"태사자가 내빼기를 잘하지 않았던들 벌써 죽었을 것이다."

이를 본 태사자도 또한 어제 빼앗은 손책의 투구를 군사에게 주고, 진영 앞에 나가서 외치게 한다.

군사는 손책의 투구를 적군에게 높이 쳐들어 보이며 외친다.

"보아라, 손책의 대가리가 여기 있노라."

이에 양쪽 군사는 각기 함성을 지르며, 적군을 야유하고 자기 편이 이겼노라며 떠들어댄다. 태사자는 승부를 내려 말을 달려 나온다. 이를 바라본 손책도 말을 타고 나가려 하는데, 정보가 나서며,

"주공은 더 수고하실 것 없습니다. 제가 가서 저놈을 사로잡아오리다."

하고 말을 달려 나간다.

태사자는 정보를 꾸짖는다.

"너는 나의 적수가 못 된다. 빨리 손책을 나오라고 해라!"

성이 난 정보가 창을 휘두르며 태사자와 달라붙어 서로 말을 비비대며 싸운 지 30합에 이르렀을 때였다.

유요는 급히 태징을 쳐서 싸움을 중지시켰다.

태사자는 싸우다 말고 돌아와서 불평한다.

"적장을 막 잡게 됐는데, 왜 징을 쳐서 불러들입니까?"

유요는 대답한다.

"급한 기별이 왔다. 주유가 군사를 거느리고 곡아 땅을 엄습했는데, 글쎄 여강군 송자松滋 땅 출신인 진무陳武란 자가 내통해서 적군을 성안

으로 끌어들였다는구나! 나의 기반인 곡아 땅을 잃었으니 여기서 이러고 있을 때가 아니다. 속히 말릉秣陵으로 가서 설예, 책융의 군사와 합세하여 급히 곡아 땅을 탈환해야 한다.”

사태가 이러한지라, 태사자는 물러가는 유요의 군사를 따라 떠나갔다. 손책은 뒤쫓지 않고 군사와 머물러 있는데, 장사長史 장소가 고한다.

“주유가 곡아 땅을 습격했기 때문에 적군이 허겁지겁 돌아가니, 오늘 밤에 우리도 적진을 기습하는 것이 좋을 것 같습니다.”

손책은 연방 머리를 끄덕였다.

그날 밤에 손책은 군사를 5로路로 나누어 줄곧 달려 크게 나아가서 적진을 엄습하니, 유요의 군사는 대패하여 사방팔방으로 달아난다. 용맹한 장수 태사자도 혼자 힘만으로는 손책의 군사를 대적할 수가 없어, 기병 10여 명을 거느리고 밤새도록 달려 경현 땅으로 달아났다.

이리하여 손책은 곡아 땅을 함락시켰는데, 주유와 내통하고 공을 세운 진무를 새로이 얻게 되었다.

진무는 키가 9척이요 얼굴빛은 누렇고 눈동자는 붉어서 풍신이 매우 고괴古怪했다. 손책은 진무를 매우 존중하여 그를 교위로 삼아 선봉으로 내세워, 적의 장수 설예를 치게 했다.

진무가 기병 10여 명을 거느리고 적진으로 돌격하여 적군의 목 50여 개를 베어 얻으니, 설예는 성안으로 도망쳐 들어가서 성문을 굳게 닫고 감히 나오지 못했다.

이에 손책의 군사가 이르러 함께 정면으로 성을 공격하는데, 파발꾼이 달려와서 고한다.

“유요가 책융의 군사와 합류하여 우저 땅을 쳐서 함락시켰습니다.”

손책은 격노하여 친히 대군을 거느리고 급히 우저 땅으로 갔다. 아니나다를까, 유요와 책융이 말을 달려 싸우러 나온다.

손책은 바라보며 크게 꾸짖는다.

"내가 친히 여기 왔거늘, 네 놈들은 어째서 항복하지 않느냐?"

바로 유요의 등뒤에서 한 사람이 창을 비껴 들고 말을 달려 나오니, 그는 부장 우미于麋였다. 이에 손책이 달려나가 맞이하여 싸운 지 3합도 못 되어 우미를 냉큼 사로잡아 옆구리에 끼고 진영으로 돌아온다.

유요의 장수 번능樊能은 우미가 맥없이 잡혀가는 꼴을 보자, 말을 달려 뒤쫓아와서 창을 번쩍 들고 손책을 막 찌르려 한다.

손책의 진영에서 군사들은 일제히 외친다.

"어서 피하십시오, 적장이 등뒤를 노립니다!"

그제야 손책이 급히 돌아보니, 적장 번능의 말이 바로 눈앞까지 이르렀다.

손책이 대갈일성大喝 一聲하니, 그 소리는 큰 우렛소리 같았다. 번능은 그 소리에 깜짝 놀라, 그만 말에서 굴러 떨어져 죽었다. 손책은 유유히 문기門旗 아래 이르러, 옆구리에 끼고 온 우미를 내려놓았다. 그런데 우미는 꼼짝을 않는다. 자세히 보니, 이미 죽어 있었다.

손책의 옆구리에서 한 장수는 숨이 막혀 죽었고 손책의 목소리만 듣고도 한 장수는 놀라서 죽은 셈이다. 이런 일이 있은 뒤로 세상 사람들은 손책을 소패왕小覇王이라고 불렀다.

이날 유요의 군사는 크게 패하여 태반이나 손책에게 항복했다. 손책은 적군의 목을 만여 개나 참하였으므로 유요와 책융은 유표劉表에게 몸을 의탁하려고 예장豫章 땅으로 달아났다.

이에 손책은 다시 군사를 돌려 말릉 땅으로 가서 공격하는데, 친히 성 아래까지 나아가 설예에게 항복하기를 권했다.

그때 성 위에서 몰래 쏜 화살 한 대가 흐르는 별처럼 날아와 손책의 왼편 허벅지에 꽂혔다. 순간 손책은 몸을 뒤집으며 말에서 떨어진다. 모

든 장수는 급히 손책을 부축해 업고 진영으로 돌아와 화살을 뽑고 치료
했다. 손책은 누워서 분부한다.

"모든 군사에게 내가 화살에 맞아 죽었다고 알려라."

손책이 죽었다고 알리자, 모든 군사는 일제히 통곡하더니, 영채를 뽑
아 떠나간다.

성안에서 설예는 손책이 죽었다는 소문을 듣고 그날 밤으로 모든 군
사를 일으켜 장수 장영張英, 진횡陳橫과 함께 성 바깥으로 쏟아져 나와 돌
아가는 적군을 뒤쫓아가는데, 어느덧 먼동이 트기 시작한다. 갑자기 사
방에서 복병이 나타나고 죽었다던 손책이 말을 달려 나오면서 외친다.

"똑똑히 봐라, 손책은 여기 있노라!"

설예의 군사들은 다 기절초풍하여, 창과 칼을 버리고 땅바닥에 꿇어
엎드린다.

손책은 명령한다.

"항복한 군사는 한 사람도 죽이지 말라!"

장영은 슬며시 말고삐를 돌려 달아나려다가 진무의 창에 찔려 그 자
리에서 죽었다. 그 틈에 진횡도 달아나다가 장흠이 쏜 화살에 맞아 죽었
다. 설예는 군사들에게 짓밟혀 죽었다.

손책은 말릉 땅으로 돌아와서 백성들을 안심시키고, 방향을 바꾸어
경현 땅으로 행군했다. 즉, 태사자를 잡을 생각이었다.

이때 태사자는 날쌘 군사 2천 명을 모아 본부 군사와 합치고 유요의
원한을 갚기로 했다.

경현에 당도한 손책은 태사자를 사로잡기 위해 주유와 함께 상의한
다. 상의를 마치자 주유는 군사들에게 명령을 내렸다.

"경현성을 삼면으로 공격하되 동쪽 성문 하나만 남겨두어라. 즉 태사
자가 달아날 수 있도록 길을 열어주란 말이다. 그리고 경현에서 25리 떨

어진 길목과 거기서 다시 25리씩 간격을 두어 세 곳에 각기 군사 1대씩을 매복시켜라. 태사자가 달아나 그곳까지 가면 말과 사람이 지칠 대로 지쳐서 반드시 사로잡힐 것이다.”

그런데 태사자가 모은 군사들은 거개가 산골이나 들판에 살던 백성들인지라, 기율이 없었다. 더구나 적을 막기에 불리한 점은 경현성이 그다지 높지 않은 성이라는 것이었다.

그날 밤이었다. 손책은 진무에게 무엇인가 명령을 내렸다. 진무는 복장을 간단히 차려 입자 칼을 등에 메고 몰래 경현성 성곽 위로 기어올라가서 불을 질렀다.

태사자는 성 위에서 일어난 불을 보자 급히 올라가 보았다. 서문, 남문, 북문 바깥에는 손책의 군사가 잔뜩 모여 있었다.

태사자는 성 위에서 내려오는 길로 말을 잡아타고 동문으로 빠져 달아난다. 이에 손책은 군사를 휘몰아 달아나는 태사자를 몰듯이 뒤쫓아 30리까지 가서는 더 이상 쫓지 않았다.

태사자는 줄곧 달아나 50리를 가자 피곤이 몰려왔다. 말도 지쳐서 더이상 뛰지 못한다. 이때 갈대밭 속에서 문득 함성이 일어난다. 태사자는 정신을 번쩍 차리고 다시 달아나는데, 손책의 군사가 갈대 속에 숨어서 늘어놓은 줄에 말발굽이 걸려들었다. 순간 복병들이 일제히 줄을 잡아당기고, 말이 쓰러지는 바람에 태사자는 저만큼 나가떨어졌다.

손책의 복병들은 일제히 달려들어 태사자를 사로잡아 대채로 끌어온다. 손책은 태사자가 붙들려온다는 보고를 받자 친히 대채 바깥에 나가서 영접하고 군사들을 꾸짖어 물러세우고 손수 태사자의 결박을 풀어주고 비단 전포를 주어 입게 한 다음 안으로 청했다.

손책은 위로한다.

“나는 그대가 참으로 남아 대장부임을 아오. 어리석은 유요가 훌륭한 장수를 쓸 줄 몰라서 그대를 이 지경이 되게 했구려."

태사자는 손책이 자기를 극진히 대우하는 데 감격하여 마침내 항복했다. 손책은 태사자의 손을 잡고 웃는다.

"우리가 신정령에서 서로 싸울 때 만일 귀공이 나를 사로잡았다면 그래 나를 죽였겠소?"

태사자도 웃는다.

"그야 알 수 있습니까."

손책은 크게 웃으며 태사자를 장막으로 데리고 들어가서 윗자리에 앉히고 잔치를 베풀어 대접했다. 태사자가 청한다.

"유요가 이번 싸움에 패했기 때문에 군사들의 마음이 많이 변했습니다. 제가 가서 그런 군사들을 데려와 장군을 도와드릴까 하는데, 나를 믿어주시렵니까?"

손책은 일어서서 감사한다.

"내가 감히 청하지는 못하나, 본시 원하던 바요. 이제 그대는 나와 약속해주오. 즉 내일 안으로 돌아와주오."

태사자는 약속하고 떠나갔다. 장수들은 손책에게 불평한다.

"태사자는 다시 돌아오지 않을 것입니다."

"태사자는 신의 있는 용사다. 결코 나를 저버리지 않으리라."

그러나 모든 장수는 손책의 말을 믿으려 하지 않았다.

이튿날, 손책의 장수들은 영문轅門에 꼿꼿한 장대를 세우고 그 그림자를 보며 시간을 잰다. 장대의 그림자가 줄어들어 없어진다. 해가 바로 하늘 한복판에 이르렀을 때였다.

태사자가 군사 천여 명을 거느리고 돌아온다. 손책은 크게 기뻐한다. 모든 장수들도 사람을 알아보는 손책의 안목에 감복한다.

이에 손책은 몇만 명의 군사를 모아 거느리고 강동으로 내려가서 백성을 위로하고 도와주니 항복해오는 자가 헤아릴 수 없을 정도였다.

강동 백성들은 다 손책을 손랑孫郞이라는 애칭으로 불렀다. 손랑의 군사가 온다는 소문만 듣고도 혼비백산하여 달아나는 백성들도 있었으나, 일단 오면 노략질을 못하도록 군사를 엄격히 다스렸으므로, 울 밑의 닭은 평화로이 놀고 개는 낮잠을 즐겼다.

가는 곳마다 백성들은 소를 잡고 술을 내다가 군사들을 위로했다. 그럴 때마다 손랑은 황금과 비단으로 그 대가를 지불하니 환호성이 들마다 울려 퍼졌다.

뿐만 아니라, 손랑은 지난날 유요의 군사들도 자기를 따르겠다는 자는 그대로 두었다. 고향으로 돌아가겠다는 자에게는 상금을 주어 돌아가서 농사를 짓게 하니 강남 백성들은 손랑을 존경하고 칭송하지 않는 자가 없었다. 이리하여 군세는 크게 늘어났다.

손랑이란 애칭 대신에 세상에 널리 알려진 손책이란 본명을 다시 쓰기로 하자. 손책은 다시 어머니와 숙부와 모든 동생을 곡아 땅으로 데려왔다. 손책은 동생 손권孫權과 주태를 선성宣城 땅으로 보내어 지키게 한 연후에, 친히 군사를 거느리고 오군吳郡을 치러 남쪽으로 내려갔다.

이때 오군 땅에는 엄백호嚴白虎라는 자가 있어 스스로 동오東吳의 덕왕德王이라 일컬으며, 장수를 보내어 오정烏程, 가흥嘉興 땅까지 지켰다.

이날 엄백호는 손책의 군사가 쳐들어온다는 보고를 받자, 그 동생 엄여嚴輿에게 군사를 주어 풍교楓橋에 나가서 싸우도록 했다. 엄여는 풍교 다리 위에서 칼을 비껴 들고 말을 세우고, 다가오는 손책의 군사를 노려보았다.

손책은 중군中軍을 거느리고 이르러 적의 장수가 나와 있는 것을 보자 친히 나가서 싸우려 한다. 장굉이 간한다.

"삼군의 목숨이 다 주장에게 달려 있습니다. 저런 보잘것없는 적의 장수와 친히 싸우는 일은 경솔한 짓입니다. 장군은 자중하소서."

"선생의 말씀을 깊이 명심할 것이나, 내가 적의 화살과 돌을 무릅쓰고 앞서 나가지 않으면 군사들이 목숨을 걸고 싸우지 않을까 두렵소."

이에 손책은 한당을 내보냈다. 한당이 풍교 위에 버티고 있는 적장 엄여를 치러 달려가는데, 이때 장흠과 진무가 조그만 배를 저어 풍교 다리로 내려와서 마구 활을 쏘아 언덕 위 적군을 거꾸러뜨리고, 함께 몸을 날려 뭍으로 뛰어올랐다. 장흠과 진무가 적군을 무찌르며, 동시에 한당이 풍교로 육박해 들어가자, 적장 엄여는 말을 돌려 급히 물러간다. 한당이 군사를 거느리고 추격하여 창문閶門까지 가자, 적들은 성안으로 들어가더니 성문을 굳게 닫았다.

손책은 군사를 나누어 수륙 양면으로 함께 나아가 오성吳城을 완전히 포위했다.

포위한 지 3일이 지나도 적은 싸우러 나오지 않는다. 손책은 군사를 거느리고 창문 앞에 가서 소리를 질러 항복하라 권한다.

이때 성루에서 한 무장이 왼손으로 대들보를 붙들고 몸의 균형을 잡더니, 오른손으로 성 아래 손책을 손가락질하며 크게 욕한다. 태사자는 말 위에서 활과 화살을 잡으며 군사와 장수들을 돌아보고 말한다.

"대들보를 붙들고 있는 저놈의 왼손을 쏠 테니 구경하라."

태사자의 말이 끝나기도 전에 시울 소리가 났다. 화살은 번개처럼 날아가 성 위에 있던 놈의 왼손을 정통으로 맞추어 대들보에다 깊이 못질하다시피 매달았다. 이 희한한 광경을 본 군사들은 성의 위아래 할 것 없이 일제히 갈채를 보내고 태사자의 무예를 찬탄했다.

적군들은 성루 대들보에 매달린 그자를 간신히 구출하여 성 아래로 내려보냈다.

엄백호는 피투성이가 된 그 무장의 손을 직접 보자 크게 놀라,

"적군에 그런 장수가 있으니 어찌 대적하리요."

하고 부하들과 상의한 다음에 화평을 청하기로 했다.

이튿날, 엄백호의 동생 엄여가 오성에서 나와 손책에게로 왔다. 손책은 엄여를 장중으로 청하고 술잔을 권하며 함께 마시다가 묻는다.

"그래, 형님 되시는 분의 뜻은 뭣이오?"

엄여는 대답한다.

"장군과 함께 강릉 일대를 반씩 나누어 차지하자는 것입니다."

손책은 분통을 터트리며,

"쥐새끼 같은 놈이 어찌 감히 나와 동등하단 말이더냐. 이놈부터 끌어내어 참하라!"

하고 호령한다.

엄여는 칼을 쭉 뽑으며 일어선다. 순간 손책의 손에서 칼이 번쩍하더니, 단번에 엄여는 외마디소리를 지르며 죽어 자빠졌다. 손책은 엄여의 목을 베게 하고, 사람을 시켜 오성으로 보냈다. 엄백호는 죽은 동생의 목을 보자, 도저히 대적 못할 것을 알고 그날로 성을 버리고 달아난다.

손책은 군사를 거느리고 엄백호를 뒤쫓는데, 황개는 가흥嘉興 땅을 쳐서 점령하고, 태사자는 오정烏程 땅을 쳐서 점령하니, 그 밖의 여러 고을은 저절로 평정되었다.

엄백호는 여항현餘杭縣으로 빠져 달아나며 지나는 곳마다 약탈을 일삼다가, 지방 사람 능조凌操가 토착민을 거느리고 대항하는 바람에 다시 회계會稽 땅을 바라보며 달아났다.

능조는 아들과 함께, 뒤쫓아온 손책을 영접했다. 손책은 능조를 종정교위縱廷校尉로 삼아 함께 군사를 거느리고 전당강錢塘江을 건넜다.

이때 엄백호는 도둑들을 모아 서진西津 나루를 지키고 있었다. 손책은 정보를 보내어 그들과 싸우게 했다. 엄백호는 다시 참패하여 밤낮없

엄백호(오른쪽)와 크게 싸우는 손책

이 달아나 회계 땅으로 들어갔다. 손책은 그 뒤를 쫓아갔다.

회계 태수 왕낭王朗은 군사를 일으켜 엄백호를 돕기로 했다. 곁에서 한 사람이 간한다.

"그것은 옳지 못한 일입니다. 손책은 인의仁義를 위한 군사요, 엄백호 는 모질고 독한 무리들이니, 마땅히 사로잡아 손책에게 바치십시오."

왕낭이 보니 그 사람은 회계군會稽郡 여요餘姚 땅 출신으로 이름은 우 번虞翻이요, 자는 중상仲翔이니, 현재 군리郡吏로 있는 신분이었다. 왕낭 은 노하여 꾸짖는다.

"그런 돼먹지 못한 소리를 하려거든 썩 물러가거라."

우번은 길이 탄식하며 나갔다.

왕낭은 드디어 군사를 일으켜 엄백호와 함께 산음현山陰縣 벌판에 진영을 벌이고 손책의 진영과 대치했다.

손책은 말을 달려 나가 왕낭에게 외친다.

"나는 인의를 위해서 군사를 일으켰다. 절강浙江 일대의 안전을 위해 왔거늘, 너는 어째서 도둑놈들을 돕느냐?"

왕낭은 손책을 꾸짖는다.

"너야말로 욕심만 아는 놈이다. 이미 오군 땅을 빼앗고, 그러고도 부족해서 나의 땅까지 힘으로 먹으려 드니 오늘날 특히 엄씨를 위해서 원수를 갚아주리라."

손책이 진노하여 싸우려는데, 태사자가 먼저 말을 달려 나간다. 이에 왕낭은 말에 채찍질하고 칼을 춤추며 달려와 태사자와 겨루었는데, 싸운 지 수합에 이르렀을 때였다. 왕낭의 장수 주흔周昕이 싸움을 도우러 달려온다. 이에 손책의 진영에서는 황개가 나는 듯이 달려나가 주흔을 맞이하여 싸우니, 양쪽 진영에서는 북소리가 진동한다. 쌍방의 군사들도 몰려 나와 서로 일대 접전이 벌어졌다.

한참 싸우는데 문득 왕낭의 진영 뒤에서 혼란이 일어난다. 즉 한 떼의 군사가 뒤를 엄습해온 것이다. 왕낭은 크게 놀라, 되돌아가서 쳐들어오는 적을 맞이한다. 이는 주유가 정보와 함께 군사를 거느리고 와서 양면 작전을 벌인 것이었다. 왕낭은 손책과 주유의 협공을 받자, 더구나 적은 군사로 많은 군사를 대적할 수가 없어, 엄백호, 주흔과 함께 한편 싸우며 한편 달아나 회계성 안으로 들어가 조교를 끌어올리고 성문을 굳게 닫아걸었다.

손책은 대군을 휘몰아, 이긴 김에 성 밑까지 뒤쫓아가서 군사를 배치하고 사방 성문을 공격한다. 성안의 왕낭은 손책의 공격이 거세지자 다시 나가서 일대 결전을 하기로 했다.

엄백호는 말린다.

"손책의 군사가 너무 많으니, 귀공은 구렁을 더 깊게 파고 보루를 더 높이 쌓아 성벽이나 단단히 하고 나가지 마시오. 그러면 한 달도 못 되어 적군은 양식이 떨어져서 저절로 물러갈 것이오. 그때 배고파 달아나는 적군을 무찌르면 싸우지 않고도 이길 수 있소."

왕낭은 엄백호의 계책을 좇아 성만 굳게 지키면서 나가지 않았다. 손책은 수일 동안 성을 공격했으나, 성공하지 못하자 모든 장수와 함께 상의한다. 숙부뻘 되는 손정孫靜이 말한다.

"왕낭이 성을 굳게 지키니 함락하기가 쉽지 않다. 그러나 회계 땅의 모든 재물과 곡식 태반이 사독渣瀆 땅에 쌓여 있고, 또한 여기서 거기까지는 몇십 리밖에 안 되니, 먼저 그곳을 점령하는 것이 좋을 것이다. 그러면 옛말 그대로 '뜻밖에 나타나서 아무 방비 없는 곳을 친다'는 격이 아니겠는가."

손책은 매우 기뻐한다.

"숙부의 묘한 계책이 도둑을 격파할 수 있을 듯합니다."

그날 밤에 손책은 여러 곳에 모닥불을 놓게 했다. 일부러 기를 많이 늘어세우고 군사처럼 만든 허수아비들을 배치해놓은 뒤, 성에 대한 포위를 풀고 떠날 준비를 끝냈다.

주유는 손책에게 고한다.

"주공이 대군을 거느리고 떠나면, 결국 왕낭이 알고서 성을 나와 뒤쫓을 것이니, 이럴 때는 기병을 써야 이길 수 있습니다."

"내 만반의 계책과 준비를 했으니 회계성을 점령하는 것이 오늘 밤 일이로다."

손책은 드디어 군사를 일으켜 떠나갔다.

한편 왕낭은 손책의 군사가 물러갔다는 보고를 받자, 모든 사람을 거느리고 성루에 올라가 어둠 속을 바라보았다. 곳곳에서 모닥불은 활활

타오르는데, 정기가 정연한지라. 왕낭은 손책의 군사가 물러간 것이 아니고 곳곳에 숨어 있지 않나 의심이 들었다.

주흔은 권한다.

"손책이 달아나면서 우리 눈을 속이려고 꾸며놓은 계책이니, 즉시 군사를 거느리고 추격해야 합니다."

엄백호는 말한다.

"손책이 갑자기 떠난 것은 사독 땅을 치러 간 것이 아닐까요. 내 본부군을 거느리고 주장군(주흔)과 함께 적군을 뒤쫓겠소."

왕낭은 정신이 번쩍 난다.

"사독 땅은 내가 곡식을 쌓아둔 곳인데, 이거 야단났구려. 그대는 군사를 거느리고 먼저 가시오. 나도 곧 뒤따라가서 도우리다."

엄백호는 주흔과 함께 군사 5천 명을 거느리고 성에서 쏟아져 나와 뒤쫓아간다.

밤은 초경으로 접어들었다. 엄백호와 주흔이 군사를 거느리고 회계성에서 20여 리를 달려왔을 때였다. 문득 큰 숲 속에서 둥 둥 둥 북소리가 난다. 무수한 횃불이 앞에 좍 나타났다.

엄백호는 크게 놀라, 말을 일단 세웠다가 즉시 달아나는데, 한 장수가 나타나더니 앞을 가로막는다. 불빛 속에 보니 바로 손책이 아닌가! 이에 주흔이 칼을 춤추며 달려들었으나, 손책의 창에 단번에 찔려 거꾸러진다. 이를 본 엄백호의 군사들은 기가 질려 달아나지도 못하고 모두 항복했다. 엄백호는 겨우 혈로를 열어 여항餘杭 땅으로 달아났다.

왕낭은 뒤쫓아가다가 도중에서 앞서간 엄백호의 군사가 이미 패했다는 소식을 듣자 감히 회계성으로 돌아가지도 못하고, 군사를 거느리고 바닷가로 달아났다.

손책은 마침내 다시 돌아와서 회계성을 점령하고 백성들을 위로했다. 이튿날 한 사람이 엄백호의 목을 들고 와서 손책에게 바친다. 그 사람은 키가 8척이요 얼굴은 네모지고 입이 컸다.

손책이 묻는다.

"그대 성명은 무엇이오?"

그 사람은 대답한다.

"저는 회계군 여요 땅 사람으로 성명은 동습董襲이요, 자를 원대元代라 합니다."

손책은 동습을 환영하고, 별부사마別部司馬로 삼았다. 이에 동쪽 각 지방은 다 평정되었다. 손책은 숙부뻘 되는 손정에게 회계성을 맡기고 주치를 오군 태수로 삼고 군사를 거두어 강동으로 돌아왔다.

한편, 손권은 주태와 함께 선성 땅을 지키는데, 어느 날 난데없는 산적 떼들이 사방에서 쳐들어왔다. 그때는 한밤중이었다. 자다가 홍두깨에 맞은 격이라, 능히 대적하지 못하고, 주태가 손권을 안아 말에 태우는데 도둑들이 칼을 휘두르며 들이닥친다.

주태는 갑옷도 입지 못한 채 맨발로 걸으면서 덤벼드는 도둑들을 10여 명이나 쳐죽인다. 이때 한 도둑이 말을 달려와서 창으로 주태의 뒤를 찔렀다. 그러나 쓰러진 것은 주태가 아니고 도둑이 말에서 떨어져 굴렀다. 어느새 주태는 몸을 비키며 들이닥치는 창을 움켜잡고 힘껏 나꿔채서 말 위의 도둑을 끌어내렸던 것이다. 주태는 빼앗은 창을 휘둘러 도둑을 찔러 죽이며 혈로를 열어 손권을 구해내니, 그제야 나머지 도둑들은 달아나버렸다.

그러나 주태의 몸은 열두 군데나 창에 찔려 유혈이 낭자했다. 날이 갈수록 주태의 상처는 곪고 부어서 위급하게 됐다.

강동으로 돌아온 손책은 이 보고를 듣자 크게 놀란다. 장하에서 동습이 고한다.

"제가 지난날 해적들을 상대로 싸우다가 여러 군데 창에 찔린 일이 있었는데, 그때 회계 땅에서 군리郡吏를 살던 한 어진 사람이 있었으니, 그의 이름은 우번虞翻이라. 우번이 한 의원을 천거하기에 상처를 보이고 치료를 받은 지 보름 만에 씻은 듯이 나았습니다."

손책은 묻는다.

"우번이라니 그럼 바로 우중상虞仲翔(중상은 우번의 자이다)이란 분이 아니오. 우번은 참으로 어진 선비라는 말을 전에도 익히 들었소. 내 마땅히 우번을 불러다가 쓰리라."

손책은 장소와 동습을 함께 보냈다. 그들은 가서 우번을 초청하여 강동으로 돌아왔다. 손책은 우번을 예의로써 우대하고 공조功曹(공적功績을 기록하는 직책)로 삼았다. 손책은 유명한 의원이 필요하다고 말했다.

우번이 대답한다.

"그 유명한 의원은 바로 패국沛國 초군譙郡 땅 출신이니, 성명은 화타華陀요 자를 원화元化라 합니다. 참으로 당대의 신의神醫지요. 화타를 초청하는 것이 좋을 줄로 압니다."

손권의 간청으로 우번은 떠난 지 수일 뒤에 화타를 데려왔다. 손책이 화타를 보니 얼굴은 어린아이 같은데 머리털은 학처럼 희어서, 참으로 표연한 풍신이 세속 사람 같지 않았다. 이에 손책은 화타를 귀빈으로 대접하고 주태의 상처를 보였다.

화타가 보더니 말한다.

"이런 건 고치기 쉽습니다."

화타가 약을 쓰기 시작한 지 한 달 만에 주태는 다시 온전한 사람이 되었다. 손책은 크게 기뻐하고 화타에게 많은 상을 줬다. 그리고 손책은 마침내 군사를 일으켜 지난날 쳐들어왔던 산적들을 모조리 소탕하니, 그 뒤로 강남 일대가 모두 다 평온 무사했다.

손책은 요긴한 곳에 각기 군사를 파견하여 지키게 하고 한편 조정에 표문을 보내어 그간의 경과를 아뢰는 동시, 한편 사람을 보내어 조조와 교제를 텄으며, 한편 원술에게 서신을 보내어 지난날 맡긴 옥새를 돌려 달라고 청했다.

이때 원술은 딴생각을 품고 있었다. 즉 스스로 황제라 일컫고 싶었던 것이다. 그래서 원술은 손책에게 답장을 보내되 이리저리 핑계만 대고 옥새를 돌려주지 않았다. 원술은 장사長史 양대장楊大將, 도독都督 장훈張勳, 기영紀靈, 교유橋蕤, 상장上將 뇌박雷薄, 진난陳蘭 등 30여 명과 함께 상의한다.

원술이 먼저 묻는다.

"손책이 나의 군사를 빌려가서 강동 일대를 다 손아귀에 넣었다. 이제 은혜를 갚을 생각은 않고 도리어 옥새를 돌려달라 하니, 참으로 무례한 놈이다. 내 장차 어떻게 그를 처치해야 좋을까?"

"손책은 장강長江을 방어선으로 삼아 날쌘 군사와 많은 곡식을 가지고 있습니다. 창졸간에 그들을 칠 수는 없습니다. 그러니 우리는 먼저 유비를 쳐서, 지난날 무고히 우리에게 덤벼들었던 그 당시의 원한부터 갚은 뒤에, 손책을 치더라도 늦지 않습니다. 제게 한 가지 계책이 있으니, 쉽사리 유비를 사로잡아 바치겠습니다."

강동의 사나운 범을 치러 가지는 않고
엉뚱하게도, 서주로 와서 교룡과 싸우려 든다.
不考江東圖虎豹
却來徐郡鬪蛟龍

유비를 사로잡을 수 있다니, 그 계책은 무엇인가.

제16회

여포는 원문轅門 밖의 창을 쏘고
조조는 육수에서 패하다

양대장楊大將은 유비를 칠 계책이 있다고 한다. 원술이 묻는다.

"그 계책이란 무엇인가?"

양대장은 대답한다.

"유비는 소패 읍내에 군사를 주둔하였으므로 무찌르기 쉬우나 여포가 서주에 범처럼 웅크리고 있으니, 그것이 문제입니다. 더구나 전번에 우리는 여포에게 황금과 비단과 곡식과 말을 주기로 약속까지 하고 아직 보내지 않았으니, 여포가 유비를 돕지나 않을까 그것이 걱정입니다. 그러니 지금이라도 곡식을 여포에게로 보내어 그의 환심을 사서 군사를 일으키지만 않도록 하면, 우리는 힘들이지 않고 유비를 사로잡을 수 있습니다. 말하자면 먼저 유비를 잡은 후에 여포를 치면 서주 땅을 다 차지할 수 있습니다."

원술은 기꺼이 한윤韓胤에게 비밀 서신과 좁쌀 20만 석을 주어 여포에게로 보냈다. 여포는 많은 곡식이 생기자 매우 기뻐서 한윤을 극진히 대접했다.

한윤은 돌아와서 원술에게 보고한다.

"만사는 잘됐습니다."

이에 원술은 기영을 대장으로, 뇌박과 진난을 부장으로 삼아 군사 몇만 명을 주어 떠나 보냈다.

한편 유현덕은 원술의 군사가 소패를 치러 온다는 보고를 듣자 여러 사람과 상의한다. 장비는 의논할 것도 없이 싸우자고 우기는데, 손건이 말한다.

"지금 소패엔 곡식도 넉넉지 못하고 군사도 많지 않으니, 원술의 군사를 어떻게 대적한단 말이오? 곧 서신을 여포에게로 보내어 원조를 청합시다."

장비는 내뱉듯이 묻는다.

"그놈이 올 성싶소?"

"손건의 말이 옳다."

유현덕은 드디어 서신을 여포에게로 보냈다.

엎드려 생각건대 장군께서 염려해주신 덕분에, 유비는 소패 땅에서 살고 있으니, 참으로 구름과 하늘의 덕을 입음인가 합니다. 그런데 원술이 자기 개인의 원수를 갚겠다면서 기영을 보내어 이곳을 치러 온다고 하니, 소패는 언제 망할지 모를 위기에 놓였습니다. 장군이 아니면 누가 구해주겠습니까. 바라건대 1여旅(여는 5백 명 단위의 군대이다)의 군사를 일으켜 위급한 처지를 도와주시면, 참으로 감사하겠습니다.

여포는 서신을 읽자 진궁에게 말한다.

"전번에 원술이 나에게 곡식과 서신을 보낸 것은 나더러 유현덕을 도와주지 말라는 뜻이었다. 그런데 유현덕이 원조를 청해왔구려. 유현덕이 소패에서 군사를 주둔하고 있는 것은 나에게 해로울 것이 없으나, 만일 원술이 유현덕을 무찌르고 나면 그 다음엔 북쪽 태산泰山의 모든 장수와 손을 잡고 나를 없애려 들 터이니, 어찌 베개를 높이 베고 잠인들 편히 잘 수 있으리요. 차라리 유현덕을 돕는 것이 옳다."

이리하여 여포는 마침내 군사를 일으켰다.

한편, 기영은 군사를 거느리고 멀리 달려 소패 땅 동남쪽에 이르러 진영을 세운 다음에, 낮에는 정기를 늘어세워서 산과 냇물을 가리다시피 하고, 밤에는 모닥불을 놓고 북을 치면서 하늘과 땅을 밝혔다.

이때 유현덕은 수하에 군사라고는 5천 명밖에 없었으나, 적군이 왔으니 그냥 있을 수도 없어서 군이 성 바깥으로 나가 진영을 세웠다. 파발꾼이 달려와서 고한다.

"여포가 군사를 거느려 와서 한 마장 가량 떨어진 곳에 진영을 세웠습니다."

한편, 기영도 여포가 유비를 도우러 왔다는 것을 알자, 즉시 서신을 보내어 배신한 행위를 꾸짖었다. 여포는 서신을 읽자 껄껄 웃으며,

"내게 한 계책이 있어 원술과 유비를 다 좋게 해줄 터이니 안심하여라." 하고, 기영의 심부름꾼을 돌려보냈다. 그리고 여포는 기영과 유비의 진영으로 각각 사람을 보내어 자기 진영으로 오도록 청했다.

유현덕은 여포의 초청을 받자 즉시 가려 하는데, 관운장과 장비가 함께 말린다.

"형님은 가지 마십시오. 여포가 반드시 딴생각을 품었을 것입니다."

"내가 그를 박대한 일이 없으니, 나를 해치지는 않을 것이다."

유현덕은 드디어 말에 올라탄다. 이에 관운장과 장비도 말을 달려 형님 뒤를 따라 여포의 진영으로 갔다.

여포는 으스댄다.

"내가 그대의 위급함을 풀어줄 테니, 다음날 나를 잊지 마시오."

유현덕은 거듭 감사한다. 여포는 그제야 유현덕에게 자리를 권한다. 관운장과 장비가 유현덕을 모시고 섰다. 바깥에서 사람이 들어와 고한다.

"기영 장군이 왔습니다."

이 말을 듣자 유현덕은 깜짝 놀라 피하려 한다. 여포는 손을 들어 제지한다.

"내가 특히 의논할 것이 있어 두 사람을 한꺼번에 청했으니, 조금도 의심 마시오."

유현덕은 여포가 무슨 생각에서 이러는지 알 수가 없어서 매우 불안했다. 기영도 말에서 내려 진영 안으로 들어오다가, 장상에 앉아 있는 유현덕을 보자 몹시 놀라, 황급히 돌아서서 나가려 한다. 좌우 사람들이 만류해도 기영은 들으려 하지 않는다. 이에 여포가 나가서 기영의 뒷덜미를 잡더니 마치 어린아이 다루듯이 끌고 들어온다.

기영은 외친다.

"장군은 나를 죽일 작정이오?"

"아니다!"

"그럼 저 귀 큰 놈을 죽일 테요?"

"아니다."

"그럼 어쩌자는 거요!"

"유현덕은 나와 형제간이다. 장군 때문에 곤경에 빠졌기에 내가 도우러 왔다."

"그럼 나를 죽이려는 것이 분명하구려."

"그럴 리가 있나. 여포는 평생 싸움을 좋아하지 않으며 말리기를 좋아하므로 이제 양쪽을 화해시키려는 것이다."

"어떻게 화해를 시키자는 거요?"

"내게 한 가지 방법이 있으니, 하늘이 결정해줄 것이다."

여포는 기영을 끌고 장막으로 들어와서 유현덕과 인사를 시켰다. 유현덕도 기영도 어찌 되는 일인가 하여 제각기 의심했다.

여포는 가운데에 앉고 기영을 왼편에 유현덕을 오른쪽에 앉히고는 술자리를 베풀었다. 술이 몇 순배 돌았을 때였다.

여포는 말한다.

"그대들 두 집안은 나의 체면을 보아서, 각기 군사를 거두게."

유현덕은 말이 없는데 기영이 대답한다.

"내가 주공의 명령을 받아 10만 군사를 거느리고 온 것은 오로지 유비를 잡기 위해서인데, 어찌 그냥 돌아가란 말이오?"

장비는 분노하여 칼자루를 잡는다.

"우리가 비록 군사는 적다마는 네까짓 놈들쯤은 어린애 장난으로 안다. 네 놈들이 우리 형님처럼 황건적 백만 명을 무찌르겠느냐. 네까짓 것이 그래 감히 우리 형님에게 손끝 하나 댈 성싶으냐?"

관운장은 급히 말한다.

"너는 여포 장군이 어떻게 조처하나 보고 나서 나서거라. 정 뜻에 맞지 않으면 그때 진영으로 돌아가서, 적군과 싸워도 늦지는 않으리라."

여포는 언성을 높인다.

"난 너희들에게 화해하라고 했지 싸우라고 하지는 않았다."

그러나 기영도 흥분했다. 장비는 기영을 죽이려고만 든다. 이에 여포는 크게 노하여 소리를 버럭 지른다.

"나의 창을 이리로 가져오너라."

수하 사람이 갖다 바치는 창을 여포가 집어 들자, 기영과 유현덕은 대뜸 얼굴이 흙빛으로 변한다. 여포는 양쪽을 흘겨본다.

원문에서 활을 쏘아 유비를 구하는 여포. 왼쪽 아래부터 관우, 장비, 유비, 여포, 기영

"내가 너희들에게 싸우지 말라고 하는 말은 바로 하늘의 명령이다. 알겠느냐. 여봐라, 이 창을 저 원문轅門(진문陣門) 밖에 내다가 꼿꼿이 세워라."

즉시 창이 원문 바깥에 세워졌다. 여포는 기영과 유현덕을 돌아보고 말한다.

"여기서 저 원문 바깥까지 150보는 넉넉히 될 것이다. 내가 화살 한 대로 저 창 끝에 달린 곁가지를 쏘아 맞히거든 너희들은 각기 군사를 거두어야 한다. 만일 쏘아서 맞히지 못하거든, 그때는 각기 진영으로 돌아가서, 너희들 맘대로 싸우고 죽여라. 알겠는가? 만일 내 말을 듣지 않을 때는 우선 너희들을 그냥 두지 않을 것이다."

기영은 속으로 생각한다.

'원문 바깥에 세워진 창은 아득하다. 눈대중으로도 150보가 더 되어 보인다. 더구나 창 끝의 곁가지를 어찌 맞힐 수 있으리요. 우선 그러마 하고, 맞히지 못하는 때를 기다려 유비를 쳐도 늦지는 않으리라.'

그래서 기영은 선뜻 승낙했다. 유현덕도 승낙하지 않을 수가 없었다. 여포는 두 사람을 앉혔다. 다시 돌려가며 술 한 잔씩을 마신 다음에, 여포는

"활과 화살을 가져오너라."

분부하고 일어섰다.

현덕은 마음속으로 가만히 축원한다.

'여포가 쏘아서 맞히게 해주십시오.'

여포는 소매를 걷어 올리더니 시위에 화살을 끼우고 잔뜩 잡아당겼다가 한 소리 지르면서 손을 떼니,

> 활은 열리어 가을 달처럼 하늘을 가는데
> 화살은 흐르는 별처럼 땅에 떨어지더라.
> 弓開如秋月行天
> 箭去似流星落地

보라! 화살은 곧장 날아가 창 끝의 곁가지에 정통으로 들어박힌다. 장막 위아래에 서 있던 모든 장수는 일제히 소리를 지르며 박수 갈채한다.

후세 사람이 이 일을 찬탄한 시가 있다.

> 여포의 활 쏘는 솜씨는 신과 같아서 세상에 보기 드문 바이니
> 일찍이 원문을 향하여 쌍방의 위기를 풀어줬도다.

옛날에 후예后羿[1]는 떨어지는 해처럼 몸을 망쳤는가 하면
원숭이는 양유기養由基[2]를 향하여 울부짖었노라.
활에서 손을 떼는 순간, 범의 힘줄로 만든 시위 소리는 울려 퍼져
깃 붙인 것 날아간 곳이 바로 화살 꽂힌 장소로다.
표범의 꼬리가 흔들리면서 단청丹靑한 창을 꿰뚫었으니
씩씩한 10만 군사가 비로소 군복을 벗었도다.

溫侯神射世間稀

曾向轅門獨解危

落日果然欺后羿

號猿直欲勝由基

虎岷弦響弓開處

彫羽翎飛箭到時

豹子尾搖穿畵戟

雄兵十萬脫征衣

여포는 창 끝의 곁가지를 쏘아 맞히자, 크게 껄껄 웃으며 활을 땅에
던진 다음 기영과 유현덕의 손을 잡더니,
"이건 하늘이 너희들에게 싸우지 말라는 뜻이다."
하고 자기가 마치 천자라도 된 듯이 뽐낸다. 여포는 군사들에게 술을 들
여오라 하여 큰 잔으로 마시며 어서들 마시라고 권한다.
유현덕은 부끄럽기도 하고 창피하기도 했다.
기영은 한참 만에 여포에게 고한다.

---

1 후예는 하夏나라의 제후로 정승 자리를 빼앗았는데, 활 쏘는 재주만 믿고 백성에게 횡포를
   부리다가 피살됐다.
2 양유기는 춘추 시대 초나라 명궁이었다. 양유기가 활을 겨누자 흰 원숭이가 슬피 울었다는
   고사가 있다.

"장군의 분부를 듣지 않을 수도 없지만 그냥 돌아가면 주공이 내 말을 믿지 않을 테니, 이 일을 어찌하면 좋겠소?"

"내 손수 서신을 써줄 테니 염려 말라."

여포는 다시 술을 몇 순배 마시고, 원술에게 보내는 서신을 써줬다. 기영은 서신을 받자 먼저 돌아갔다.

여포는 유현덕에게 공치사한다.

"내가 아니었더라면, 귀공은 큰일날 뻔했소."

유현덕은 일어서서 절하며 감사하고, 관운장, 장비와 함께 돌아갔다.

이튿날 기영은 군사를 거느리고 회남 땅으로 돌아갔다. 유현덕 역시 군사를 거두어 소패로 들어가고, 여포는 서주로 돌아갔다. 이리하여 싸움은 벌어지지 않고 일단 수습됐다.

한편 기영은 회남에 돌아가서 원술에게 여포가 원문 바깥의 창을 쏘아 맞히고 화해를 붙인 일을 말하고 서신도 바쳤다.

원술은 크게 노한다.

"그래 여포가 나의 허다한 곡식을 받은 주제에 도리어 그런 아이들 장난 같은 일을 꾸며 유비 편을 들더란 말이냐. 내 친히 대군을 거느려 가서 유비를 치고 아울러 여포도 무찌르리라."

기영은 고한다.

"주공은 서두르지 마십시오. 여포는 무서운 장수이며 또 서주 땅을 차지하였으니, 만일 그가 유비와 손을 잡고 나선다면 대적하기 어렵습니다. 그런데 제가 듣기에 여포의 아내 엄嚴씨 소생으로 묘령의 딸이 하나 있다고 합디다. 주공께서도 아들 한 분이 있으니 사람을 보내어 혼인을 청하면 어떻겠습니까. 여포가 딸을 주공의 며느리로 시집보내기만 하면, 반드시 유비를 죽이게 됩니다. 이는 일단 가까이하여 상대의 친한 사이를 이간시키는 계책입니다."

원술은 거듭 머리를 끄덕이더니 한윤더러 예물을 가지고 가서 혼인을 교섭하도록 명했다.

한윤은 서주에 당도하는 즉시로 여포에게 가서,

"우리 주공께서는 항상 장군을 사모하사, 이번에 장군의 따님을 며느리로 삼고자 하십니다. 서로 사돈간이 되어 길이 우호를 맺고자 하십니다."

여포는 내당으로 들어가서 아내 엄씨와 상의했다. 원래 여포에게는 두 아내와 첩이 한 명 있었으니, 첫 번째 부인이 엄씨이고 두 번째 얻은 초선貂蟬은 첩이요, 소패에 있을 때 얻은 조표의 딸은 둘째 부인이었다. 조씨는 소생도 없이 먼저 죽었다. 초선도 소생이 없으며 엄씨만이 딸 하나를 두었던 것이다. 여포는 그 무남독녀를 지극히 귀여워했다.

엄씨는 여포에게 묻는다.

"들으니 원술은 회남 땅을 오래도록 차지하여 군사도 많고 곡식도 많을 뿐만 아니라, 조만간에 천자가 될 것이라 합디다. 대업을 성취하는 날이면 우리 딸은 황후가 될 가망도 있는데, 원술에게 아들이 몇이나 있는지 그게 궁금하군요."

"외아들 하나뿐이지."

"그럼 잘됐군요. 곧 허락합시다. 내 딸이 황후가 못 돼도, 우리 서주는 아무 걱정 없이 살 수 있을 것 아니예요?"

여포는 드디어 결정하고 한윤을 극진히 대접하면서 혼사를 승낙했다.

이에 한윤은 회남으로 돌아가서 원술에게 일이 잘되었음을 보고했다. 원술은 곧 빙례聘禮의 물품을 갖추어 한윤에게 주고 다시 서주로 보냈다.

여포는 원술이 보낸 예물을 받고 술상을 푸짐하게 차려 한윤을 대접한 뒤 관역에 나가서 편히 머물도록 했다.

이튿날이었다. 진궁은 관역에 가서 한윤과 인사를 마치자, 좌우 사람들을 다 바깥으로 내보내고 나서 바짝 다가앉으며 묻는다.

"누가 원술 귀공에게 우리 여포공과 혼사를 하도록 계책을 꾸몄소? 결국 유비의 목을 끊자는 것이 그대들의 목적 아니오?"

한윤은 깜짝 놀라, 벌떡 일어서서 읍하고 조그만 소리로 대답한다.

"바라건대 그대는 이 기밀을 누설 마오."

"나야 누설할 리 없지만 그러나 일이 늦으면 늦을수록 남들이 먼저 눈치를 챌 것이오. 나는 이 일이 도중에 변경될까 두렵소."

"그럼 어쩌면 좋겠소? 바라건대 귀공은 가르쳐주오."

"내가 여포에게 딸을 회남으로 당장에 시집보내도록 권하면 어떻겠소?"

한윤은 크게 기뻐한다.

"만일 그렇게 해준다면야, 우리 주공도 귀공의 밝은 덕을 더욱 깊이 감사하리다."

진궁은 관역에서 나와 여포에게로 갔다.

"들리는 소문에 의하면 귀공의 딸을 원술의 아들에게로 시집보낸다 하니 참으로 잘하셨습니다. 그런데 언제쯤 성례成禮하시렵니까?"

여포는 대답한다.

"천천히 의논해서 택일할 요량일세."

"예로부터 빙례를 받은 뒤로 성혼하기까지의 기한이 각각 정한 바 있으니, 예를 들자면 천자는 일 년이며, 제후는 반년이며, 대부大夫는 한 계절이며, 보통 백성은 한 달 만에 하기로 되어 있습니다."

여포는 묻는다.

"원술은 하늘로부터 나라의 보배인 옥새를 받았으니 조만간에 황제가 될 터인즉, 천자의 예를 따르면 좋지 않을까?"

"그건 안 될 말입니다."

"그럼 제후의 예를 따르면 어떨지?"

"역시 안 될 말입니다."

"그럼 대부의 예를 따를까?"

"역시 안 될 말입니다."

여포는 웃는다.

"그대는 그럼, 날더러 일반 백성들의 예를 따르라는 말인가?"

"그것도 안 될 말입니다."

"그럼 그대 뜻은 어떻게 하면 좋다는 건가?"

진궁은 대답한다.

"지금 제후들은 은근히 천하를 다투는 실정입니다. 이제 귀공이 원술과 사돈간이 되면 자연 시기할 인물들이 나타날 것입니다. 만일 혼례 날을 늦게 잡았다가, 도중에 정체 모를 복병들에게 신부를 빼앗기는 일이라도 생기면 어찌하시렵니까. 혼인을 거절했다면 모르지만, 이미 승낙한 이상은 천하 제후들에게 소문이 퍼지기 전에 속히 딸을 수춘 땅으로 보내어 따로 별관에 거처하게 하고 연후에 천천히 택일하여 혼례를 치르도록 하십시오. 그래야 만에 하나라도 탈이 없을 것입니다."

여포는 거듭 머리를 끄덕이며 흐뭇해한다.

"그대 말이 옳다."

여포는 내당으로 들어가서 엄씨에게 말하여, 그날 밤으로 혼수감을 갖추고 출가시킬 준비를 끝냈다.

이튿날 여포는 보배로 장식한 말이 이끄는 향나무 수레에 딸을 태웠다. 송헌宋憲과 위속魏續과 한윤이 수레를 호위하여 떠나는데, 악대들이 요란한 풍악을 연주하며 서주성 바깥 멀리까지 따라 나가 전송했다.

이때 진등陳登의 아버지 진규陳珪는 늙어서 집 안에 있는데, 풍악 소리를 듣고 좌우 사람들에게 묻는다.

"오늘 무슨 좋은 일이라도 있는가?"

좌우 사람들은 사실대로 대답한다.

진규는

"이건 일단 가까이한 다음에 상대의 친한 사이를 이간시키려는 계책이다. 유현덕이 위태롭구나! 이렇게 누워 있을 때가 아니다."

하고는 병든 몸을 일으켜 여포에게로 갔다. 여포는 들어오는 진규를 보자 묻는다.

"대부는 편찮은 몸으로 어찌 왔소?"

진규는 서슴지 않고 대답한다.

"장군이 죽었다기에 조상弔喪하러 왔소이다."

여포는 깜짝 놀랐다.

"내가 이렇게 살아 있는데, 그게 무슨 말이오?"

진규는 차근차근 말한다.

"전번에 원술이 장군에게 곡식과 황금과 비단을 보내어 유현덕을 죽이려 했으나, 장군은 창을 쏘아 맞히고 화해하도록 했습니다. 그런데 원술이 이제 갑자기 사람을 보내어 혼인을 청한 뜻은 무엇이겠습니까? 그것은 장군의 딸을 일종의 볼모로 삼은 뒤에, 유현덕을 쳐서 소패 땅을 빼앗자는 배포입니다. 소패 땅이 원술의 손아귀에 들어가면 어찌 되겠습니까. 이곳 서주가 위기에 빠질 것은 불 보듯 뻔합니다. 뿐만 아니라 원술은 장군에게 곡식을 꿔달라, 군사를 빌려달라 하고 별의별 요구를 다 할 것입니다. 장군이 그 말을 다 들어주었다가는 지쳐 쓰러질 것이요, 공연히 다른 사람으로부터 본의 아닌 원망까지 사게 될 것입니다. 만일 장군이 그의 요구를 거절하면 원술은 사돈간이니 인척간이니 하는 것을 벗어 던지고 결국 싸우려 덤벼들 것입니다. 더구나 들리는 소문에 의하면 장차 원술은 스스로 황제라고 자칭할 뜻이 있다 하니, 이건 분명한 역적입니다. 그가 반역하면 귀공은 바로 역적과 사돈간이 아닙니까. 천하는 아무도 귀공을 용납하지 않을 것입니다."

여포는 깜짝 놀라,

"진궁이 나를 잘못 지도했구나!"

하고 장요張遼에게 분부한다.

"급히 군사를 거느리고 뒤쫓아가서, 내 딸을 데려오너라."

이에 장요는 30리를 뒤쫓아가서, 여포의 딸과 그 일행을 도로 데려왔다. 여포는 한윤을 감금한 후에,

"사람을 원술에게로 보내되 아직 혼수 준비가 덜 됐으니, 서두르지 말도록 전하여라."

하고 사자를 회남으로 보냈다.

진규는 여포에게 권한다.

"한윤을 잡아둘 것이 아니라, 허도로 압송하십시오. 그는 역적 원술의 부하입니다."

그러나 여포는 듣지 않고 주저했다.

이때 수하 사람이 들어와서 고한다.

"유현덕이 소패 땅에서 군사를 모집하고 말을 사들인다 하니, 그 뜻을 알 수가 없습니다."

"그건 장군 된 자면 누구나 하는 일이니, 족히 의심할 것 없다."

여포가 대답하는데, 송헌과 위속이 들어와서 고한다.

"우리 두 사람이 분부를 받들어 산동 땅에 가 좋은 말 3백여 필을 사서 소패 땅까지 돌아왔을 때, 도둑들을 만나 말을 반이나 빼앗겼습니다. 나중에 수소문해봤더니, 실은 유비의 동생 장비가 도둑놈으로 가장하고 부하를 데려와서 빼앗아간 것이라 합니다."

이 말을 듣자 여포는 노여움이 치받쳐 즉시 군사를 거느리고 소패 읍내로 달려간다.

한편 유현덕은 여포가 군사를 거느리고 살기 등등해서 온다는 보고를 듣자, 크게 놀라 황망히 군사를 거느리고 나가 서로 진영을 벌였다. 유현덕은 말을 타고 나가서 말한다.

"형은 무슨 연고로 군사까지 거느리고 이렇게 오셨습니까?"

여포는 손가락질하며 저주한다.

"내가 전번에 원문에 세운 창을 쏘아 너의 어려운 고비를 구해줬거늘, 너는 무슨 까닭으로 내 말을 도중에서 가로챘느냐?"

"이 유비는 말이 부족해서 사람을 사방 각지로 보내어 사들였을 뿐, 어찌 형의 말을 감히 빼앗을 리가 있겠습니까."

"장비를 시켜 나의 좋은 말 150필을 빼앗아간 주제에 그러고도 뻔뻔스레 시치미를 떼느냐?"

장비는 참다못해 말을 달려 나가며 외친다.

"오냐! 내가 네 놈의 좋은 말을 빼앗았다. 그래 나를 어쩔 테냐?"

여포는 악담한다.

"이놈, 고리눈깔아. 거센 체 말라. 네가 언제까지 나를 업신여기려드느냐."

장비도 으르렁댄다.

"네 놈은 그까짓 말 좀 빼앗겼대서 지랄이냐. 그럼 네가 우리 형님의 서주 땅을 빼앗은 데 대해서는 왜 말이 없느냐!"

여포가 창을 높이 들고 달려오니 장비도 창을 휘두르며 달려나가 백여 합을 싸웠으나 승부가 나지 않는다.

유현덕은 조바심이 나서 급히 징을 울리고 군사를 거두어 성안으로 들어가니, 여포는 소패성을 사방으로 에워쌌다. 유현덕은 장비를 불러 꾸짖는다.

"네가 남의 말을 빼앗았기 때문에 이런 사태가 일어난 거다. 어디다 그 말을 뒀느냐?"

"여러 절간에다 맡겨뒀소."

유현덕은 사람을 여포의 진영으로 보내어,

"말을 돌려드릴 테니, 서로 군사를 거둡시다."

하고 교섭했다.

여포가 그 교섭을 승낙하려 하는데, 곁에서 진궁이 간한다.

"이 참에 유비를 죽이지 않으면 뒤에 도리어 해를 당합니다."

여포는 진궁의 말을 옳게 여기고 교섭을 거절하고 급히 소패성을 공격한다.

유현덕은 미축, 손건과 함께 상의한다.

손건은 말한다.

"조조가 미워하는 자는 바로 여포입니다. 그러니 소패성을 버리고 허도로 달아나, 조조에게 군사를 빌려 다시 여포를 치는 것이 상책입니다."

유현덕은 묻는다.

"그럼 누가 포위를 뚫고 나갈 테냐?"

장비가 나선다.

"형님, 제가 생명을 걸고 싸워서 길을 열겠소."

유현덕은 장비를 앞장세우고 관운장에게 뒤를 맡기고, 중간에서는 노인과 어린아이를 보호하며, 그날 밤 3경, 휘영청 밝은 달빛 아래 소패성 북문 바깥으로 달아나다가 바로 여포의 장수 송헌, 위속과 맞닥뜨렸다.

장비가 그들을 마구 무찔러 일행은 포위를 벗어나 달아나는데, 뒤에서 장요가 추격해온다. 일행의 뒤를 지키며 달아나던 관운장은 말고삐를 돌려 추격해오는 장요를 크게 무찌른다. 여포는 달아나는 현덕을 더 이상 쫓지 않았다. 여포는 곧 성안으로 들어가서 백성들을 위로했다. 여포는 고순에게 소패 땅을 맡긴 다음에 서주로 돌아갔다.

한편, 유현덕은 도망하여 허도에 당도하자, 성 바깥에 영채를 세우고 우선 손건을 조조에게로 보냈다. 손건은 조조에게 가서 자초지종을 말한다.

"여포의 핍박으로 쫓겨나, 승상만 믿고 왔습니다."

조조는 쾌히

"나는 유현덕과 형제간이다."

하고 그들을 초청했다.

이튿날 유현덕은 관운장과 장비만 남겨두고, 손건, 미축과 함께 성안으로 들어갔다. 조조는 귀빈에 대한 예의로써 유현덕을 대접한다. 유현덕은 여포에게 당한 일을 자세히 호소했다.

조조는 말한다.

"여포는 의리 없는 무리니, 나는 아우님과 함께 힘을 합쳐, 그놈을 죽이겠소."

유현덕이 거듭 감사하니, 조조는 잔치를 베풀어 대접하고 저녁때에야 돌려보냈다.

순욱은 들어와서 말한다.

"유비는 보통 인물이 아닙니다. 속히 없애버리지 않으면 뒷날에 큰 두통거리가 됩니다."

조조는 아무 대답도 하지 않았다. 순욱이 물러간 뒤에 곽가가 들어왔다. 조조는 묻는다.

"순욱은 날더러 유현덕을 없애버리라고 하니, 어찌하면 좋겠소?"

곽가는 대답한다.

"그건 안 될 말입니다. 주공께서 의를 위해 군사를 일으켜 백성들의 고통을 덜어주고, 신의로써 천하 호걸들을 초청하건만, 그래도 사람들은 겁을 먹고 오지 않는 실정입니다. 더구나 유현덕은 평소 영웅의 칭호를 듣는 사람이며 갈 곳이 없어서 찾아왔는데, 그를 죽인다면 어진 사람을 해치는 결과가 됩니다. 천하의 지혜로운 사람들이 그런 소문을 듣기라도 하면, 의심을 품고 결코 오지 않을 것이니, 그렇다면 주공은 누구를 의지하여 천하를 정하시렵니까. 뒷날의 두통거리라 해서 한 사람을 죽이면 이는 바로 천하의 인망을 잃는 것이니 이런 중대한 문제를 가벼이 생각하지 마십시오."

조조는 흐뭇해하며 말한다.

"그대 말이 바로 내 생각과 같다."

이튿날, 조조는 천자께 표문을 올려 유현덕을 예주豫州 목사로 추천했다. 정욱은 조조에게 간한다.

"유비는 결코 남의 지배를 받을 사람이 아닙니다. 차라리 속히 처치해버리십시오."

"지금은 영웅을 일으켜 쓸 때다. 한 사람을 죽이고 천하 인심을 잃을 수는 없다. 이 일은 곽가와 내가 이미 합의를 보았다."

조조는 정욱의 권고를 듣지 않았다. 조조는 마침내 군사 3천 명과 군량미 만 석을 유현덕에게 주고 예주 땅으로 보내면서,

"우선 예주에 도임한 다음에 차차 군사를 보내어 소패 땅에 진영을 치고, 지난날 흩어졌던 군사들을 다시 불러모아 여포를 치도록 하오. 나도 힘써 돕겠소."

하고 말했다.

유현덕은 허도를 떠나 예주 땅에 부임하자, 곧 사람을 조조에게로 보내어 함께 군사를 일으킬 날짜를 약속했다. 이에 조조는 친히 여포를 치

려고 군사를 일으켜 떠날 준비를 서두르는 참이었다.

홀연 파발꾼이 말을 달려와서 고한다.

"옛 동탁의 장수 장제가 관중에서 군사를 일으켜 남양 땅을 공격하다가 흐르는 화살에 맞아 죽었습니다. 이에 장제의 조카 장수張繡가 대신 군사를 거느리고 가후를 모사로 삼고, 형주 자사 유표와 동맹하여 완성宛城 땅까지 진출했습니다. 그들은 장차 허도로 쳐들어와서 천자를 납치할 작정이랍니다."

조조는 보고를 듣자 격분한다. 즉시 군사를 돌려 장수를 쳐야겠는데, 그러나 뒤가 켕겼다. 즉 그 동안에 여포가 허도로 쳐들어올까 봐, 두려웠던 것이다. 조조는 이 일을 어찌하면 좋으냐고 순욱에게 묻는다.

순욱은 대답한다.

"그건 쉬운 일입니다. 여포는 원래 꾀가 없는 자라, 이익만 보면 기뻐합니다. 그러니 주공은 곧 사람을 서주로 보내어, 여포의 벼슬을 높이고 약간 상을 주어 유현덕과 화해하도록 분부하십시오. 그래서 여포가 기뻐만 한다면, 그런 자에게 무슨 원대한 계책이 있겠습니까."

"그거 참 좋은 생각이오."

조조는 곧 봉군도위奉軍都尉 왕측王則을 칙사로 삼아 벼슬을 주는 칙명과 화해를 권하는 글을 주어, 서주로 떠나 보냈다.

동시에 조조는 군사 15만을 거느리고 하후돈을 선봉으로 삼아 친히 장수를 치기 위해, 군사를 세 길로 나누어 행진하였다. 이때가 건안建安 2년(197) 5월이었다.

조조의 군사는 육수滧水에 이르러 영채를 세웠다.

한편 모사 가후는 조조의 거창한 진영을 바라보며 장수에게 권한다.

"조조의 군사가 너무 많아서 대적할 수 없으니, 차라리 항복하는 편이 현명하오."

장수도 직접 맞서보니 도저히 승산이 서지 않아서, 가후를 조조에게로 보내어 화평을 교섭했다.

조조는 가후의 언변이 흐르는 물처럼 능숙한 데 매우 감동하여, 자기 모사가 되어달라고 청했다.

"저는 지난날에 이각을 섬기다가 천하에 죄를 지었으며, 이번에 나를 신임해주는 장수를 따라왔으니 인정상 버릴 수가 없습니다."

하고 가후는 돌아갔다.

이튿날, 가후는 직접 장수를 조조에게로 데려왔다. 조조는 가후의 태도에 감심한 나머지 두 사람을 다 환영했다.

조조는 군사를 거느리고 완성으로 들어가서 주둔했다. 나머지 군사는 성 바깥에 영채를 세우니, 그 길이가 장장 10여 리에 뻗쳤다. 완성에서 조조가 며칠 머무르는 동안에, 장수는 매일 잔치를 베풀어 극진히 대접했다.

어느 날, 조조는 잔치 자리에서 취하여 침소로 돌아와 좌우 사람에게 가만히 묻는다.

"이 성안에는 기생도 하나 없느냐?"

조조의 조카 조안민曹安民이 눈치를 알아차리고 대답한다.

"어젯밤에 제가 관사館舍 곁에서 한 부인을 엿본 일이 있습니다. 그 부인이 하도 아름답기에 알아본즉, 장수의 숙부로 전번에 흐르는 화살에 맞아 죽었다던 장제의 아내라 합디다."

조조는 취한 체하며 분부한다.

"그럼 네가 가서 그 여자를 데려오너라."

조안민이 무장한 군사 50명을 거느려 가더니, 잠시 뒤에 그 여자를 군중으로 데려왔다. 그녀는 과연 미인이었다.

"성이 뭐냐?"

부인은 대답한다.

"첩은 작고한 장제의 아내 추鄒씨로소이다."

"부인은 나를 알겠소?"

"오래 전부터 승상의 높은 명성을 들었삽더니, 오늘 저녁에야 다행히 뵙게 됐습니다."

"내가 장수의 항복을 받아들인 것은 실은 부인을 위해서요. 그렇지 않았다면 장씨 일가는 벌써 멸족을 당했을 거요."

추씨는 일어나 절한다.

"거듭 살려주신 은혜에 감사하나이다."

"부인을 보게 된 것은 참으로 천행天幸이오. 오늘 밤은 나와 잠자리를 함께하고, 장차 허도에 가서 부귀 영화를 누리는 것이 어떻소?"

추씨는 거듭 절하고 감사했다. 그날 밤에 조조와 함께 자면서 추씨는 말한다.

"이렇게 성안에 오래 머물러 있으면 장수가 의심할 것이며, 바깥 사람들의 입질에 오르내릴까 두렵소이다."

"그럼 내일부터 부인과 함께 성 바깥 영채에 나가서 지내기로 하지."

이튿날 조조는 추씨와 함께 성 바깥 영채로 처소를 옮겼다. 조조는 전위典韋에게 분부한다.

"너는 장막 바깥에서 숙직하되, 내 분부 없이는 아무도 들여보내지 말라."

이리하여 장막 안과 바깥은 출입이 끊어졌다. 조조는 날마다 과부 추씨와 재미를 보느라, 허도로 돌아갈 생각도 하지 않았다.

꼬리가 길면 밟히는 법이다. 친척 되는 사람이 이 사실을 장수에게 몰래 알렸다. 장수는 치가 떨렸다. 그에게는 추씨가 바로 큰어머니뻘인 것이다.

"역적 조조 놈이 이렇듯 나를 모욕하다니."

장수는 곧 가후를 불러 상의한다. 가후는

"이 일을 사전에 누설해선 안 되오. 내일 조조가 군무를 볼 때 이러이
러히 하오."

하고 계책을 일러줬다.

이튿날, 조조는 장중에서 군무를 보는데, 장수가 들어와 고한다.

"이번에 항복한 저의 수하 군사들 중에 도망치는 자가 날로 늘어가
니, 이곳 중군 가까이 군사를 옮겨두면 어떻겠습니까?"

장수는 그날로 자기 군사를 거느리고 와서, 조조가 거처하는 영채 근
처 네 곳에다 진을 치고 거사할 일을 궁리했다. 다른 것은 걱정이 안 되
나, 무서운 전위가 조조가 거처하는 장막 바깥에서 숙직을 하기 때문에
쳐들어갈 수가 없었다.

이에 장수는 편장偏將 호거아胡車兒와 의논했다. 호거아는 5백 근이나
되는 짐을 지고도, 하루에 7백 리를 걷는 장사였다.

호거아는 계책을 말한다.

"모두가 전위를 두려워하는 것은 전위가 가진 쌍창[雙戟] 때문입니
다. 주공은 내일 그에게 술을 듬뿍 먹이십시오. 전위가 취해서 돌아갈
때, 제가 다른 군사들 틈에 끼여들어가서 장방帳房에 있는 그의 쌍창을
훔쳐내오면, 족히 두려울 것이 없습니다."

장수는 매우 흡족해하고 자기 군사의 영채마다 각기 기별해서 활과 화
살을 준비시켰다. 비밀리에 전투 준비가 이루어졌다. 준비가 끝나자, 장
수는 가후를 보내어 전위를 자기 영채로 초청하고 은근히 술을 권했다.

전위는 밤늦게까지 술 대접을 받고 잔뜩 취해서 돌아가는데, 호거아
도 여러 군사를 틈에 끼여 바로 대채 안으로 들어갔다.

이날 밤, 조조는 장막 안에서 추씨와 함께 술을 마시는데, 바깥에서 사

람 소리와 말이 코를 부는 소리가 나기에 사람을 시켜 알아보도록 했다.

"장수의 군사들이 밤 순번順番을 돕니다."

그래서 조조는 아무 의심도 하지 않았다.

밤이 2경쯤 됐을 때였다. 문득 대채 뒤에서 함성이 들려온다. 한 군사가 들어와서 고한다.

"마초를 쌓아둔 수레에서 불이 났습니다."

조조는 대답한다.

"군중엔 잘못 불이 나는 수도 있으니, 너무 놀라지 말라고 일러라."

그런데 웬일인가. 조금 지나자 사방에서 불길이 치솟는다. 그제야 조조는 황급히 전위를 불렀다. 전위는 몹시 취하여 곯아떨어져 자다가, 갑자기 진동하는 태징 소리와 북소리와 살기 띤 함성을 듣고 벌떡 일어났으나 암만 둘러보아도 쌍창이 안 보였다.

이때 장수의 군사들은 이미 원문에 들이닥쳤다. 전위는 급히 보병들을 거느리고 허리에 찬 칼을 뽑아 들고 나가보았다. 수많은 기병이 각기 긴 창을 들고 원문을 지나 대채 안으로 쳐들어온다.

전위가 분발하여 적의 군사 20여 명을 쳐죽이자 말을 탄 적군들은 물러서며 그 대신 무수한 보병들이 쳐들어오는데, 창들이 갈대밭 같았다. 전위는 무서운 힘으로 싸우나 몸에 갑옷을 입지 못했으니 어찌하랴. 전위는 위아래로 창에 찔려 수십 곳에 상처를 입었다. 전위는 마침내 죽을 각오로 사력을 다해 싸웠지만 칼날이 무디어져 쓸모가 없게 됐다.

전위는 칼을 버리고 적의 군사를 맨주먹으로 때려눕힌다. 8, 9명이 주먹 한 대씩에 죽어 자빠지자, 적군은 더 이상 가까이 오지 않고 물러선다. 그런데 그 뒤로 적군들이 늘어서서 활을 당기지 않는가. 전위는 죽을 각오로 원문에 버티고 서서 빗발치듯 날아오는 화살을 향하여 양팔을 휘둘러 막으나, 어찌하리요. 이미 대채 뒤로 들어선 적군이 던진 창이 전위의 등을 꿰뚫었다. 전위는 크게 소리를 지르며 펄펄 뛰다가 피투성이가 되어 쓰러진다. 전위가 죽은 지 한 시간이 지났으나 적군은 겁이 나서 감히 원문 안으로 들어서지 못한다.

한편 조조는 전위가 원문에서 싸울 때 이미 말을 타고 대채 뒤로 내뺐다. 조카 조안민은 달음박질하여 조조를 뒤따르는 형편이었다.

장수의 군사들은 대채 뒷문으로 내달아오다가, 달아나는 조조를 보자 잇달아 활을 쏜다. 조조는 오른팔에 화살 한 대를 맞고 말도 화살 세 대를 맞았으나, 워낙 좋은 대원大宛(오늘날의 이란) 말이기 때문에 쓰러지지 않고, 날쌔게 달려 육수 언덕에 이르렀다.

장수의 군사들이 뒤쫓아오다가, 두 손 불끈 쥐고 뜀박질로 달아나는 조안민을 잡자 그 당장 난도질했다.

조조는 너무나 황급해서 말을 달려 물 속으로 들어가 물결을 헤치고 겨우 저편 언덕으로 올라가는데, 적군들이 쏜 화살 중 한 대가 바로 말 눈에 들어맞았다. 대원마도 별수없이 땅바닥에 쓰러진다. 조조 역시 저만큼 나가떨어졌다. 조조의 큰아들 조앙曹昻은 말에서 뛰어내려 자기 말에 아버지를 부축해 태웠다. 그래서 조조는 뒤도 돌아보지 않고 무사히 달아났다. 그 대신 조조의 큰아들 조앙은 빗발치는 화살에 맞아 참혹하게 죽었다.

조조는 장씨 일가를 너무 무시하고 그 집안 과부와 관계했다가 큰아들과 조카까지 죽게 한 다음에 구사일생했던 것이다.

조조는 열심히 달아나다가, 도중에서 모든 장수와 만나 겨우 패잔병을 수습했다.

이때 하후돈이 거느린 청주青州 군사들은 점령 지구를 쏘다니며 백성 집들을 마음대로 노략질했다. 이에 분노한 평로교위平虜校尉 우금于禁은 본부 군사를 거느리고, 청주 군사들을 무력으로 쳐죽이고, 백성들을 위로했다.

청주 군사 하나가 도망쳐 돌아가다가, 도중에 조조를 만나자 땅에 엎드려 절하고 울며 고한다.

"우금이 반역하여 우리 청주 군사를 마구 죽였습니다."

"우금이 반역하다니?"

조조는 크게 놀랐다.

이윽고 하후돈, 허저, 이전, 악진이 각기 조조를 찾아왔다. 조조는

"우금이 반역했다는구나! 흩어진 군사들을 거두어 우금을 쳐라."

하고 분부했다.

한편, 우금은 조조가 모든 장수와 군사를 거느리고 오는 것을 보자, 즉시 진영 사방에다 궁노수를 늘어세우고 참호를 깊이 파고, 싸울 준비를 서두른다.

수하 군사는 우금에게 고한다.

"청주 군사가 '장군이 반역했다'고 거짓말했기 때문에, 승상이 저렇게 군사를 일으켜 오시는데, 어쩔려고 싸울 준비를 합니까?"

"지금 적군이 승상 뒤를 쫓아올 것이다. 두고 보아라. 곧 적군이 나타날 테니, 우리가 급히 싸울 준비를 하지 않으면 어찌 막는단 말이냐. 승상에게 변명하는 것은 조그만 일이요, 적을 물리치는 것은 큰일이다."

우금은 대담하고 전투 태세를 갖추었다.

아니나다를까, 장수의 군사가 나타나더니 두 길로 나뉘어 쳐들어온다. 우금이 진영에서 말을 달려 나가 적군을 맞이하여 무찌르니, 그제야 조조를 모시고 오던 다른 장수들도 각기 군사를 거느리고 적군과 크게 싸움을 벌였다.

장수의 군사들이 패하여 달아나자, 모든 장수들은 백여 리를 뒤쫓아 가며 시살했다.

병사를 일으켜 장수를 무찌르는 조조

　크게 패한 장수는 기세가 꺾이고 힘이 다하여 패잔병을 거느리고 유
표에게 몸을 의탁하러 떠나갔다.
　한편, 조조는 군사를 거두어 모든 장수를 점검한다. 그제야 우금은 들
어와서 절하고 변명한다.
　"이번에 청주 군사들이 백성들 집으로 돌아다니며 맘대로 노략질을
해서 크게 인심을 잃었기에, 그래서 제가 잡아죽였습니다."
　조조는 그 일에 대해서는 대답하지 않고 묻는다.
　"내 허락도 받지 않고 진영을 세운 것은 웬일이더냐?"
　우금은 대답한다.
　"적군이 승상의 뒤를 추격해올 것이라고 짐작했기 때문에, 일신의 변
명보다는 싸울 일이 더 급했습니다."

조조는 거듭 머리를 끄덕이며,

"장군은 경황없는 중에서도 능히 군사를 정돈하여 진영을 굳게 세우고 남들의 모략을 염려하지 않았다. 마침내 싸움에 쫓기는 나로 하여금 도리어 승리를 얻게 했으니, 이는 옛 유명한 장수로도 따르지 못할 바라."

찬탄하고 우금에게 황금으로 만든 그릇 한 쌍을 상으로 준 뒤에 익수정후益壽亭侯로 봉했다. 그리고 하후돈을 불러 세워, 청주 군사를 엄격히 통솔하지 못한 점을 책망했다.

그런 후에 조조는 크게 제물을 차려 죽은 전위를 제사지내는데, 친히 통곡하고 손수 술을 따라 바친 다음에 모든 장수를 돌아보며,

"이번에 나의 큰아들과 사랑하는 조카가 죽었지만, 이처럼 슬프지는 않다. 오로지 전위를 생각하니 울음을 참을 길이 없구나."

하고 눈물을 씻었다. 이 말을 듣자 모든 장수는 감격했다.

이튿날, 조조가 군사를 거느리고 허도로 돌아간 것은 더 말할 나위도 없다.

한편, 왕측은 조서와 조조의 서신을 가지고 서주에 당도했다. 여포는 왕측을 서주 부중으로 영접하고 조서를 받았다.

그 내용은 여포를 평동장군平東將軍으로 봉하고, 특히 인수印綬를 하사한다는 칙명이었다.

왕측은 또 조조의 친서를 전하며,

"조승상曹丞相은 평소 장군을 존경하십니다."

하고 여포 면전에서 칭찬을 늘어놓았다. 여포는 거듭 머리를 끄덕이며 만족해했다.

이튿날, 바깥에서 수하 사람이 들어와 고한다.

"원술에게서 사자가 왔습니다."

여포는 원술의 사자를 데려오도록 했다. 원술의 사자는 여포에게 속삭인다.

"우리 주공께서 조만간에 황제의 위에 오르실 생각이니, 동궁東宮(태자)을 세우기 위해 동궁비東宮妃 되실 장군의 따님을 속히 회남 땅으로 보내달라 하십니다."

여포는 노기 등등하여,

"역적 놈이 어찌 감히 그런 말을 하더냐."

버럭 소리를 지르더니 원술의 사자를 한칼에 쳐죽였다.

여포는 옥에 갇혀 있는 지난날 원술의 사자 한윤을 끌어내어 목에 칼을 씌우고, 천자께 감사하는 표문과 조조에게 보내는 친서를 써서 진등에게 주며 분부한다.

"그대는 왕측과 함께 한윤을 끌고 허도에 가서 천자께 사은하여라. 조조에게 나의 친서를 전하면서 이왕이면 나에게 서주 목사를 시켜달라고 잘 말씀 드려라."

이에 진등과 왕측은 한윤을 허도로 압송해갔다.

왕측은 조조에게 서주에 갔다 온 경과를 보고했다. 조조는 여포가 원술과의 통혼을 작파했다는 말을 듣자 크게 기뻐하고, 잡혀온 한윤을 큰거리로 끌어내어 참했다.

여포의 사자 진등은 조조에게 비밀리에 간한다.

"여포는 늑대 같은 자입니다. 그는 용기는 있으나 지혜가 없어서 하는 짓이 경솔하니, 속히 없애버려야 합니다."

조조가 대답한다.

"여포가 욕심 많은 늑대란 건 나도 아오. 참으로 걱정거리요. 그러나 그대 부자(진규와 진등은 부자간이다)가 아니면 여포의 실정을 알 사람이 없소. 그대는 앞으로도 나를 도와주오."

"승상께서 거사만 하신다면, 언제든지 저희들은 서주성 안에서 내통하리다."

조조는 흡족하여 진등의 부친에게 나라에서 내리는 2천 석 녹봉을 주는 동시에 진등을 광릉廣陵 태수로 제수했다. 진등은 감사하며 떠나는데, 조조가 그의 손을 잡고 당부한다.

"동쪽 일은 앞으로 우리가 서로 계책을 세워 처리하도록 합시다."

진등은 거듭 머리를 끄덕이고 돌아갔다. 진등은 서주에 돌아와 여포에게 갔다. 여포가 그간의 경과를 묻자 진등은 서슴지 않고 대답한다.

"저의 부친은 국록國祿을 받게 됐으며, 저는 태수가 됐습니다."

여포는 분노하여,

"너는 나를 서주 목사로 승격시키려 힘쓰지는 않고 너의 집안 벼슬과 국록만 얻어왔느냐. 전번에 너의 아비가 나더러 조조와 손을 잡도록 권하고 원술과의 혼인을 트지 못하게 하더니, 이제 그 뜻을 알았다. 결국 나는 두 가지를 다 놓치고 얻은 것이 없는데, 그 대신 너희 부자는 둘 다 썩 잘됐구나. 너희들이 지금까지 나를 이용했지?"

하고 칼을 뽑아 진등을 참하려 든다. 진등은 크게 웃는다.

"장군이 이렇듯 사리에 밝지 못한 줄은 몰랐습니다."

여포는 의아하여 묻는다.

"내가 뭣이 밝지 못하단 말이냐?"

"나는 조조에게 이렇게 말했습니다. '여포 장군을 기르는 것은 범을 기르는 거나 다름없으니 고기를 많이 줘야 합니다. 범은 먹을 것이 부족하면 사람을 잡아먹습니다' 했더니 조조가 웃으며 '내 생각은 그대 생각과는 좀 다르오. 나는 여포를 기르는 것은 매를 기르는 것이라 생각하오. 얼마든지 잡아먹을 수 있는 여우와 토끼가 지금 천하에 우글우글한데, 매에게 미리 먹을 것을 줄 수는 없소. 매는 배가 고파야 사냥을 잘하

오. 그 대신 배가 부르면 훨훨 날아가버리오' 하고 대답하기에, 제가 '그
럼 매가 사냥을 해서 얼마든지 배를 채울 수 있는 그 여우와 토끼란 것들
은 누굽니까' 하고 물었더니, 조조는 '회남 땅에 있는 원술과 강동 땅에
있는 손책과 기주冀州 땅에 있는 원소와 형양荊襄(유표는 형주 자사였지
만 양양襄陽에 있었다) 땅에 있는 유표와 익주益州 땅에 있는 유장劉璋과
한중漢中 땅에 있는 장노張魯 등이 다 여우나 토끼가 아니면 뭐겠소' 하
고 대답합디다."

여포는 칼을 던지며 하늘을 우러러,

"조승상이 나를 알아주는구나. 그럴 테지…… 암 그렇지."

껄껄 웃고 거듭 머리를 끄덕인다. 이때 파발꾼이 말을 달려 들이닥친다.

"큰일났습니다. 원술이 대군을 거느리고 우리 서주를 치러 옵니다."

순간 여포는 눈을 부릅뜨고 놀라는 기색이 역력하니,

　　　사돈간이 되기도 전에 원수가 되어 싸우고
　　　혼인을 하려던 것이 근본이 되어 군사를 거느리고 쳐들어온다.
　　　秦晋未諧吳越鬪
　　　婚姻惹出甲兵來

결국 사태는 어찌 될 것인가.

제17회

원술은 크게 칠로군을 일으키고
조조는 세 장군을 한곳에 모으다

원술遠術은 회남淮南 땅에 있으면서 영토는 넓은데다 곡식은 많고 더구나 손책孫策이 저당 잡힌 옥새까지 가진지라, 마침내 황제 노릇이 하고 싶어서 모든 부하를 소집하고 회의를 열었다.

원술은 먼저 서두를 꺼낸다.

"옛날에 한 고조는 한낱 사상泗上(사수泗水의 변두리)의 일개 정장亭長(오늘날의 동장洞長)에 지나지 않았으나, 드디어 한나라를 세운 뒤로 4백 년이 경과했다. 그러나 이제 한나라 운수는 다하여 천하가 마치 가마솥 물 끓듯 소란한데, 우리 원袁씨 집안으로 말하자면 잇달아 4대를 내려오며 삼공 벼슬을 한 혁혁한 문벌이요 만백성의 존경을 받는 처지이다. 나는 하늘의 뜻을 받고 만백성의 원하는 바를 따라 천자의 위에 오르려 하니, 그대들 뜻에 어떠한가?"

주부主簿 염상閻象은 고한다.

"그건 안 될 말입니다. 주周나라 후직后稷(주나라 시조)이 큰 덕과 공적을 쌓은 이래로 주 문왕文王에 이르러서는 천하의 3분의 2를 차지했건만, 그러고도 은殷나라 신하로서 몸을 굽혔습니다. 그런데 주공의 집 안은 부귀한 문중이지만, 옛 주나라만큼 덕을 심지는 못했습니다. 또한 한나라 황실은 비록 미약하지만 아직 은나라 주왕紂王처럼 백성을 못살 게 군 일이 없습니다. 그러니 그런 생각을랑 마십시오."

원술은 화를 낸다.

"우리 원씨는 원래가 진陳나라 자손이요, 또 진나라로 말하면 바로 순舜임금의 후손이다. 그러니 진나라 토덕土德이 한나라 화덕火德을 계승 하는 것은 천지 이치에 합당하며, 또 비결秘訣에도 '한나라를 대신해서 천하를 잡을 자는 당도當塗만이 높다'고 하였으니, 나의 자字가 바로 공 로公路라. 당도의 도塗와 공로의 노路는 다 길이란 뜻으로 쓰이니, 그러 고 보면 나는 예언과 바로 들어맞는 인물이다. 뿐만 아니라 나는 나라를 전하는 옥새를 가졌으니, 이러고도 천자의 자리에 오르지 않는다면 하 늘의 이치를 저버리는 것이다. 나는 이미 뜻을 결정했으니, 여러 말 말 라. 만일 반대하는 자가 있으면 참하리라."

원술은 마침내 연호를 중씨仲氏라 정하고 대臺니 성省이니 하는 조정 문무 백관의 부서를 정했다. 그는 천자라야 사용하는 용봉련龍鳳輦을 타 고, 남북 교외郊外에 나가서 천지신명께 제사를 지냈다. 또 풍방馮方의 딸을 황후로 삼고, 아들을 동궁東宮(태자)으로 책봉하고, 여포의 딸을 동궁비東宮妃로 책봉하려고 사람을 서주로 급히 보냈던 것이다.

그러나 그 결과는 어떠했던가. 보고에 의하면, 지난번에 사자로 갔던 한윤은 여포에게 잡혔다가 허도로 압송되어 조조의 손에 죽었다는 것 이다.

원술은 화가 나서 참을 수가 없었다. 원술은 장훈張勳을 대장으로 삼 고 군사 10만여 명을 주면서, 일곱 길로 나누어 서주를 치도록 했다.

첫째 길은 대장 장훈이 중군中軍을 거느리고 나아가며, 둘째 길은 상

칠로군을 일으켜 서주를 향해 나아가는 원술

장上將 교유橋蕤가 왼쪽을 맡아 나아가며, 셋째 길로는 상장 진기陳紀가 오른쪽을 맡아 나아가며, 넷째 길은 부장副將 뇌박雷薄이 왼쪽을 맡아 나아가며, 다섯째 길은 부장 진난陳蘭이 오른쪽을 맡아 나아가며, 여섯째 길은 항장降將(전날 항복해온 장수) 한섬韓暹이 왼쪽을 맡아 나아가며, 일곱째 길은 항장 양봉楊奉이 오른쪽을 맡아 나아간다.

이상 일곱 길로 나뉜 20여만 명의 군사는 계속 서주로 행군한다.

원술은 또 연주 자사 김상金尙을 태위로 임명하고 곡식과 마초를 운반하여 칠로군七路軍의 뒷바라지를 하도록 명령했다.

연주 자사 김상은

"나는 가짜 황제의 명령을 들을 수 없소."

하고 끝내 거절하다가 죽음을 당했다.

그 대신 기영이 7로 군사의 뒷바라지를 하게 되었다. 원술은 스스로 군사 3만 명을 거느리고 이풍李豊, 양강梁剛, 악취樂就를 후원 부대로 삼아, 형편에 따라 칠로군을 돕기로 했다. 원술의 대군은 호호탕탕히 나아간다.

한편, 여포呂布는 돌아온 첩자를 통해 장훈의 군사는 큰길로 오며, 교유의 군사는 소패小沛 땅을 향하여 오며, 진기의 군사는 기도沂都 땅을 향하여 오며, 뇌박의 군사는 낭야瑯短 땅을 향하여 오며, 진난의 군사는 갈석碣石 땅을 향하여 오며, 한섬의 군사는 하비下丕 땅을 향하여 오며, 양봉의 군사는 준산浚山 땅을 향하여 오는 중인데, 하루에 50리씩 오면서 도중마다 백성 집들을 노략질한다는 보고를 받았다.

여포는 급히 모사들을 불러 상의하는데, 그 자리에 진규陳珪와 진등陳登 부자도 참석했다.

평소 진등 부자와 뜻이 맞지 않던 진궁陳宮이 먼저 말한다.

"우리의 이 불행은 진규, 진등 부자 때문에 일어났소. 그들 부자는 조정에 아첨하고 벼슬을 구했으며 오늘날에 이르러서는 장군에게 모든 불행을 떠넘겼으니, 두 사람의 머리를 참하여 원술에게 바치십시오. 그러면 원술의 군사가 저절로 물러갈 것이오."

여포는 진궁의 말을 듣자 즉시 진규, 진등 부자를 뜰 아래로 잡아 내렸다. 진등은 큰소리로 껄껄 웃는다.

"장군은 어찌 그리도 겁이 많습니까? 내가 보기에 원술의 7로 군사가 마치 일곱 개의 썩은 풀 더미 같거늘, 뭘 염려하십니까?"

여포가 묻는다.

"네게 적의 대군을 물리칠 만한 계책이 있느냐? 그렇다면, 너를 죽이지 않겠다."

진등은 대답한다.

"장군이 제 말대로만 한다면, 서주는 아무 탈이 없을 것입니다."

"그 계책이란 뭐냐?"

"원술의 군사가 비록 많다지만 다 오합지졸에 불과합니다. 그들은 서로 친분도 의리도 없습니다. 우리가 정병正兵으로써 수비하고 기병으로써 치면 성공 못할 리 없습니다. 다시 한 가지 계책이 있으니, 우리 서주가 안전할 뿐만 아니라, 원술도 사로잡을 수가 있습니다."

여포가 묻는다.

"그 계책이란 무엇이냐?"

"한섬과 양봉은 원래 한나라 조정의 신하였는데, 조조가 무서워서 달아난 사람들 아닙니까. 그들은 몸을 의탁할 곳이 없어서 잠시 원술에게 붙어 있는 신세니, 원술이 그들을 대수롭지 않게 여길 것은 물론이고, 그들 또한 원술 밑에 있는 것이 아니꼬울 것입니다. 그러니 서신 한 장이면 그들과 내통할 수 있으며, 또 예주 목사로 가 있는 유비에게 기별해서 동맹한 뒤에 안팎으로 호응하면, 이 기회에 반드시 원술을 사로잡을 수 있습니다."

여포는 분부한다.

"그럼 우선, 네가 직접 서신을 가지고 한섬과 양봉에게 가서 교섭하여라."

진등은 즉석에서 승낙했다. 이에 여포는 표문을 허도로 보내어 천자와 조조에게 사태가 급함을 고하는 동시에 유현덕이 있는 예주로 서신을 보내어 구원을 청했다. 그런 뒤에 여포는 진등에게 기병 몇 명을 주면서 하비 땅 길목으로 보내어 한섬의 군사를 기다리도록 했다.

진등이 하비 땅으로 뻗은 길목에서 기다리니, 이윽고 한섬이 육로군을 거느리고 오다가 영채를 세운다.

진등이 영채에 가서 인사를 하니, 한섬이 묻는다.

"너는 여포의 모사인데, 어찌 나를 찾아왔느냐?"

진등은 껄껄 웃는다.

"나는 대한大漢의 당당한 대신인데, 어째서 여포의 수하 사람이라 하느냐. 장군이야말로 지난날에는 한나라 신하였는데, 어쩌다가 이제 역적 놈의 신하가 되어 지난날 관중關中에서 천자를 보호했던 그 큰 공훈을 초개처럼 버렸는지, 생각할수록 애석하기만 하오. 혹 아시는지 모르나 원술은 의심이 많은 사람이오. 언젠가는 결국 장군을 없애려 할 것이니, 지금이라도 계책을 세워야지 나중에 후회해도 소용없소."

한섬은 탄식한다.

"나는 한나라 조정으로 돌아가고 싶소만, 길이 없어 한이오."

진등은 그제야 여포의 서신을 꺼내어 준다. 한섬은 서신을 읽고서 말한다.

"알겠소이다. 귀공은 먼저 돌아가시오. 나는 양봉 장군과 연락하고 함께 창칼을 돌려 원술의 군사를 칠 테니, 불이 오르거든 신호로 알고 여포 장군더러 호응하라고 하시오."

진등은 한섬과 작별하자 급히 돌아와서 여포에게 성과를 보고했다. 이에 여포는 군사를 다섯 길로 나눴다. 즉, 고순이 거느리는 군사는 소패 땅으로 가서 적장 교유의 군사를 대적하기로 했다. 진궁이 거느리는 군사는 기도 땅으로 가서 적장 진기의 군사를 대적하기로 했다. 장요와 장패가 거느리는 군사는 낭야 땅으로 가서 적장 뇌박의 군사를 대적하기로 했다. 송헌과 위속이 거느리는 군사는 갈석 땅으로 가서 진난을 대적하기로 했다. 여포는 친히 1군을 거느리고 큰길로 나가서 적의 대장 장훈을 대적하기로 했다. 이리하여 각기 군사 만 명씩을 거느리고, 그 나머지는 남아서 서주성을 지키기로 했다.

이에 여포가 친히 1군을 거느리고 서주성을 떠나 30리 바깥에 하채

했을 때였다. 적의 대장 장훈의 군사가 달려온다.

장훈은 여포가 군사를 거느리고 나와 있는 것을 바라보자, 대적할 자신이 없어서 도로 20리 바깥으로 물러가 진을 친 다음에, 사방에서 우군이 당도하기를 기다린다.

그날 밤 2경 때였다. 한섬과 양봉은 각기 군사를 거느리고 당도하는 즉시로 불을 올려 신호하고 여포의 군사를 영채 안으로 끌어들였다. 이에 장훈의 군사가 일대 혼란에 빠지자, 여포는 기회를 놓치지 않고 좌충우돌하며 마구 무찌른다. 패하여 달아나는 장훈을 본 여포는 곧 그 뒤를 쫓아가다가, 날이 샐 무렵에야 적장 기영의 군사를 만나 서로 본격적인 싸움 준비를 하는데, 한섬과 양봉이 두 길로 달려와서 여포를 돕는다.

이에 기영이 크게 패하여 달아나니 여포는 그 뒤를 추격하는데, 문득 산 뒤에서 1대의 군사가 나타나 다가온다. 기를 들고 앞서오는 군사들 뒤로 '용봉 일월龍鳳日月'의 깃발과 '사두 오방四斗五方'의 기치旗幟(둘 다 천자만이 사용하는 기이다)가 펄럭인다. 금조金爪와 은부銀斧와 황월黃鉞과 백모白旄(다 천자만이 쓰는 의구儀具이다)가 번쩍이는데 황라초금黃羅銷金 일산日傘 밑의 원술이 황금 갑옷 차림으로 두 팔에 칼 두 개를 걸고 말을 타고 나오면서 크게 여포를 꾸짖는다.

"언제나 배신만 하는 의리 없는 놈아!"

여포가 노기 등등하여 창을 바로잡고 달려 들어가자 원술의 장수 이응李應이 또한 창을 들고 달려 나와 서로 어우러져 싸운 지 불과 3합에, 여포의 창이 번쩍하더니 이응의 팔을 찔렀다. 이응은 창을 놓치자 황급히 달아나는데, 여포가 군사를 휘몰아 적을 무찌르니 원술의 군사는 정신을 못 차리고 달아난다. 여포는 그 뒤를 쫓아가서 마구 무찔러 무수한 말과 무기를 노획했다.

여포의 추격에서 겨우 벗어난 원술이 패잔병을 수습하고, 몇 마장쯤 갔을 때였다. 문득 산 뒤에서 1대의 군사가 나타나서 원술의 앞길을 가로막더니, 한 장수가 앞으로 나서면서 호령한다.

"역적 놈은 그래도 살기를 바라느냐!"

순간 원술은 정신이 아찔했다. 바로 관운장이 아닌가! 원술은 황망히 달아나고 패잔병들은 산지사방으로 흩어져 달아나는데, 관운장은 그들을 상당수 시살했다. 원술은 혼이 나서 달아나다가 겨우 패잔병을 수습하고 회남 땅으로 곧장 돌아가버렸다.

이리하여, 크게 이긴 여포는 예주에서 응원 온 관운장과 지난날 조정 신하였던 한섬과 양봉을 맞이하고, 서주로 돌아가서 크게 잔치를 벌여 극진히 대접했다. 모든 군사들에게도 상을 주어 호궤犒饋(군사들에게 좋은 음식을 배불리 먹이는 것)했다.

이튿날, 관운장은 자기 임무를 끝냈기 때문에 예주로 돌아갔다.

여포는 한섬을 기도현령沂都縣令으로, 양봉을 낭야현령瑯琊縣令으로 천거하는 표문을 허도로 보내고 당분간 두 사람을 서주에 두고 싶어서 진규를 불러 상의한다.

진규가 말한다.

"그래서는 안 됩니다. 한섬과 양봉 두 사람을 산동 지대로 보내십시오. 용감한 두 사람은 1년 이내에 산동 일대의 모든 성을 평정하여 장군에게 바칠 터이니 기회를 놓치지 마십시오."

여포는 거듭 머리를 끄덕이고, 마침내 한섬과 양봉을 불러,

"두 분은 우선 기도 고을과 낭야 고을에 가서 각기 다스리시오. 내가 두 분을 그곳 현령으로 천거하는 표문을 천자께 올렸으니, 머지않아 나라에서 기별이 있을 것이오."

하고 떠나 보냈다.

진등은 부친 진규에게 가만히 묻는다.

"한섬과 양봉 두 사람을 서주에 두게 하여 여포를 죽이도록 일을 꾸미지 않고, 왜 두 사람을 보내게 하셨습니까?"

진규가 대답한다.

"한섬과 양봉이 진심으로 여포를 섬긴다면, 도리어 호랑이에게 날개를 달아주는 것이 아니냐."

진등은 부친의 통찰력에 감복했다.

한편, 싸움에 패하여 회남 땅으로 돌아온 원술은 사람을 강동으로 보냈다. 원술의 사자가 강동에 이르러 손책에게 청한다.

"여포에게 패한 원수를 갚아야겠으니, 군사를 빌려주십시오. 지난날 귀공도 우리 회남 군사를 빌려가서 강동 일대를 평정하지 않았습니까."

손책은 성을 내며,

"원술은 내가 맡겨둔 옥새만 믿고 황제라 일컬어 한 황실을 배반했으니, 바로 대역무도한 역적 놈이라. 그러지 않아도 내가 군사를 일으켜 역적을 치려던 참이었는데, 어찌 도울 수 있겠느냐?"

하고 서신을 써서 주었다.

사자가 회남으로 돌아가서, 원술에게 손책의 서신을 바쳤다. 원술은 서신을 읽자 노기 충천한다.

"주둥이가 누런 어린 놈이 어찌 감히 이럴 수 있느냐. 내 먼저 이놈부터 쳐서 없애리라."

그러나 장사長史 양대장楊大將이 여러 가지로 간하는 바람에 원술은 결국 군사를 일으키지 않았다.

한편, 손책은 회남으로 편지를 보낸 뒤로, 원술의 군사가 쳐들어올 때를 방비하기 위해서 군사를 정돈하고 장강 어귀를 지켰다.

이때 홀연 조조의 사자가 이르러, 손책에게 회계會稽 태수를 제수한다는 조서를 주고,

"군사를 일으켜 원술을 치라."

는 칙명을 전했다. 이에 손책은 수하 사람들과 상의하고 군사를 일으키려는데, 장사 장소가 말한다.

"원술이 싸움에 패한 지 얼마 안 되지만, 그래도 군사가 많고 곡식이 풍족하니 경솔히 대적할 수 없습니다. 그러니 조조에게 서신을 보내어 남쪽으로 쳐들어가도록 권하십시오. 우리가 북쪽으로 쳐들어가서 서로 협공하면 원술의 군사는 반드시 패할 것이오. 혹 우리가 실수하는 경우가 있더라도, 또한 조조의 구원을 바랄 수 있습니다."

손책은 장소의 의견을 좇아, 조조에게 사자를 보냈다.

한편, 조조는 허도에 돌아온 뒤에도 지난번에 자기를 위해 싸우다가 죽은 전위를 잊을 수 없어 사당을 짓고 그 영혼에 제사를 지냈다. 조조는 전위의 아들 전만典滿을 중랑中郞(중랑장)으로 삼아 자기 부중에 두었다.

수하 사람이 들어와서 고한다.

"손책의 사자가 서신을 가지고 왔습니다."

조조는 접견하고 서신을 받아보았다. 또 수하 사람이 들어와서 고한다.

"원술은 군량이 부족해서 진류陳留 땅으로 나아가 약탈을 일삼는다고 합니다."

조조는 원술의 이러한 약점을 치기로 하고, 마침내 군사를 일으켜 남쪽으로 출발할 준비를 서둘렀다.

조인曹仁만이 남아서 허도를 지키기로 하고, 그 외에는 다 출정하니 기병과 보병이 17만 명이요, 군량과 무기를 실은 치중輜重(군수품)만도 천여 수레에 달했다.

조조는 한편 사람을 손책, 유현덕, 여포에게로 보내어 각기 군사를 거느리고 출전하도록 통지한 뒤에 대군을 거느리고 행군하니, 이때가 건

칠로군을 일으켜 서주를 향해 나아가는 원술

안 2년 9월 가을이었다.

　대군이 예장군豫章郡 경계에 당도하자, 유현덕이 제일 먼저 군사를 거느리고 와서 영접한다. 조조가 진영으로 청하여 서로 인사를 나누자, 유현덕은 사람 머리 두 개를 바친다.

　조조는 놀라면서 묻는다.

　"이게 누구 머리요?"

　유현덕이 대답한다.

　"하나는 한섬의 목이요, 또 하나는 양봉의 목입니다."

　"어떻게 이 두 놈의 목을 얻으셨소?"

　"여포가 이들 두 사람에게 기도와 낭야 두 고을을 각각 맡겼는데, 두 사람이 군사를 풀어 백성들을 노략질할 줄이야 누가 알았겠습니까. 백성들의 원성이 하도 높기에 제가 잔치를 벌여 속임수를 써서 두 사람에게 의논할 일이 있으니 와달라고 청한 다음에 술을 마시다가 술잔을 던지는 것으로 신호를 삼아 관운장과 장비 두 동생이 이들을 죽이고, 이들 군사의 항복을 받았습니다. 그래서 이렇게 사과하는 바입니다."

"귀공이 국가를 위해 이런 자들을 없애줬으니, 이야말로 큰 공로라. 무슨 사과라는 말씀을 하시오?"

조조는 도리어 유현덕을 위로했다.

조조의 군사와 유현덕의 군사가 나란히 서주 경계로 접어들자 여포가 마중 나왔다. 조조는 여포에게 좋은 말로 위로하고 좌장군左將軍을 봉하고, 장차 싸움을 끝낸 뒤에 허도로 돌아가면 서주 목사의 인수를 정식으로 보내주겠노라 했다. 이 말을 듣자 여포는 크게 기뻐하였다.

조조는 곧 여포의 군사를 왼쪽 날개로, 유현덕의 군사를 오른쪽 날개로 삼아 친히 대군을 거느리고 중간에 위치한 다음에, 하후돈과 우금을 선봉으로 삼았다.

한편 원술은 조조의 군사가 온다는 보고를 받자, 대장 교유에게 군사 5만 명을 주어 선봉으로 내세웠다. 이리하여 양편 군사는 수춘 땅 접경에서 서로 마주치게 됐다. 대장 교유가 말을 달려 나와 싸운 지 불과 3합에 하후돈의 창에 찔려 죽으니, 원술의 군사는 크게 패하여 수춘성으로 내빼 들어갔다.

첩자는 돌아와서 원술에게 보고한다.

"손책은 전함을 타고 장강을 따라와서 서쪽을 공격하며, 여포는 군사를 거느리고 와서 동쪽을 공격하며, 유비는 관운장, 장비와 함께 군사를 거느리고 와서 남쪽을 공격하며, 조조는 스스로 군사 17만 명을 거느리고 와서 북쪽을 공격 중입니다."

원술은 크게 놀라, 급히 모든 모사와 장수를 소집하고 회의한다.

양대장이 의견을 말한다.

"이곳 수춘은 해마다 수해가 아니면 한해가 들어서, 사람들이 제때에 식사도 못하는 실정입니다. 이런 형편에 군사를 동원해서 백성을 괴롭히면 백성들은 반드시 원망할 것이며, 군사도 또한 적군을 대적하기 어려울 것입니다. 그러니 차라리 성안에 이대로 들어박혀 있으면서, 싸우지 말고 적군의 양식이 떨어질 때를 기다리십시오. 양식이 떨어지면 적군 중에서 반드시 변란이 일어날 것입니다. 그 동안에 폐하는 잠시 어림군御林軍을 거느리사 회수淮水를 건너십시오. 그래야만 첫째로 곡식을 얻고, 둘째로 적군의 날카로운 기세를 피하시는 길이 됩니다."

원술은 양대장의 말대로 이풍, 악취, 양강, 진기 네 장수에게 군사 10만 명을 나눠준 뒤에 수춘성을 굳게 지키도록 당부하고, 그 밖의 장수와 군사들을 거느리고, 창고 안 황금과 주옥 등 보배를 모조리 싸가지고서 회수를 건너 몸을 피했다.

한편, 조조의 군사 17만 명은 하루에 먹는 곡식만도 엄청난 양이었다. 또 모든 고을에 흉년이 들어서, 더 이상 조조의 군사에게 양식을 댈 도리가 없었다. 조조는 속히 싸워 결판을 내고 싶었으나, 이풍 등이 성문을 굳게 닫고 나오지 않는 데야 어쩔 도리가 없었다. 수춘성을 포위한 지 한 달이 지났을 무렵에는 양식이 다 떨어져, 손책에게 기별해서 곡식 10만 석을 빌렸으나 그것으로도 더 버틸 수가 없게 되었다.

군량을 맡아보는 임준의 부하 왕후王詡가 들어와서 조조에게 아뢴다.

"군사는 많고 곡식은 부족하니 어찌하리까?"

조조는 대답한다.

"우선 곡식을 되로 나눠주고 당분간 급한 거나 면하게 하여라."

"군사들이 원망하면 어찌하리까?"

"내가 알아서 할 테니, 시키는 대로만 하여라."

왕후는 조조의 분부대로 군량미를 되로 나눠줬다. 조조는 수하 사람을 시켜 각 영채의 반응을 살폈다.

모든 군사는

"승상은 우리를 속였다."

하며 원망하지 않는 자가 없었다. 이에 조조는 왕후를 비밀리에 불러 말한다.

"내가 네 물건을 한 가지 빌려야만 모든 군사들의 마음을 진정시킬 수 있겠다. 그러니 나를 언짢게 생각하지 말라."

"승상께서 제게 필요한 것이 무엇입니까?"

"바로 네 머리를 베어서 모든 군사들에게 보이는 일이다."

왕후는 크게 놀란다.

"제게 무슨 죄가 있다고 이러십니까?"

"네게 아무 죄도 없다는 것은 나도 잘 안다. 그러나 너를 죽이지 않으면 모든 군사의 마음이 변한다. 네가 죽은 뒤에는 내가 너의 처자를 책임지고 보호할 테니 조금도 염려 말라."

왕후가 다시 말을 하려는데, 조조는 도부수刀斧手를 불러들였다. 도부수는 다짜고짜로 왕후를 문 바깥으로 끌어내어 한칼에 목을 쳐 죽였다. 이윽고 왕후의 머리는 긴 장대에 높이 매달렸다. 그 곁에 방문榜文이 나붙었다.

왕후가 말로 나눠주어야 할 곡식을 되로 나눠주고 그 나머지를 빼돌렸기에, 군법에 의해서 처형했다.

그제야 군사들은 조조에 대한 원망을 풀었다.

이튿날, 조조는 각 영채의 장수들에게 엄명을 내린다.

"모든 장수와 군사들은 일심 협력하여 3일 안에 수춘성을 함락하라.

그렇지 못할 경우에는 지위의 고하를 막론하고 참하리라."

조조는 친히 수춘성 아래로 가서 모든 군사들이 흙과 돌을 운반하여 참호를 메우는 일을 지휘하는데, 성 위에서 화살과 돌멩이가 빗발치듯 날아온다. 무장 두 사람이 몸을 피해 돌아서자, 조조는 칼을 뽑아 성 아래에서 그 두 사람을 참한 다음에 말에서 내려 친히 참호에 흙을 메우니, 모든 장수와 군사들은 앞으로 앞으로 전진하여 크게 위세를 떨친다. 마침내 성 위에서는 개미 떼처럼 몰려드는 조조의 군사를 대적하지 못한다. 조조의 군사는 서로 앞을 다투어 성 위로 올라가서, 마침내 쇠사슬을 끊고 성문을 활짝 열어제쳤다.

이에 조조의 군사는 조수처럼 몰려들어가서 원술의 장수 이풍, 진기, 악취, 양강을 다 사로잡았다. 조조는 분부를 내려 그들을 시정으로 끌어내어 모두 참한 다음에 도읍을 본떠서 지은 궁실과 전각, 그리고 천자만이 사용하고 일반에게 금하는 물건들을 불질러 모조리 태워버렸다. 수춘성은 불타고 약탈당하여 빈터나 다름없이 됐다.

조조는 곧 모든 모사와 장수들을 모아 회의하고, 군사를 전진시켜 회수를 건너가서 원술을 칠 작정이었다.

순욱이 간한다.

"연내로 흉년이 들어 식량이 곤란한 때에, 또 나아간다면 군사는 피로하고 백성은 많은 피해를 입습니다. 또 그 대가가 될 만한 이익도 얻지 못할 것이니, 차라리 허도로 잠시 돌아갔다가 명년 봄에 보리가 익어 군량이 갖추어지거든 그때 원술을 잡도록 하십시오."

조조는 주저하며 결정을 짓지 못하는데, 이때 파발꾼이 급히 말을 달려와서 보고한다.

"장수張繡가 마침내 유표劉表와 결탁하여 다시 반란하자, 남양南陽, 강릉江陵 모든 고을도 따라서 반란했습니다. 조홍曹洪이 적을 막다가 여러 번 패하였기로 특히 급한 소식을 고하러 왔습니다."

조조는 서신을 써서 급히 손책에게로 보냈다. 그 서신은 장수가 또 반란했다는 소식과 귀공이 이 서신을 보는 대로 장강을 건너가서 진영을 세우고 유표를 꼼짝못하도록 견제하라는 것, 그리고 자기는 곧 군사를 거느리고 돌아가서 장수를 칠 일을 강구하겠다는 내용이었다.

조조는 떠나기 전에 유현덕에게,

"전처럼 소패 땅에 가서 군사를 주둔하되, 여포와 형제처럼 지내면서 서로 돕고 싸우지 마시오."

하고, 여포에게도 거듭 당부했다.

조조는 유현덕에게 비밀리에 말한다.

"내가 그대에게 다시 소패로 가서 주둔하라는 것은 구덩이를 파서 범 (여포)을 잡을 때까지 기다리라는 뜻이오. 귀공은 진규, 진등 부자와 함께 상의해서 기회를 놓치지 마시오. 나도 또한 도울 수 있는 데까지는 도와드리리다."

이리하여 조조와 유현덕은 각기 군사를 거느리고 떠나갔다.

조조가 군사를 거느리고 허도로 돌아오자, 수하 사람이 고한다.

"단외段煨는 이각을, 오습伍習은 곽사를 죽여서 두 놈의 머리를 가지고 왔습니다. 뿐만 아니라 단외는 이각의 일가 친척 2백여 명도 함께 사로잡아왔습니다."

조조는 그들 2백여 명을 4대 성문으로 끌어내어 참하게 하고, 이각과 곽사의 머리를 매달아 일반인들에게 구경시켰다. 백성들은 누구나 통쾌해했다.

천자도 어전에 나와 모든 문무 백관을 모으고 태평연太平宴을 베풀고, 단외에게는 탕구장군偒寇將軍을, 오습에게는 진로장군殄虜將軍을 봉한 뒤에 분부했다.

"각기 군사를 거느리고 가서 장안을 잘 지켜라."

이에 단외와 오습은 절하며 감사를 표한 뒤에 장안으로 떠나갔다. 조조는 천자께 아뢴다.

"장수가 또 반란을 일으켰으니, 마땅히 군사를 일으켜 쳐야겠습니다."

이에 천자는 어가를 타고 나가 조조가 군사를 거느리고 떠나가는 것을 전송하니, 이때가 바로 건안 3년(198) 여름 4월이었다.

조조는 순욱을 허도에 남겨두어 군사를 조련케 하고 친히 대군을 거느리고 행군하는데, 사방에서 보리가 금빛으로 익었다. 그러나 백성들은 많은 군사들이 온다는 소문을 듣자마자 다 달아나고, 감히 보리를 베지 못했다. 조조는 사람들을 멀고 가까운 마을의 노인들과 각 지방 관리에게로 보낸다.

"내가 천자의 명령을 받들어 군사를 거느리고 역적을 치러 가는 뜻은 백성들을 편안케 하고자 함이다. 한참 보리를 거두어들여야 할 때에 부득이하게 군사를 일으켰으니, 장교에서 졸개에 이르기까지 보리밭을 함부로 짓밟는 자가 있으면, 계급의 고하를 막론하고 목을 참하리라. 군법이 심히 엄하니 너희 백성들은 조금도 놀라지 말고 안심하여라."

백성들은 조조의 분부를 전해 듣자 기뻐하고 칭송하지 않는 자가 없었으며, 길가에 나앉아 지나가는 군사에게도 절한다. 관군은 밭을 지나갈 때면, 모두 다 말에서 내려 보리가 상하지 않도록 대를 손으로 붙들어주며 밟지 않는다.

조조가 말을 타고 가는데, 갑자기 보리밭에서 비둘기 한 마리가 놀라서 날아오른다. 이에 조조가 탄 말이 놀라 보리밭으로 뛰어들어가서 보리를 짓밟았다. 조조는 곧 행군주부行軍主簿를 부른다.

"내가 보리밭을 짓밟았으니, 군법에 비추어보면 그 죄가 무엇에 해당하느냐?"

주부는 난처해한다.

"승상을 어찌 죄로써 다스리겠습니까."

"내가 법을 정하고 스스로 법을 범했으니, 이러고야 군사들이 어찌 명령에 복종하리요."

조조는 허리에 찬 칼을 뽑더니 자기 목을 치려 한다. 모든 사람들이 일제히 달려들어 조조를 말린다.

곽가가 묻는다.

"옛『춘추春秋』(공자의 저서)를 보면 '높은 지위에 있는 분은 법으로써 따지지 않는다法不加於尊'고 하였습니다. 승상은 지금 대군을 거느린 처지인데, 어찌 스스로 자결하려 하십니까?"

조조는 한참 동안 생각하더니,

"『춘추』에 지위가 높은 사람은 법으로써 따지지 않는다고 했다니, 그럼 죽을 수도 없겠구나!"

하고 칼을 들어 자기 머리카락을 한 움큼 자르더니 땅바닥에 던지며 분부한다.

"내 머리털로 목을 대신하노니, 삼군에게 이것을 두루 보여라."

장수들은 조조의 모발을 모든 군사들에게 두루 보이며 말한다.

"승상께서 보리밭을 짓밟았으니, 당장 참할 것이로되 모발을 끊어 그 벌을 대신하노라."

그 순간 모든 군사들은 소름이 쪽 돋았다. 그 뒤로는 감히 군령을 어기는 자가 없었다.

후세 사람이 조조를 논평한 시가 있다.

> 10만 군사면 마음도 또한 10만 가지니
> 한 사람의 명령으로 그 많은 군사를 다스리기는 어렵도다.

칼을 뽑아 머리털을 끊어 목을 대신했으니

조조의 속임수가 얼마나 대단한지 알 만도 하다.

十萬被頓十萬心

一人號令衆難禁

拔刀割髮權爲首

方見曹瞞詐術深

한편 장수는 조조가 군사를 거느리고 온다는 보고를 받자마자 급히 유표에게 서신을 보내어 후원을 청하는 동시에, 뇌여雷余, 장선張先 두 장수를 성 바깥으로 내보내어 조조를 맞이해서 싸우도록 했다.

양편 군사는 서로 접근하자, 각기 둥글게 진영을 벌였다.

장수는 말을 달려 나가, 조조를 손가락질하며 욕한다.

"너는 인의仁義의 가면을 쓰고 염치없는 짓만 하는 놈이니, 짐승과 견주어 다를 바가 없다."

조조는 노기 등등하여, 허저許褚를 내보냈다. 동시에 장수는 장선에게 나가서 싸우도록 분부한다.

두 장수가 쌍방에서 달려 나와 서로 어우러져 싸운 지 겨우 3합에 허저는 한칼에 장선을 참하여 말 아래로 떨어뜨리니, 장수의 군사가 크게 패하여 달아난다.

조조가 군사를 휘몰아 뒤쫓으니 적군은 허둥지둥 남양성南陽城 안으로 내빼 들어가버리고, 성문은 굳게 닫혔다.

조조는 남양성을 완전 포위하여 공격하였으나, 성호城濠(성 주변에 물줄기를 둘러놓은 것)의 폭이 넓고, 물이 또한 깊어서 성 아래로 접근할 수가 없었다.

조조의 군사는 일제히 흙을 날라다가 호수濠水를 메우고, 또 성 밑에 흙을 넣은 포대와 풀 더미와 장작을 쌓아서 올라갈 수 있도록 발판을 만들었다. 그들은 또 구름 사다리를 세우고 성안을 굽어보았다. 조조는 친히 말을 타고 3일간 성 주위를 돌아본 뒤, 모든 군사들에게 명령한다.

"성의 서문 모퉁이에 포대와 장작을 높이 쌓아 올려라. 그쪽을 통해 성 위로 올라가는 수밖에 없다."

이때 가후는 성 위에서 조조의 군사들이 성 서쪽 문 모퉁이에 높이 쌓아 올리는 발판을 굽어보고서, 장수에게,

"조조의 뜻하는 바를 알겠소. 조조의 계책을 역이용하는 계책을 씁시다."

하고 자신 있게 말하니,

뛰는 자 위에 나는 자가 있으니
속임수를 쓰려다가 도리어 속임수에 걸려든다.
强中自有强中手
用詐還逢識詐人

가후가 쓰려는 계책은 무엇일까.

제18회

가후는 적군을 역이용해서 승리하고
하후돈은 화살을 뽑아 눈알을 씹어 먹다

가후는 조조의 속셈을 알아차리자 계책으로써 계책을 역이용하기로
하고 장수에게 말한다.

"내가 성 위에서 엿본즉, 조조는 3일 간이나 성을 돌아보며 다녔습니
다. 조조는 성 동남쪽 모퉁이의 벽돌빛들이 새것과 옛 것들로 섞여 있고
녹각鹿角(사슴 뿔 모양의 대나무를 세워 적의 침입을 막는 울타리)이 거
의 퇴락된 것을 보고, 그리로 쳐들어올 결심입니다. 그러면서도 음흉한
조조가 일부러 성 서북쪽 모퉁이에 가마니때기와 장작들을 쌓고 발판
을 만들어 기세를 올리면서 속임수를 쓰는 뜻은, 우리 군사들을 성 서북
쪽으로 끌어 모으기 위한 수단이지요. 두고 보십시오. 조조의 군사는 반
드시 한밤중에 성 동남쪽 모퉁이로 기어오를 것입니다."

장수가 묻는다.

"그렇다면 이 일을 어찌하면 좋겠소?"

가후는 대답한다.

"염려할 것 없습니다. 이런 건 쉬운 일입니다. 내일 씩씩한 군사들을

배불리 먹이고 옷차림을 간단히 하게 하여 동남쪽 백성들 집에 숨겨두십시오. 그 대신 백성들을 군사들처럼 분장시켜 성 서북쪽을 힘써 지키는 체하십시오. 밤이 되면 조조는 반드시 성 동남쪽 모퉁이에서 기어올라올 테니, 적이 성안으로 들어올 때까지 기다렸다가, 포 소리를 신호로 삼아 복병들이 일제히 나가서 무찌르면 조조를 담박에 사로잡을 수 있습니다."

장수는 기꺼이 가후의 계책대로 하기로 했다.

한편, 파발꾼이 달려와서 조조에게 보고한다.

"적군은 모조리 성 서북쪽으로 몰려와서 함성을 지르며, 우리가 쌓아올린 발판을 굽어보고 있습니다. 그래서 성 동남쪽은 거의 비다시피 했습니다."

조조는 연달아 머리를 끄덕이며,

"내 계책이 들어맞았구나."

하고 성 위로 기어올라갈 때 쓸 갈고리 등의 기구들을 준비시켰다.

이리하여 조조의 군사들은 하루 종일 성 서북쪽 모퉁이만 공격했다. 어느덧 해는 지고 밤은 깊어간다. 2경 때쯤 해서 조조는 용맹한 군사만 뽑아 거느리고 성 동남쪽 참호를 넘어 성 위로 기어올라가 도끼로 녹각을 쳐 넘긴다. 그런데도 성안은 아무런 동정도 없고 죽은 듯이 고요하다. 마지막 녹각이 넘어가면서 성의 일부가 와르르 무너지자, 조조의 군사들은 일제히 성안으로 몰려 들어갔다.

이때 한 방 포 소리가 탕! 난다. 그것을 신호로 사방에서 장수의 복병들이 일제히 내달아 나오자 조조의 군사들은 황급히 물러서는데, 장수는 용맹한 군사들을 휘몰아와서 내리 무찌른다. 조조의 군사는 크게 패하여 허둥지둥 성 바깥으로 뛰어나와 수십 리를 달아나니, 장수는 날이 샐 무렵까지 추격하다가 군사를 거두어 성안으로 돌아왔다.

조조가 패한 군사들을 점검하니 죽은 자가 5만여 명이요, 수많은 치중輜重을 잃었으며, 여건과 우금도 부상을 입었다.

한편 가후는 조조가 패하여 달아났으므로 장수에게 권한다.

"속히 유표에게 서신을 보내어, 조조의 돌아갈 길을 끊으라 하십시오."

장수는 즉시 유표에게로 서신을 보냈다. 이리하여 장수의 서신을 받은 유표는 곧 군사를 일으키는데, 홀연 파발꾼이 달려와서 고한다.

"손책이 군사를 거느리고 호구湖口에 와 있습니다."

괴양刺良이 권한다.

"손책이 호구에 주둔한 것은 또한 조조의 계책입니다. 이제 조조가 패한 틈을 타서 우리가 습격하지 않으면, 뒷날에 반드시 큰 우환이 있을 것입니다."

이에 유표는 황조黃祖를 시켜 장강 어귀를 지키게 하고 친히 군사를 거느리고 안중현安衆縣으로 나아가서 조조의 돌아갈 길을 끊고, 사람을 장수에게 보내어 함께 회합하자고 전했다. 이리하여 장수는 유표가 이미 군사를 일으킨 것을 알고, 가후와 함께 조조의 뒤를 추격했다.

한편, 조조의 군사는 천천히 물러가다가 양성현襄城縣에 이르러 육수霘水를 지나게 되었다.

조조는 갑자기 말 위에서 소리 높여 통곡한다. 모두들 놀라서 묻는다.

"웬일로 갑자기 우십니까?"

조조가 대답한다.

"나는 작년에 이곳에서 대장 전위를 잃었다. 어찌 울지 않을 수 있으리요."

조조는 명령을 내려 모든 군사를 멈추게 하더니 크게 자리를 펴고 죽은 전위의 영혼을 제사지낸다. 조조가 친히 분향한 뒤에 통곡하며 절하니, 삼군은 조조가 슬퍼하는 광경을 보고 모두 감격했다.

조조는 전위를 제사지낸 뒤에야 조카 조안민과 큰아들 조앙의 영혼을 제사지내고 또 전사한 군사들을 위해 제사지내는데, 그 당시 화살에 맞아 죽은 대원마大宛馬에게까지도 제사를 지냈다.

이튿날이었다. 허도에서 순욱이 보낸 파발꾼이 말을 달려와서 조조에게 고한다.

"첩자의 보고에 의하면, 유표가 장수를 도우러 안중현에 와서 군사를 주둔하고, 승상의 돌아올 길을 끊었다 하니 각별히 주의하십시오."

조조는 순욱에게 서신을 썼다.

내가 하루에 조금씩만 행군하는 것은 적군이 내 뒤를 쫓는 것을 모르기 때문이 아니다. 내게도 이미 계책이 섰으니 안중현에 가면 적군을 격파하리라. 그러니 그대들은 너무 염려 말라.

파발꾼은 서신을 받자마자 나는 듯이 허도로 돌아간다.

조조는 군사를 독촉하여 안중현 경계로 접어들었다. 전방에서는 유표의 군사가 이미 요긴한 곳을 지키고 기다린다. 후방에서는 장수가 군사를 거느리고 뒤쫓아온다. 조조는 한밤중에 길을 열고 산속으로 들어가서, 군사를 매복시켰다.

어느덧 먼동이 터오기 시작한다. 유표의 군사와 장수의 군사가 합류하여 바라보니, 산 위에 조조의 군사는 별로 많지 않았다. 그들은 조조가 빠져 달아날까 염려하고, 곧 군사를 거느리고 험한 산속으로 쳐들어갔다.

지금까지 숨어서 기다리던 조조의 복병들이 일제히 내달아 나와, 장수와 유표의 군사를 산골짜기로 몰아넣고 크게 무찌른 뒤에 안중현의 급소를 벗어나 넓은 들에 영채를 세웠다.

유표와 장수가 각기 패잔병을 수습하고 보니 어처구니가 없었다.

유표는 탄식한다.

"우리가 간특한 조조의 계책에 걸려들 줄이야 어찌 알았으리요."

장수는 자신을 위로하듯 대답한다.

"기왕 이렇게 된 걸 어쩝니까. 자, 이번엔 조조를 잡도록 합시다."

유표와 장수는 일단 군사들을 안중安衆 읍내로 거두었다.

한편, 허도의 순욱은 돌아온 첩자로부터 원소가 허도를 침범하려 군사를 일으켰다는 급한 보고를 받았다. 순욱은 곧 서신을 써서 조조에게로 보낸다. 파발꾼은 밤낮없이 말을 달려가서 조조에게 서신을 전했다. 조조는 순욱의 서신을 받자, 당황하여 그날로 군사를 거느리고 떠나갔다.

적의 첩자도 곧 안중현으로 돌아가서 장수에게 조조가 떠나간 사실을 알렸다. 장수가 조조의 뒤를 추격하려는데, 가후가 말린다.

"뒤쫓지 마십시오. 추격하면 반드시 패합니다."

유표는 장수에게 권한다.

"지금 조조를 추격하지 않으면 기회를 놓치고 마오."

유표와 장수는 결국 가후의 말을 듣지 않고 군사 만여 명을 거느리고 10여 리쯤 뒤쫓아가서, 조조의 후대後隊를 공격하기에 이르렀다. 이에 조조의 군사는 힘을 분발하여 접전을 벌였다. 그 결과는 가후의 말대로 유표와 장수의 군사가 크게 패하고 말았다.

장수는 싸움에 패하고 돌아와서, 가후에게 말한다.

"내 귀공의 말을 듣지 않았다가 과연 패했도다."

가후가 권한다.

"곧 군사를 정돈하여 다시 가서 무찌르십시오."

장수와 유표는 동시에 묻는다.

"방금 패해서 돌아왔는데 다시 추격하라니, 그게 무슨 말이오?"

가후는 태연히 대답한다.

"다시 추격하면 크게 승리합니다. 만일 지거든 그땐 내 목을 참하시오."

장수는 가후의 말을 믿었으나, 유표는 함께 가려 하지 않는다. 이에 장수는 혼자 일지군一枝軍을 거느리고 뒤쫓아가서 과연 조조의 군사를 크게 무찌른다.

조조의 후군은 변변히 싸우려고도 않고 수레와 말, 군수품 등을 길에 버린 채 달아난다. 장수가 신이 나서 급히 뒤쫓아가는데, 홀연 산 뒤에서 난데없는 1대의 군사가 쏟아져 나오더니, 조조의 후군을 호위하며 막는다.

장수는 그만 기가 질려서 더 쫓지 못하고 군사를 거두어 안중 읍내로 돌아왔다.

그제야 유표는 가후에게 묻는다.

"전번에는 용맹한 군사를 거느리고 적군을 추격했건만 귀공은 반드시 패한다고 했소. 이번에는 패한 군사를 거느리고 이긴 적군을 추격했건만 귀공은 반드시 이긴다고 했소. 그 결과가 다 귀공의 말대로 됐으니, 어떻게 그토록 밝게 아셨소? 바라건대 귀공은 가르쳐주시오."

가후가 대답한다.

"그건 알기 쉬운 일입니다. 장군이 군사는 잘 쓰지만 조조의 적수는 아닙니다. 돌아가는 조조는 반드시 용맹한 장수와 군사를 후대로 돌려 우리의 추격에 대비했을 것이니, 우리 군사가 비록 씩씩하긴 하지만 그들을 대적할 수 없다는 것은 뻔한 일입니다. 그래서 우리가 반드시 패할 것을 알았소. 대저 조조가 급히 물러가는 것은 필시 허도에 무슨 일이 생긴 때문이니, 그가 우리의 추격을 일단 격파한 후에는 속히 돌아갈 생각이 앞서서 다시 후대를 방비할 리가 없지요. 우리는 조조가 방비하지 않는 점을 이용해서 다시 추격한 것입니다. 그러니 이길 것은 뻔한 일이

유표와 장수에게 병법의 진리를 설명하는 가후

아닙니까."

유표와 장수는 가후의 높은 통찰력에 감복했다. 가후는 또한 유표에게 형주로 돌아가도록 권하는 동시에 장수에게는 양성襄城을 지키면서 유표와 서로 동맹하도록 권했다. 이에 유표와 장수는 군사를 거느리고 각기 돌아갔다.

이야기는 장수가 조조의 군사를 두 번째 추격하던 때로 잠시 돌아간다.

조조는 행군하다가 또다시 장수가 후군을 추격한다는 보고를 받자, 급히 모든 장수들을 거느리고 후군으로 달려와서 보았다. 그러나 장수의 군사는 이미 물러가고 없었다. 패잔병들이 고한다.

"산 뒤에서 한 떼의 군사가 나타나 적군을 막아주지 않았으면, 우리는 다 사로잡힐 뻔했습니다."

조조는 급히 묻는다.

"너희들을 구해준 사람이 누구냐?"

그제야 한 장수가 말에서 내려 창을 놓고 절한다. 그는 진위중랑장鎭威中郎將으로, 원래가 강하군江夏郡 평춘平春 땅 사람이니, 성명은 이통李通이요 자는 문달文達이었다.

조조가 묻는다.

"장군은 어디서 왔는가?"

이통이 대답한다.

"제가 요즘 여남汝南 땅을 지키다가, 이번에 승상께서 장수, 유표와 접전한다는 소문을 듣고 특히 후원하러 왔습니다."

조조는 기뻐하며 그 자리에서 이통을 건공후建功侯로 봉한 뒤에 분부한다.

"그대는 여남 땅 서쪽을 잘 지켜 유표와 장수가 침입하지 못하도록 하라."

이에 이통은 조조에게 감사하고 여남 땅으로 돌아갔다.

조조는 허도로 돌아가서 천자에게 손책의 공로를 아뢴 다음에 칙사를 강동江東으로 보내어 토역장군討逆將軍으로 봉하고, 오후吳侯 벼슬을 준다는 조서를 전함과 동시에,

"손책은 형주의 유표를 소탕하라."

는 칙명을 내렸다. 그런 후에 조조는 승상부로 돌아와서 모든 고관 대작들의 인사를 받았다.

순욱이 묻는다.

"이번에 승상께서는 안중 땅으로 천천히 나오면서, 적군에게 반드시

이길 줄을 어찌 아셨습니까?"

조조가 대답한다.

"적은 내가 물러갈 길이 끊겼으니 생사를 걸고 싸울 줄로 알았지. 그래서 나는 그들이 생각하는 것과는 정반대로 천천히 적군을 끌어들이며 비밀히 숨어서 무찔렀다. 그러니 이기지 않을 리 있으리요."

순욱은 조조의 지혜에 감복했다.

그제야 곽가가 들어온다. 조조는 묻는다.

"그대는 어째서 이제야 오우?"

곽가는 소매 속에서 서신을 꺼내어 바친다.

"원소가 사람을 시켜 승상께 서신을 보내왔기에 좀 늦었습니다. 사자의 말에 의하면 공손찬을 칠 터이니 군량과 군사를 빌려달라는 내용이랍니다."

"내가 듣기에는 원소가 허도로 쳐들어올 생각이라더니, 내가 돌아온 것을 알고는 딴 수작을 쓰려는 모양이로군."

조조가 서신을 받아본즉, 그 글이 자못 교만하고 무례했다. 조조는 곽가에게 묻는다.

"원소가 이처럼 오만 불손하니, 내 그를 치고 싶으나 힘이 부족해서 한이오. 어찌하면 좋겠소?"

곽가는 대답한다.

"옛적에 유방劉邦(한 고조)은 항우項羽의 적수가 못 됐습니다. 그러나 유방은 오로지 지혜로써 싸워 마침내 강력한 항우를 잡았습니다. 더구나 이제 원소에게는 패할 이유 열 가지가 있고, 승상에게는 이길 이유 열 가지가 있으니, 원소의 군사가 비록 강하다 할지라도 두려울 것이 없습니다. 첫째로 원소는 필요 이상의 범절과 쓸데없는 허식을 좋아하지만 승상은 몸소 자연의 이치에 맡기니 이는 도로써 상대를 이김이요, 둘째로 원소는 천하에 반역하는 행동을 하지만 승상은 순리로써 모든 것을 거느리니 이는 의로써 상대를 이김이요, 셋째는 환제桓帝, 영제靈帝 이래로 정치가 타락했는데, 원소는 이를 관대히 대했지만 승상은 강력한 법을 세웠으니 이는 치적治績으로써 상대를 이김이요, 넷째로 원소는 겉으로는 너그러운 체하면서도 속으로는 시기하는 마음이 대단해서 되도록 자기 일가 친척에게 일을 맡기지만, 승상은 간소하고 마음이 밝아서 사람을 쓰되 재능 있는 이에게만 일을 맡기니 이는 도량으로써 상대를 이김이요, 다섯째로 원소는 꾀는 많으나 결단력이 부족하지만 승상은 계책이 서면 즉시 실천하니 이는 꾀로써 상대를 이김이요, 여섯째로 원소는 명성만 듣고서 사람을 대우하지만 승상은 지성으로써 사람을 대하니 이는 덕으로써 상대를 이김이요, 일곱째로 원소는 눈에 보이는 곤궁한 자는 돕되 보이지 않는 곤궁한 자를 도울 줄 모르지만, 승상은 전체를 염려하니 이는 인으로써 상대를 이김이요, 여덟째로 원소는 누가 사람을 중상모략하면 그걸 곧이듣고 흔들리지만 승상은 거기에 대해 꿋꿋하니 이는 분명함으로써 상대를 이김이요, 아홉째로 원소는 시비 흑백是非黑白을 분간 못하지만 승상은 법도로써 엄격히 분별하니 이는 글로써 상대를 이김이요, 열째로 원소는 허세를 좋아하여 병법의 요점을 모르지만 승상은 적은 수효로써 많은 수효를 이기고 군사를 쓰는 것이 신神과 같으니, 이는 무武로써 상대를 이김이라. 그러니 어렵지 않게 원소를 누를 수 있습니다."

조조는 웃으며 대답한다.

"그대의 훌륭한 말을 내가 어찌 감당하리요."

순욱이 말한다.

"곽봉효郭奉孝(봉효는 곽가의 자이다)의 십승십패설十勝十敗說은 나의 생각과 같습니다. 원소의 군사가 비록 많다지만 무엇을 두려워하십니까?"

곽가는 다시 고한다.

"진실로 우리의 큰 걱정은 서주에 있는 여포입니다. 원소가 이번에
공손찬을 치러 멀리 북쪽으로 가고 나면, 우리는 그 기회에 먼저 여포를
쳐서 동남쪽부터 소탕한 이후에 원소를 치는 것이 상책입니다. 만일 그
렇게 하지 않고 우리가 먼저 원소와 싸운다면 여포는 반드시 그 기회를
틈타 이곳 허도로 직접 쳐들어올 것이니, 그러면 우리 쪽 피해가 적지
않을 것입니다."

조조는 곽가의 계책을 옳게 여기고, 드디어 동쪽으로 여포를 칠 일을
상의한다.

순욱이 말한다.

"우선 유비에게 사람을 보내어 우리 뜻을 알리고, 그쪽 회답을 받아
본 이후에 군사를 출동시키는 것이 좋을 줄로 압니다."

조조는 순욱의 말을 좇아 유현덕에게 서신을 보내는 한편, 원소에게
서 온 사자를 잘 대접한 다음에 궁에 들어가서 천자께,

"원소를 대장군大將軍 태위太尉로 봉하여 기주冀州, 청주靑州, 유주幽州,
병주幷州 등 네 주를 다스리게 하십시오."

하고 아뢰어 윤허를 받자, 원소에게 '귀공은 공손찬을 토벌하라. 그러면
나는 도울 수 있는 데까지 돕겠다'는 비밀 서신을 써서 보냈다.

한편 원소는 조조에게서 온 밀서를 받아보자 크게 반기며, 즉시 군사
를 거느리고 북쪽으로 가서 공손찬을 공격했다.

한편, 서주는 어떠했는가.

여포가 잔치를 베풀 때마다 진규와 진등 부자는 듣는 데서 여포의 덕
을 칭송했다. 진궁은 그들 부자가 아첨 떠는 꼴이 불쾌해서 기회 있을

때마다 여포에게 충고한다.

"진규와 진등 부자가 장군 앞에서 갖은 아첨을 다 떠니 그들의 속뜻이 과연 무엇인지 측량할 수 없습니다. 장군은 깊이 살피어 속아넘어가지 않도록 하십시오."

여포는 발끈 화를 낸다.

"너는 착한 진규와 진등 부자를 근거도 없이 중상모략하느냐."

진궁은 여포에게서 꾸중을 듣자 바깥으로 나와,

"충고를 듣지 않으니 어찌하랴. 이러다가는 우리가 다 망하겠구나!"

탄식하면서 여포를 버리고 다른 곳으로 떠나버릴 생각도 했으나, 오랜 정리상 차마 그럴 수도 없었다. 진궁은 이제 다른 데로 간댔자 세상이 자기를 비웃을 것만 같아서 날마다 우울했다. 어느 날 진궁은 답답한 심사도 풀 겸 시종 몇 사람만 거느리고 소패 읍내 방면으로 가서 사냥을 한다.

사냥을 하다가 문득 보니, 어떤 자가 역마를 달려 관도官道를 나는 듯이 지나간다. 순간 진궁은 덜컥 의심이 났다. 그래서 진궁은 사냥을 하다 말고 시종들을 거느리고 소로로 빠져 나가 역마를 탄 사자를 뒤쫓아가서 묻는다.

"너는 누구의 사명을 받아 어디로 가는 도중이냐?"

사자는 그렇게 묻는 사람이 바로 여포의 부하란 것을 알자, 당황해서 아무 대답도 못한다.

진궁이 시종자를 시켜 사자의 몸을 수색하니 서신 한 통이 나오는데, 그것은 유현덕이 조조에게 회답하여 보내는 밀서였다. 진궁은 그 밀서를 빼앗고, 사자를 잡아 서주로 돌아와서 여포에게 보여준다. 여포가 묻는다.

"네가 어떻게 왔는지 이실직고하렷다."

사자는 고한다.

"조조 승상의 서신을 소패 땅에 전하고, 유비의 답장을 받아 돌아가는 길입니다. 서신의 내용은 전혀 모릅니다."

여포가 밀봉한 서신을 떼어 보니,

분부를 받잡고 여포를 소탕할 일을 생각 중이나, 그러나 유비는 원래 군사도 많지 않으며 장수도 몇 명 안 되니, 감히 경솔히 출동할 수가 없습니다. 승상이 대군을 일으키면 유비는 마땅히 일선에 나서서 싸우겠습니다. 삼가 군사와 무기를 정돈하고 재차 분부 있으시기를 기다립니다.

여포는 밀서를 보자 크게 욕한다.

"조조 도둑놈이 어찌 감히 이럴 수 있는가!"

여포는 우선 그 사자부터 참한 뒤에 진궁과 장패를 보내어 태산에 웅거하는 산적 손관孫觀, 오돈吳敦, 윤예尹禮, 창희昌豨와 손을 잡자, 동쪽으로는 산동 땅 연주 일대의 모든 군郡을 치도록 하고, 고순과 장요를 소패로 보내어 유현덕을 치도록 하고, 송헌과 위속에게는 서쪽 여남군과 영천군을 치도록 하고, 자신은 중군이 되어 삼로 군사를 후원하기로 했다.

한편, 고순과 장요는 군사를 거느리고 서주성을 떠나 소패 읍내로 가는 도중이었다. 첩자가 먼저 소패로 달려가서 유현덕에게 이 급한 사태를 보고했다. 유현덕은 모든 부하들을 급히 불러모아 상의한다.

손건이 말한다.

"이 사태를 급히 조조에게 통지해야 합니다."

유현덕이 묻는다.

"누가 허도로 가서 이 급한 사태를 알리겠는가?"

댓돌 밑에서 한 사람이 썩 나선다.

"내가 가겠소이다."

모든 사람이 보니 그는 바로 유현덕과 한 고향 사람으로 성명은 간옹 簡雍이요 자는 헌화憲和니, 현재 유현덕 휘하에 손님으로 와 있었다. 유현덕은 즉시 서신을 써서 간옹에게 주어 밤낮없이 허도로 가서 구원을 청하도록 하는 동시에, 성을 수비하도록 군사를 배치했다.

이리하여 유현덕은 남쪽 성문을, 손건은 북쪽 성문을, 관운장은 서쪽 성문을, 장비는 동쪽 성문을 지키며, 미축과 그 동생 미방糜芳은 중군을 수호했다.

원래 미축에게는 여동생이 한 명 있었으니, 그녀가 유현덕의 둘째 부인인 미부인糜夫人이다. 유현덕에게 미축, 미방은 처남이므로 그들에게 중군을 맡기어 자기 가족을 보호하게 한 것이다.

이윽고 고순과 장요의 군사가 소패에 당도했다. 유현덕은 성루에 올라가서 그들을 바라보며 묻는다.

"나와 여포는 자별한 사이인데, 어째서 군사를 거느려 왔느냐?"

고순이 앞으로 나서며,

"네가 조조와 짜고 우리 주공을 해치려 하는지라, 너희들의 비밀이 탄로났으니 속히 나와서 결박을 받아라."

대답하고 곧 군사를 지휘하여 성을 공격한다.

유현덕은 모든 성문을 굳게 닫고 나가지 않았다.

이튿날, 장요는 군사를 거느리고 서쪽 성문을 공격한다. 관운장은 성위에서 굽어보며 묻는다.

"귀공은 거동과 풍채가 비범하거늘, 어째서 도둑놈에게 몸을 맡기고 있소?"

장요는 고개를 숙이며 대답을 못한다. 관운장은 마음속으로,

'저 사람에게는 충의의 기상이 있구나!'

짐작하고 더 이상 꾸짖지도, 나가서 싸우지도 않았다.

장요는 군사를 거느리고 동쪽 성문으로 물러갔다. 장비는 장요를 보자, 즉시 성문을 열고 싸우러 달려나갔다.

수하 사람 한 명이 관운장에게 급히 가서 장비가 출전한 사실을 알렸다. 관운장이 동쪽 성문으로 달려갔을 때는, 장요의 군사가 이미 물러가는 중이었다. 장비가 적군을 뒤쫓아가는 것을 관운장은 급히 성안으로 불러들였다.

장비는 돌아와서 투덜댄다.

"적군이 겁을 먹고 내빼는데, 왜 뒤쫓지 말라는 거요?"

관운장이 타이른다.

"장요의 무예는 너와 나만 못하지 않으나, 내가 바른말을 했더니 느낀 바가 있는지 후회하는 기색이더라. 그래서 장요가 우리와 싸우려 하지 않는 것이지, 겁이 나서 내빼는 건 아니다."

그제야 장비는 머리를 끄덕이며 군사들에게 성문을 굳게 지키라 하고, 다시 출전하지 않았다.

한편, 유현덕의 서신을 가진 간옹은 밤낮없이 말을 달려 허도에 당도하는 즉시로 조조에게 그 동안 있었던 일을 고했다.

조조가 곧 모사들을 모아 대책을 상의한다.

조조가 먼저 말한다.

"내가 여포를 토벌할 경우 원소가 덤벼들까 걱정되지는 않으나, 다만 유표와 장수가 내가 없는 틈을 타서 허도로 쳐들어오지나 않을까 그것이 걱정이로다."

순유가 대답한다.

"유표와 장수는 전번에 패했기 때문에 감히 출동하지 못할 것입니다.

그러나 여포는 워낙 용맹한 만큼 만일 원술과 동맹하여 회수淮水, 사수泗
水 일대를 넘나든다면, 조속한 시일 내에 소탕하기 어려울 것입니다."

곽가는 말한다.

"이제 그들이 반역한 기회를 놓치지 말고 속히 가서 공격해야 합니다."

조조는 곽가의 말을 좇아 곧 하후돈, 하후연, 여건, 이전에게 군사 5만
명을 주어 먼저 떠나 보낸 뒤에, 친히 대군을 거느리고 계속 출발했다.
이에 유현덕의 사자 간옹도 조조를 뒤따랐다.

첩자는 벌써 이 사실을 탐지하고 앞서가서 고순에게 조조의 군사가
오는 것을 보고했다. 고순은 서주 여포에게로 이 사실을 급히 통지했다.

이에 여포는 후성侯城, 학맹疗萌, 조성曹性에게 기병 2백여 명을 주어
고순과 합류하여 소패성에서 30리 떨어진 곳으로 나아가, 조조의 군사
를 기다리도록 보낸 후에 친히 대군을 거느리고 후원하러 떠나갔다.

한편, 유현덕은 소패성 안에 있으면서 고순과 장요의 군사가 물러가
는 것을 보고야, 비로소 조조의 군사가 오는 것을 짐작했다. 손건은 남
아서 소패성을 지키고, 미방은 유현덕의 가족을 보호한다. 유현덕 자신
은 관운장, 장비와 함께 군사를 거느리고 성 바깥으로 나가 조조의 군사
를 영접하기 위해 좌우로 진영을 벌여 세웠다.

한편, 조조의 장수 하후돈은 군사들을 거느리고 앞서 오다가 바로 여
포의 장수 고순과 만나자 창을 높이 들고 말을 달려 싸움을 건다. 고순
은 하후돈을 맞이하여 서로 말을 비벼대며 싸운 지 4, 50합에, 대적할 수
가 없어 자기 진영으로 달아난다. 하후돈이 말을 달려 뒤쫓으니, 고순은
자기 진영을 빙빙 돌면서 피할 틈을 찾기에 바쁘다. 하후돈도 고순을 놓
치지 않으려고 뒤쫓으면서 적진을 계속 돈다.

이때 진영 위에서 여포의 장수 조성이 이 광경을 보자, 가만히 활에
화살을 먹여 잔뜩 노려보다가 손을 뗐다. 순간 화살은 흐르는 별처럼 날

화살을 뽑아 눈알을 씹어 먹는 하후돈(왼쪽). 오른쪽은 조성

아간다. 보라, 하후돈의 왼쪽 눈에 들어박혔다.

"으악!"

하후돈은 크게 외마디소리를 지르며, 눈에 박힌 화살을 뽑았다. 화살에 눈알이 꽂힌 채 빠져 나온다.

"이것은 아버지의 정기와 어머니의 피로 이루어진 것이다. 어찌 버릴수 있으리요!"

하후돈은 크게 외치더니 한입에 눈알을 씹어 삼키고 다시 창을 바로들자 말을 달려 곧장 조성에게로 달려든다. 순간 조성은 하후돈의 창을막지 못하고 얼굴 정면에서 뒷골까지 찔리어 말 아래로 떨어져 죽었다.

양쪽 군사는 이 처절한 광경을 보자 모두들 크게 놀랐다.

하후돈이 조성을 죽이고 돌아오는데, 고순이 뒤쫓아오며 군사를 휘몰아 엄습하니 조조의 군사는 여지없이 크게 패하고 만다. 하후연은 형님인 하후돈을 호위하여 달아난다. 여건과 이전은 패잔병을 수습하여 제북濟北 땅으로 달아나 겨우 영채를 세웠다.

고순은 크게 이기어 군사를 거느리고 돌아오는 길로 유현덕을 공격하는데, 이때 마침 서주에서 여포의 군사가 왔다. 여포는 장요, 고순과 함께 군사를 세 길로 나누어 유현덕과 관운장, 장비의 세 진영을 일제히 협공하니,

용맹한 장수는 눈알을 먹고도 싸울 수 있지만
선봉이 화살에 맞고야 버틸 수가 없다.
啖睛猛將雖云戰
中箭先鋒難久持

유현덕은 장차 어찌 될 것인지.

제19회

조조는 하비성 아래서 군사를 몰살하고
여포는 백문루에서 목숨을 잃다

고순은 장요와 함께 관운장의 진영을 공격한다. 여포는 친히 장비의 진영을 공격한다. 관운장과 장비가 각기 나가서 싸우는데, 유현덕이 군사를 거느리고 뒤에서 돕는다.

그런데 어느새 여포가 군사를 나누어 적군의 등뒤로 돌아와서 무찔렀기 때문에, 앞뒤로 협공을 당한 관운장과 장비의 군사들은 여지없이 무너진다.

이에 유현덕도 기병 10여 명을 거느리고 소패성으로 달아난다. 여포가 바로 뒤쫓아오므로 유현덕은 소패성 위의 군사를 향하여 속히 조교를 내리도록 하고 다리를 건너 성안으로 들어가는데, 여포가 이미 등뒤까지 바짝 쫓아왔다.

성 위의 군사들은 모두 활을 들었으나, 유현덕과 여포의 사이가 너무 가깝기로 화살이 유현덕에게 잘못 맞지나 않을까 겁이 나서 쏘지를 못한다. 유현덕이 성안으로 들어온 순간에도 군사들은 성문을 닫을 겨를조차 없었다.

여포가 바로 뒤따라 창을 휘두르며 성문 안으로 쏜살같이 들어왔다. 성문을 지키던 군사들은 여포의 창을 대적할 수가 없어 산지사방으로 달아난다. 여포는 즉시 자기 군사들을 소패성 안으로 불러들였다.

유현덕은 사태가 급해지자 집에 들를 겨를도 없어서 가족을 버리고 소패 읍내를 곧장 달려 서쪽 성문으로 빠져 달아났다.

여포는 유현덕이 혹시 집으로 가지 않았나 해서 달려갔다. 그 집에서 미축이 나와 여포를 영접한다.

"제가 들은 바에 의하면, 옛사람이 말하기를 '대장부는 적의 처자를 죽이지 않는다'고 하더이다. 더구나 오늘날 장군과 함께 천하를 두고 다투는 자는 실로 조조뿐입니다. 유현덕은 전날 장군께서 원문에 세운 창을 쏘아 위기를 모면케 해주신 은혜를 늘 잊지 않고 있습니다. 그래서 장군을 배반할 뜻은 추호도 없었습니다. 유현덕은 이번에 조조에게 부대끼다 못해 이 지경이 됐으니, 장군은 불쌍히 여기소서."

"나와 유현덕은 오래 전부터 사귀어온 터이니, 어찌 차마 그 처자를 죽일 수 있으리요."

여포는 미축을 시켜 유현덕의 가족을 서주로 데려가서 편히 거처하도록 했다. 그리고 여포는 다시 군사를 거느리고 산동과 연주의 경계로 나아간다. 고순과 장요는 남아서 소패 땅을 지켰다.

그때 소패성 바깥으로 무사히 빠져 달아난 사람은 손건이었다. 관운장과 장비는 각기 패잔병을 약간씩 수습하여 산속으로 들어가서 숨었다.

한편, 유현덕은 필마단기匹馬單騎로 달아나 정처 없이 가는데, 누가 뒤에서 쫓아온다. 돌아보니 바로 손건이었다.

유현덕이 탄식한다.

"이제 나는 두 동생이 살았는지 죽었는지도 모르며, 처자도 버리고 왔으니 어찌하면 좋을까?"

손건이 권한다.

"이렇게 된 이상 조조에게 가서 의탁하고 다시 앞날을 도모하는 수밖에 없습니다."

유현덕은 손건의 뜻을 좇아 작은 길을 찾아 허도로 간다.

며칠 뒤, 그들은 도중에서 양식이 다 떨어져 하는 수 없이 동네마다 들러 걸식을 했다. 그런데 뜻밖에도 어디서나 동네 사람들은 예주 목사 유현덕이란 이름만 듣고도, 서로 다투어 음식을 극진히 대접했다.

어느 날 해는 저물었는데, 외딴집이 있기에 유현덕과 손건은 하룻밤 재워주기를 청했다. 그 집에서 한 젊은 사람이 나오더니 유현덕에게 너부시 절을 한다. 유현덕은 인사를 하고 성명을 물었다. 그 젊은이가 대답한다.

"저는 사냥꾼으로 이름을 유안劉安이라 합니다."

유안은 예주 목사 유현덕이 왔으므로 산야의 음식을 대접할 생각이었으나, 갑자기 구할 도리가 없어 그날 밤에 아내를 죽여 고기 반찬을 만들어 들여갔다.

유현덕이 묻는다.

"이건 무슨 고기냐?"

유안은 대답한다.

"늑대 고기입니다."

유현덕은 의심하지 않고 배불리 먹은 다음에 잠을 잤다.

이튿날 새벽에 유현덕은 떠나기 전에 말을 끌어오려고 뒤꼍으로 돌아갔다.

부엌 안에 한 부인이 죽어 있는데, 두 팔의 살이 다 도려져 없고, 뼈만 드러나 있었다. 유현덕이 깜짝 놀라 물어본즉, 어젯밤에 먹은 고기가 바로 그 아내의 살이라는 것을 알았다.

유현덕은 매우 감동하여 눈물을 씻으며, 말에 올라타자,

"유안아, 나와 함께 가지 않으려느냐?"

하고 묻는다. 유안은 고한다.

"어디까지나 주공을 모시고 싶사오나, 늙은 어머님이 계시므로 감히 멀리 떠날 수가 없습니다."

유현덕은 울면서 누누이 감사한 뒤에 작별했다. 유현덕이 양성梁城으로 뻗은 길을 접어들어가는데, 저편에서 누런 먼지가 하늘의 해를 가리더니 한 떼의 대군이 몰려온다.

유현덕은 조조의 군사가 오는 것을 알자, 손건과 함께 중군기中軍旗가 나부끼는 곳으로 찾아가서 조조를 만나, 소패성을 잃고 관운장, 장비 두 아우와 헤어진 일과 처자를 적에게 버려두고 온 일 등을 호소했다. 그 말을 듣자 조조도 눈물을 씻는다.

유현덕은 또 유안이 아내를 죽여 그 살로 음식을 만들어주던 일을 말했다. 조조는 손건을 시켜 황금 백 냥을 유안에게로 보내줬다.

조조의 군사가 제북 땅에 당도하니, 하후연이 나와서 영접하고 진영으로 안내하며,

"저의 형님은 싸움에서 눈 하나를 잃었습니다. 지금은 병이 나서 누워 있습니다."

하고, 하후돈이 눈알을 씹어 삼킨 일까지 자세히 말했다. 조조는 곧 하후돈을 문병하고 허도에 가서 조섭하도록 떠나 보냈다. 그리고 첩자를 풀어서 지금 여포가 어디에 있는가를 알아오도록 했다.

며칠 뒤 파발꾼이 말을 달려와서 보고한다.

"여포는 진궁, 장패와 함께 태산의 산적과 손을 잡고 연주의 모든 고을을 공격 중입니다."

조조는 즉시 조인에게 군사 3천 명을 주면서 소패성을 공격하게 했다. 조조는 친히 대군을 거느리고 유현덕과 함께 여포를 치러 행군한다.

조조가 산동 땅에 당도하니, 소관蕭關 땅이 멀지 않다. 태산의 산적 손관, 오돈, 윤예, 창희가 군사 3만여 명을 거느리고 나와서 길을 가로막는다.

조조가 허저를 내보내니 산적 패 네 놈이 일제히 달려든다. 허저가 분발하여 죽을 각오로 싸우자, 산적 네 놈은 대적할 수가 없어 각기 흩어져 달아난다. 조조는 이긴 김에 적을 무찌르며 소관까지 추격했다. 이에 소관에 있던 파발꾼은 즉시 말을 달려 여포에게 가서 사태를 보고했다.

이때 여포는 이미 서주에 돌아와 있었다. 여포는 진등과 함께 조인의 공격을 받고 있는 소패성을 구원하러 가기 위해서 진규에게 서주성을 맡기었다.

진규는 아들 진등에게 가만히 속삭인다.

"전날 조승상이 동쪽 일을 너에게 부탁했으니, 여포의 운이 얼마 남지 않았은즉 이번 기회에 일을 꾸며라."

진등이 대답한다.

"바깥일은 소자가 알아서 하겠사오니, 만일 여포가 패하여 돌아오거든 부친은 미축과 함께 힘써 서주성을 지키고 성안으로 들여놓지 마십시오. 소자는 혼자서 벗어날 계책이 준비되어 있습니다."

진규가 묻는다.

"여포의 처자가 다 여기 있으며 그의 심복 부하도 많으니, 어찌하면 좋을지 걱정이구나."

"소자에게 계책이 섰으니 부친은 염려 마십시오."

진등은 곧장 여포에게로 들어가서 청한다.

"서주는 사방으로부터 적군의 공격 목표가 되어 있으니 조조가 총공격을 할 것은 뻔한 일입니다. 우리는 만일을 위해서 물러나야 할 사태까지도 생각해둬야 합니다. 그러니 재물과 곡식을 하비下㢰 땅으로 옮기십시오. 만일 서주가 포위당할지라도 하비 땅에 곡식만 있으면 주공을 구원할 수가 있으니 빨리 손을 쓰십시오."

여포가 대답한다.

"그대 말이 매우 지당하다. 이왕이면 나의 가족도 옮겨두리라."

여포는 즉시 송헌과 위속으로 하여금 자기 가족과 재물과 곡식을 하비 땅으로 옮기고 주둔하도록 분부하였다. 여포는 친히 군사를 거느리고 진등의 권고대로 소관 땅을 구원하러 떠나갔다.

여포가 소관까지 반쯤 갔을 때였다.

진등이 고한다.

"제가 먼저 소관에 가서 조조의 허실을 살펴본 이후에, 주공께서 가도록 하십시오."

여포는 그러기로 했다. 이에 진등은 먼저 소관으로 가서 진궁 등과 만났다.

진등은 진궁에게 말한다.

"주공께서는 귀공들이 적군을 향해 진격하지 않는 것을 괘씸히 여기사, 이곳에 당도하는 날에는 벌을 내리겠노라 하십디다."

진궁이 대답한다.

"보다시피 조조의 군사가 워낙 많아서 경솔히 대적할 수 없소. 어쨌든 우리는 이곳 소관 관문을 굳게 지킬 테니, 주공은 소패성을 굳게 지키는 것이 상책이라고 돌아가서 잘 권하시오."

진등은 거듭 그러겠노라, 승낙했다.

그날 밤 진등이 관루에 올라서서 바라보니, 조조의 군사가 바로 소관 아래까지 와 있었다. 진등은 어둠을 이용하여 몰래 서신 세 통을 써서 화살에 꽂아 소관 아래로 쏘아 보냈다.

이튿날 진등은 진궁과 하직하고 말을 달려 돌아가, 도중에서 기다리는 여포에게 고한다.

"소관에 가봤더니 산적 손관 등이 조조에게 관문을 내주려 하기에, 제가 진궁에게 어떻든 굳게 지키도록 단단히 일러두고 왔습니다. 장군은 곧 출발하십시오. 밤중에 당도하여 적군을 무찌르고 소관을 구해야 합니다."

"그대가 아니면 소관을 잃겠구나. 다시 급히 가서 오늘 밤에 불을 올려 나에게 신호를 보내도록 진궁에게 일러라."

진등은 다시 소관으로 급히 달려가서 진궁에게 말한다.

"조조 군사의 일부가 소로로 해서 우리 영역에 들어섰다고 하오. 주공은 서주가 위태로우니 귀공을 속히 돌아오라고 하셨소."

진궁은 그 말을 곧이듣고 군사를 거느리고 소관을 버리고 돌아간다. 어느새 사방이 어두워졌다. 진등은 소관의 높은 곳에 올라가서 불을 올려 신호를 보냈다.

한편, 여포는 오르는 신호 불을 바라보자 군사를 휘몰아 급히 가다가, 어둠 속에 오는 군사를 보고 조조의 군사인 줄로 착각하고 냅다 쳤다. 그러나 그것은 돌아오던 진궁의 군사였다. 양쪽 군사는 피차 우군인 줄 분별하지 못하고 어둠 속에서 서로 치며 죽인다.

한편, 조조는 소관에서 오르는 신호 불을 보고 즉시 총공격을 개시하여 조수처럼 밀고 들어가니, 산적 손관 등은 각기 흩어져 달아나고 마침내 소관은 함락되었다.

어느덧 동쪽에서 해가 떠오른다. 여포는 그제야 밤새도록 싸운 상대가 조조의 군사가 아니라 진궁의 군사임을 알았다. 기막힌 일이었으나 탄식할 여가도 없어, 여포는 진궁과 함께 급히 서주로 돌아간다. 서주성

가에 도착한 여포는 속히 성문을 열라고 외친다.

그러나 열라는 성문은 열리지 않고 성 위에서 화살이 빗발치듯 떨어진다.

여포가 놀라 쳐다보니, 미축이 성루에 얼굴을 내민다.

"나는 지난날 우리 주공 유현덕의 서주성을 다시 찾았으니, 주공께 이 성을 돌려드려야겠다. 너는 다시 들어올 생각을 말라."

여포는 진노하여 묻는다.

"진규는 어디 있느냐?"

미축이 씩 웃는다.

"내 손에 이미 죽었다!"

여포는 진궁을 돌아본다.

"진등은 어디 있느냐?"

진궁이 대답한다.

"장군은 아직도 정신을 못 차리고, 그 여우 같은 도둑놈을 찾으십니까."

여포는 군중에 명령을 내려 진등을 찾도록 했다. 그러나 진등은 언제 어디로 샜는지, 간 곳이 없었다.

진궁이 권한다.

"이젠 가서 소패성이나 지킵시다."

여포가 진궁의 말대로 소패 읍내를 향하여 반쯤 갔을 때였다. 저편에서 한 떼의 군사가 황급히 달려온다. 여포가 보니, 선두를 달려오는 장수는 다름 아닌 고순과 장요였다.

여포가 묻는다.

"웬일로 돌아오느냐?"

고순과 장요는 대답한다.

"진등이 와서 주공이 적군에게 포위됐으니 속히 가서 구출하라기에 오는 길입니다."

이 말을 듣자 진궁은 이를 간다.

"이것 또한 그 여우 같은 도둑놈의 계책이구나!"

여포는 분통을 터뜨린다.

"내 반드시 그놈을 죽이고야 말리라."

여포는 그들과 함께 급히 말을 달려 소패에 이르러 보니, 성 위에 꽂힌 기는 모두가 조조의 군기軍旗였다. 조조의 명령을 받은 조인이 그 동안 소패성을 함락하였던 것이다.

여포는 소패성을 향하여 크게 진등을 욕한다. 진등은 성루에 나타나 여포를 손가락질하며 꾸짖는다.

"너도 알다시피 나는 한나라의 신하이다. 어찌 너 같은 역적 놈을 섬길 리 있겠느냐."

여포는 노기 등등하여 성을 공격하려는데, 문득 등뒤에서 함성이 크게 일어나며 한 떼의 군사가 달려온다. 여포가 돌아보니 선두를 달려오는 장수는 바로 장비였다. 고순이 달려나가서 장비를 맞이하여 싸우나 능히 대적하지 못하고 쩔쩔매는지라, 이에 여포가 친히 가로맡아 장비와 한참을 싸우는데, 문득 진영 바깥에서 또 함성이 일어난다.

소관을 함락한 조조가 어느새 대군을 거느리고 오고 있었다. 사태가 이러하니 여포는 대적할 수 없음을 알아차리고 군사를 거느린 채 동쪽으로 달아나는데, 조조의 군사가 추격한다. 달아나는 여포의 말과 군사는 지칠 대로 지쳤다. 이때 문득 앞에서 한 떼의 군사가 쏟아져 나오며 길을 가로막는다.

그들 군사들 속에서 한 장수가 앞으로 나와 말을 멈추고 칼을 비껴들며 큰소리로 꾸짖는다.

"여포는 달아나지 말라! 관운장이 여기 있노라."

하비성으로 패주하는 여포와 뒤를 쫓는 장비. 오른쪽 위는 관우

여포는 황망히 달려들어 관운장과 싸우는데, 뒤에서 장비가 달려온다. 여포는 더 이상 싸울 생각이 없어 진궁과 함께 혈로를 열고, 마침내 하비 땅으로 달아났다.

여포가 하비 땅에 당도하니 후성이 군사를 거느리고 나와서 영접해 들어갔다.

한편, 관운장과 장비는 서로 만나자 울면서 전날 각기 흩어졌던 일을 말하고 반기었다.

관운장이 말한다.

"그간 나는 해주海州로 가는 길목에 숨어 있다가, 겨우 소식을 얻어듣고 달려왔다."

장비도 말한다.

"저는 망탕산6崵山에 들어가 있다가 하도 궁금해서 나왔는데, 이제 형님을 만났으니 참으로 다행입니다."

두 사람은 그간 서로 그리던 일을 길게 얘기한 뒤에 함께 군사를 거느리고 유현덕에게로 가서 절하고 땅바닥에 엎드려 통곡한다.

유현덕은 슬픔과 기쁨이 한데 합쳐 솟아나는 눈물을 계속 씻으며, 두 동생을 부축해 일으키고 조조에게로 데려가서 인사를 시켰다.

이에 유현덕은 관운장, 장비와 함께 조조를 따라 서주로 갔다. 미축이 달려 나와 유현덕을 영접하고, 가족이 다 무사함을 고한다. 유현덕은 매우 기뻐한다.

이윽고 진규와 진등 부자도 조조에게 와서 절한다.

조조는 크게 잔치를 벌여 모든 장수의 수고를 위로하는데, 스스로 한가운데 앉았다. 진규는 오른쪽에, 유현덕은 그 왼쪽에 앉았다. 그 나머지 장수들은 각기 차례를 따라 앉았다.

잔치가 끝나자 조조는 진규 부자의 공로를 칭찬하고 10현縣의 녹祿(열 군데의 현에서 나는 도조稻租를 받게 한 것이다)을 봉하고, 진등에게는 복파장군伏波將軍이란 칭호를 줬다.

서주 땅을 차지한 조조는 매우 흡족해했다. 조조는 여포가 도망가 있는 하비 땅을 치기 위해서 즉시 회의를 열었다.

정욱이 말한다.

"이제, 여포에게 남은 것이라곤 하비성 하나뿐입니다. 우리가 너무 급히 공격하면 여포는 죽을 각오로 싸워서 길을 열고 원술에게로 달아날 것입니다. 만일 여포와 원술이 손을 잡게 되면 사태는 복잡해집니다. 그러니 여포를 치려면 먼저 유능한 분이 회남 땅으로 가는 길을 끊어야 합니다. 안으로는 여포가 달아나지 못하도록 하고, 밖으로는 원술이 구원 오지 못하도록 막아야 합니다. 더구나 지금 이곳 산동에는 아직도 여포의 직속 장수인 장패와 손관 등 산적 떼가 항복해오지 않고 있으니 일을 소홀히 다루지 마십시오."

조조는 머리를 끄덕인다.

"그럼 나는 산동 일대의 모든 길을 막을 테니, 회남 땅으로 뻗은 길은 수고롭지만 유현덕께서 맡아주시오."

"승상의 분부를 어찌 마다할 수 있겠습니까."

유현덕은 승낙했다.

이튿날, 유현덕은 미축과 간옹만 서주에 남겨두고, 손건 · 관운장 · 장비와 함께 군사를 거느리고 가서 회남으로 뻗은 길목을 지켰다. 동시에 조조는 친히 군사를 거느리고 직접 하비성을 치러 갔다.

이때 여포는 하비성에 들어박혀 있으면서 미리 준비해뒀던 많은 식량과 사수泗水의 험한 지대만 믿고, 이만하면 근심할 것이 없다며 안심했다. 진궁은 여포에게 말한다.

"조조의 군사가 온 지 얼마 안 되어 아직 진영을 완전히 정하지 못했으니, 이번 기회에 새로운 병력으로 피곤한 적군을 치면 반드시 이깁니다."

"내 누차 싸워 여러 번 졌으니, 경솔히 출전할 일이 아니다. 적군이 공격해오기를 기다렸다가 치면 적군은 다 사수泗水의 물귀신이 되리라."

여포는 끝내 진궁의 말을 듣지 않았다.

며칠이 지나자 조조의 군사는 진영을 다 세웠다. 조조는 모든 장수를 거느리고 하비성 아래에 이르러 크게 외친다.

"여포는 내 말을 들으시오!"

여포가 성루에 나타난다.

조조가 말한다.

"그대가 원술과 혼인을 할 생각이라기에, 그래서 내가 군사를 거느리고 왔소. 대저, 원술로 말하자면 천하가 다 알다시피 반역 대죄反逆大

罪한 역적 놈이라, 귀공은 지난날에 역적 동탁을 친 혁혁한 공로가 있거늘, 어째서 지난날의 공로를 버리고 역적 놈을 따르시오! 만일 하비성이 함락되는 날이면 그땐 후회해도 늦으리니, 속히 항복하고 나와서 나와 함께 한 황실을 도웁시다. 그래야만 그대는 벼슬길을 잃지 않으리다."

여포는 대답한다.

"승상은 잠깐 물러가시오. 내가 여러 사람과 상의해보겠소."

이때 여포 곁에 서 있던 진궁이 조조를 굽어보며 호령한다.

"이 간특한 도둑놈 조조야! 내 화살부터 받아라."

진궁이 쏜 화살이 바로 조조의 머리 위에 쳐진 덮개에 꽂힌다.

조조는 손가락으로 진궁을 가리키며,

"내 맹세코 너를 죽이리라."

저주하고, 마침내 하비성을 총공격한다.

진궁은 여포에게 말한다.

"조조는 먼 길을 왔기 때문에 오래도록 싸우지 못할 것이니, 장군은 군사를 거느리고 성 바깥에 나가서 진영을 세우십시오. 나는 남은 사람들을 데리고 굳게 성을 지키겠소. 조조가 만일 장군을 치면, 나는 군사를 거느리고 조조의 뒤를 치겠으며, 그 대신 조조가 성을 공격할 경우에는 장군이 군사를 거느리고 조조의 뒤를 치십시오. 그러면 불과 10일 안에 조조의 군사는 양식이 떨어질 것이니, 그때는 우리가 북을 한 번만 울려도 적을 격파할 수 있소. 이것이 바로 기각지세枸角之勢(앞뒤에서 적과 맞서는 태세)라는 것이오."

"그대의 말이 옳다!"

여포는 부중府中으로 돌아가서 출전 준비를 한다. 이때가 바로 한겨울이라, 여포는 수하 사람들에게 솜옷을 든든히 입으라고 분부하는데, 안에서 여포의 아내 엄씨가 나와서 묻는다.

"솜옷을 든든히 입으라니, 어디로 떠나실 작정인가요?"

여포는 아내에게 진궁의 계책을 말한다. 엄씨는 대뜸 목이 멘다.

"당신이 남에게 성을 맡기고 처자를 버린 채 멀리 떠났다가, 일단 무슨 변이라도 일어난다면 첩은 다시는 당신의 아내가 되지 못할 것입니다. 그럼 이내 신세는 어쩌란 말씀이오니까."

여포는 결단을 내리지 못하여 3일 동안을 나오지 않았다. 진궁은 답답해서 부중으로 들어갔다.

"조조의 군사가 성을 사방으로 에워쌌소. 속히 나가지 않으면 곧 곤경에 빠지게 되오."

여포가 대답한다.

"내가 멀리 나가는 것보다 여기서 굳게 지키는 것이 더 나을 것 같다."

"소문을 들으니 조조의 군사는 양식이 부족해서 사람을 허도로 보냈는데, 조만간에 곡식이 올 것이라고 하오. 장군은 날쌘 군사를 거느리고 가서 그들이 곡식을 운반해오는 길을 끊으십시오. 이야말로 중대하고도 묘한 계책입니다."

여포는 그럴듯하게 여기고 안으로 들어가서 엄씨에게 진궁의 계책을 말했다. 엄씨는 울며 하소연한다.

"당신이 가버리면 진궁과 고순이 무슨 힘이 있어 성을 잘 지키겠습니까. 한 번 실수하면 후회해도 소용없습니다. 첩이 지난날 장안에 있었을 때도 당신 혼자 가버린 적이 있었으나, 그때는 다행히 방서龐舒 대감이 자기 집에 숨겨줘서 결국 당신과 다시 만났습니다. 그런데 이제 또 첩을 버리고 갈 줄이야 뉘 알았으리요. 참으로 너무하십니다. 장군은 앞길이 만리 같으니, 나 같은 여자야 어찌 되건 간에 갈 테면 어서 가십시오."

엄씨는 말을 마치자마자 엎드려 통곡한다. 여포는 아내의 말을 듣자 가지가지 근심과 걱정으로 결정을 짓지 못하다가, 초선의 방으로 갔다.

"사태가 이러하니 이럴 수도 저럴 수도 없는즉 어찌하면 좋을까?"

초선이 대답한다.

"나는 어쩝니까. 나를 위해서라도 성 바깥으로 경솔히 나가지 마십시오."

"너는 너무 걱정을 말라. 내게 창과 적토마赤兎馬가 있으니, 누가 감히 나를 범접하겠느냐. 염려 마라."

여포는 위로하고 부중을 나왔다. 여포는 진궁에게 말한다.

"조조의 군사에게 곡식이 온다는 것은 거짓말이다. 조조는 원래 속임수를 잘 쓴다. 그의 속임수에 걸려들지 않기 위해서라도 나는 움직이지 않겠다."

진궁은 물러나오면서 길게 탄식했다.

"이제 우리는 죽어도 묻힐 땅마저 없겠구나!"

이에 여포는 종일 부중에 들어박혀 엄씨, 초선과 함께 술을 마시며 복잡한 고민을 잊으려 했다. 모사인 허사許解와 왕해王楷가 들어와서 여포에게 계책을 고한다.

"오늘날 원술은 회남에서 크게 힘을 떨치는데, 장군은 지난날에 혼인까지 정해놓고서 왜 이제는 원술에게 원조를 청하지 않습니까. 원술이 군사를 거느리고 와서 우리와 협공하면 조조의 군사를 격파할 수 있습니다."

여포는 연달아 머리를 끄덕이고 그날로 원술에게 보내는 서신을 써서 허사와 왕해 두 사람에게 주어 즉시 떠나도록 했다.

허사와 왕해는 고한다.

"무사히 적진을 벗어날 수 있도록 군사들이 우리를 호위해줘야겠습니다."

여포는 장요와 학맹에게 군사 천 명을 주고 허사와 왕해가 적진을 돌파하도록 호위하라고 명령했다.

그날 밤 2경에 장요는 앞장서고 학맹은 뒤에 서서 허사와 왕해를 호위하여, 일제히 하비성 바깥으로 달려나간다. 그들은 덤벼드는 적병을 무찌르며 깜깜한 밤을 이용하여 마구 달려 어느덧 유현덕이 지키는 진영을 나는 듯이 지나서 뒤쫓아오는 적의 장수들을 뿌리치고 어둠 속으로 사라졌다.

포위망을 완전히 벗어나자 학맹은 군사 5백 명만 거느리고 허사와 왕해를 그냥 호위하여 회남 땅으로 함께 간다. 장요는 남은 군사 5백 명을 거느리고 돌아오다가 적의 장수에게 들켰다. 보니, 앞에 관운장이 우뚝 서 있었다.

관운장은 지난날 소패성에서 장요를 굽어보던 그때의 표정이었다. 즉 '너는 한나라 신하이면서 아직도 역적 여포를 섬기느냐'는 그런 눈짓이었다.

두 사람이 미처 싸우기도 전에, 여포의 장수 고순이 군사를 거느리고 달려와서 장요를 구출하여 하비성으로 들어갔다.

한편, 허사와 왕해는 회남 수춘 땅에 이르자 원술에게 절하고 여포의 서신을 바쳤다. 원술은 서신을 읽고 나서 묻는다.

"지난날엔 나의 사신까지 죽이고 다된 혼인을 거절하더니, 이제 무슨 일로 왔느냐?"

허사는 고한다.

"전번에는 조조의 꼬임에 빠져 그런 사태를 빚은 것이니, 폐하는 널리 통촉하소서."

"너의 주인이 조조의 공격을 받아 곤경에 빠지지 않았다면, 제 딸을 이리로 출가시키겠다고 다시 청할 리가 있겠느냐!"

왕해가 대답한다.

"폐하가 이제 우리를 돕지 않으시면, 폐하도 이로울 것이 없습니다. 자고로 입술이 상하면 이도 성할 수가 없다고 하였습니다. 그러니 조조를 치는 일은 바로 폐하의 복입니다."

원술은 잘라서 대답한다.

"여포는 이리 붙었다 저리 붙었다 하여 도무지 신용할 수 없는 자다. 먼저 딸을 보내주면 짐은 군사를 보내겠다."

허사와 왕해는 하는 수 없이 원술에게 절하고 학맹과 함께 수춘을 떠났다. 그들은 밤낮없이 날마다 말을 달려 돌아오다가, 이윽고 유현덕의 진영 가까이에 이르렀다.

허사는 학맹에게

"낮에는 통과할 수 없소. 한밤중에 우리 두 사람이 먼저 갈 테니, 학장군疥將軍은 뒤를 맡아주시오."

하고 부탁했다.

한밤중이 되자 허사와 왕해는 소리 없이 어둠 속으로 먼저 떠나간다. 한참 뒤에 학맹이 군사를 거느리고 역시 살금살금 어둠 속을 헤치며 빠져나가는데, 문득 영채에서 장비가 달려 나와 앞을 가로막는다. 그러나 싸운 지 불과 1합에, 장비는 학맹을 냉큼 사로잡아 유현덕에게로 가니, 5백 명 군사는 혼비백산하여 달아난다.

유현덕은 잡혀온 학맹을 조조의 대채로 압송했다. 조조 앞에 붙들려 나온 학맹은 원술에게 갔다 온 자초지종을 실토하지 않을 수가 없었다. 조조는 분개하여 군문軍門에서 학맹을 한칼에 참하더니,

"모든 영채에 사람을 보내어 물샐틈없이 지키라고 일러라! 여포는 물론이요, 빠져 나가려는 적의 군사 한 놈이라도 놓치는 자가 있으면 군율로써 참하리라."

하고 추상같이 영을 내렸다. 모든 영채는 조조의 영을 듣자 아연 긴장한

다. 유현덕은 자기 진영으로 돌아와 관운장과 장비에게 분부한다.

"우리는 회남으로 가는 요긴한 길목을 지키는 처지이니, 두 아우는 특히 정신차리어 조승상의 군령에 어긋남이 없게 하라."

장비가 투덜댄다.

"적의 장수를 잡아다 줬는데, 조조는 상은커녕 도리어 사람들을 협박하는 말버릇을 쓰니 아니꼽소이다."

유현덕이 타이른다.

"그런 게 아니다. 조조는 많은 군사를 거느렸기 때문에 엄한 군령으로써 다스리지 않으면 그 많은 군사를 통솔할 수가 없는 것이다. 아우는 군령을 어기는 일이 없도록 하라."

관운장과 장비는 응낙하고 물러갔다.

한편, 허사와 왕해는 하비성으로 돌아가서 여포에게 보고한다.

"원술은 며느리 될 신부가 먼저 와야만 군사를 일으켜 돕겠다고 합디다."

여포는 묻는다.

"그럼 어떻게 보내야 할까?"

허사가 대답한다.

"이제 학맹이 적에게 붙들렸으니, 조조는 우리의 실정을 낱낱이 다 알고 만반의 준비를 할 것입니다. 그러니 장군께서 친히 신부를 호송하지 않으면, 아무도 적의 포위를 뚫고 나갈 사람이 없습니다."

여포가 묻는다.

"오늘이라도, 내가 떠나는 것이 어떨까?"

허사는 대답한다.

"오늘은 일진이 좋지 않으니 떠나지 마십시오. 내일은 일진이 매우 좋습니다. 내일 술시와 해시(오후 7시~11시) 사이에 떠나십시오."

여포는 고순과 장요에게 분부한다.

"군사 3천과 조그만 수레 하나를 준비하여라. 내, 내일 친히 신부를 2백 리 바깥까지 데려다 줄 테니, 거기서부터는 그대들이 호위하여 원술에게로 가거라."

이튿날 밤 2경 때였다. 여포는 사랑하는 딸에게 솜옷을 많이 입힌 뒤에 다시 갑옷으로 싸서, 자기 등에 업고 단단히 비끄러맨 뒤에 창을 들고 말에 올라탔다.

성문이 열리자 여포는 쏜살같이 달려나간다. 장요와 고순이 군사를 거느리고 뒤따라 달려나간다.

사방이 깜깜하였다. 그들은 어둠 속으로 사라졌다. 그들이 유현덕의 진영 가까이에 이르렀을 때였다. 사방은 어두운데 고요하기만 하였다.

갑자기 북소리가 들리더니 시커면 것이 나타나 앞을 가로막으며 큰 소리로 외친다.

"여포는 달아나지 말라! 게 섰거라!"

목소리만 들어도 관운장과 장비라는 것을 대뜸 알 수 있었다. 여포는 싸울 생각은 버리고 벗어날 길을 찾아 달린다. 그러나 유현덕이 벌써 군사를 거느리고 쳐들어온다. 양쪽 군사간에 혼전이 벌어짐에, 여포가 비록 용맹하긴 하지만 사랑하는 무남독녀를 등에 업은지라, 딸이 다칠까봐 과감히 뚫고 나가지를 못한다.

어느새 조조의 장수 서황과 허저가 군사를 거느리고 달려와서 여포의 뒤로 쳐들어오며 크게 외친다.

"여포를 놓치지 말라!"

"여포를 놓치지 말라!"

천지가 여포를 놓치지 말라는 고함소리로 메아리친다. 여포는 사태가 급해지자 하는 수 없이 말을 돌려 하비성으로 되돌아왔다.

이에 유현덕은 군사를 거두었다. 서황과 허저도 각기 자기 영채로 돌아갔다. 그날 밤 여포 일행 중에서 경비망을 뚫고 나간 자는 한 명도 없었다. 완전한 실패였다. 하비성으로 되돌아온 여포는 깊은 수심에 잠겨, 날마다 술만 마셨다.

조조는 하비성을 공격한 지 두 달이 지났건만 함락하지 못했다. 하루는 파발꾼이 달려와서 조조에게 보고한다.

"하내河內 태수 장양이 군사를 동시東市 땅으로 출동시켜 여포를 도우려다가, 그의 부장 양추楊醜에게 암살당했습니다. 그런데 양추는 장양의 머리를 베어 승상께 바치러 오다가, 죽은 장양의 심복 장수 휴고眭固에게 또한 죽음을 당했습니다. 휴고는 대성大城으로 달아났다고 합니다."

조조는 즉시 사환史渙을 보내어 대성으로 가는 도중에서 휴고를 잡아 죽였다. 조조는 모든 장수들과 함께 상의한다.

"장양은 다행히 저절로 망했지만, 그러나 북쪽에선 원소가, 동쪽에선 유표와 장수張繡가 천하대세를 노리고 있으니, 나는 도무지 마음을 놓을 수 없다. 함락되지 않는 하비성을 무작정 포위하고 있을 수도 없지 않은가. 차라리 여포를 버려두고 일단 허도로 돌아가서 잠시 군사들을 휴식시킬까 하는데 뜻이 어떠하오?"

순유는 급히 말린다.

"안 될 말입니다. 여포는 여러 번 졌기 때문에 이제 사기를 잃었습니다. 원래 군사는 장수將帥를 주인으로 삼나니, 장수가 쇠약하면 군사들도 싸울 생각이 없어집니다. 저쪽은 진궁이 계책은 잘 세우나 기회를 여러 번 놓치고 말았습니다. 아직 여포가 기운을 회복하지 못했고 진궁이 계책을 정하지 못했으니, 이 참에 속공하면 여포를 가히 사로잡을 수 있습니다."

곽가가 슬며시 말한다.

"내게 한 가지 계책이 있으니, 당장에 하비성을 격파할 수 있는데……

아마 군사 20만 명을 쓰는 것보다도 효과가 있을 거요."

순욱은 빙긋이 웃는다.

"근수近水와 사수의 물줄기를 하비성 안으로 몰아넣자는 것 아니오?"

곽가는 껄껄 웃는다.

"바로 그거요."

이 말을 듣자, 조조는 크게 기뻐하면서 즉시 모든 군사들에게 근수와 사수의 물길을 하비성으로 돌려놓게 했다. 그 후에 조조의 군사들은 높은 벌판에 앉아 두 물길이 하비성으로 몰려들어가는 광경을 굽어보았다.

하비성은 동쪽 성문 하나만 남고 그 나머지 성문은 다 물에 잠기었다. 군사들은 급히 여포에게 가서 물이 자꾸 불어나는 상황을 보고했다.

"나의 적토마는 물도 평지처럼 잘 건널 수 있으니, 무엇을 두려워하리요!"

여포는 여전히 아내 엄씨와 첩 초선을 끼고 좋은 술만 마셨다. 그러나 주색으로 괴로운 심정이 풀리는 것은 아니었다. 날마다 주야장천 그짓을 하다 보니 얼굴 꼴이 말이 아니었다.

어느 날 여포는 거울에 자기 얼굴을 비쳐보더니, 깜짝 놀란다.

"내가 술과 여색으로 너무 상했구나. 오늘부터는 둘 다 끊으리라."

그날로 여포는 모든 성안 사람에게 명령을 내린다.

"백성이건 군사건 장수건 누구를 막론하고 술을 마시는 자가 있으면 참할 테니 각별히 조심하라."

그런데 공교로운 일이 생겼다. 여포의 장수 후성에게 말 열다섯 마리가 있었는데, 말을 먹이던 군사 하나가 그 말들을 훔쳐 유현덕의 진영에 바치려고 탈주하다가 발각됐다. 후성은 즉시 뒤쫓아가서 그 군사를 한 칼에 쳐죽이고 말들을 빼앗아오니, 모든 장수들은 축하할 일이라며 떠들어댔다.

이에 후성은 마침 대여섯 말 가량 담가뒀던 술이 있어 장수들과 함께 마실까 하다가, 혹 여포에게 꾸중을 당할 것 같아서 기왕이면 하고 먼저 술 다섯 병을 가지고 부중으로 갔다. 후성이 고한다.

"장군의 위엄을 빌려 뒤쫓아가 잃었던 말을 찾아왔더니 장수들이 와서 축하하자기에, 마침 담가둔 술이 있기로 자축하고저 하나, 저희들끼리 맘대로 마시기도 죄송하여 먼저 장군께 바치러 왔습니다. 저희들의 보잘것없는 정성으로 아시고 받아주십시오."

여포는 대뜸 격노하여,

"내가 술을 금했는데, 이놈! 도리어 술을 담그고 더구나 여럿이서 마시겠단 말이냐. 너희들이 함께 짜고서 나를 치려는 배짱이구나!"
하고 후성을 바깥으로 끌어내어 참하도록 소리를 질렀다.

송헌과 위속 등 모든 장수들이 달려와서,

"후성을 살려줍소사."
하고 여포에게 애원했다. 여포는 그제야 다시 분부한다.

"내 명령을 어겼으니 당장 목을 벨 것이나, 장수들의 체면을 보아 참는다. 곤장 백 대만 쳐서 내보내라."

모든 장수들이 여포에게 다시 애원한 결과 후성은 곤장 50대를 맞고 겨우 나왔다. 장수들은 모두 기가 질렸다.

송헌과 위속은 후성의 집에 가보았다. 후성이 울면서 감사한다.

"그대들이 없었으면 나는 죽었을 것이오."

송헌이 대꾸한다.

"여포는 제 처자만 생각하고 우리는 쓰레기 정도로 아나 보지!"

위속도 한마디 거든다.

"조조의 군사는 이미 성을 포위했다. 물이 성벽에 널름거리니, 우리가 죽을 날도 뻔하군."

송헌이 마침내 말한다.

"여포는 어질지 못하며 의리도 없으니, 우리가 버리고 떠나면 어떨까?"

위속은 한술 더 뜬다.

"여포는 사내대장부가 아니다. 차라리 여포를 잡아다가 조승상에게 바칩시다."

후성이 말한다.

"나는 말을 되찾아왔기 때문에 모진 매를 맞았지만 여포가 믿는 것은 적토마다. 두 분이 정말 여포를 사로잡아 이 하비성을 조승상께 바치겠다면, 나는 먼저 적토마를 훔쳐다가 조승상께 바치겠소."

세 사람은 서로 상의하고 장차 할 일을 결정했다.

그날 밤에 후성은 몰래 마원馬院에 가서 적토마를 끌어내어 올라타고, 아직 물에 잠기지 않은 동쪽 성문으로 달려갔다. 이에 위속은 성문을 열어 후성을 달아나게 해주고는 자기도 성문 바깥으로 달려나갔다. 즉 위속은 후성을 잡으러 뒤쫓아가는 체했던 것이다.

후성은 조조의 대채에 이르러 적토마를 바치며 고한다.

"송헌과 위속이 흰 기를 올리고 성문을 열어드리기로 하였습니다."

조조는 자기 이름을 낙관落款한 방문榜文 수십 장을 써서 일일이 화살에 꽂고 하비성 안으로 쏘아 보냈다.

대장군 조조는 특히 천자의 칙명을 받자와 여포를 토벌하노라. 만일 관군에 항거하는 자가 있으면 하비성이 함락하는 날에 그자의 온 집안을 몰살하리라. 위로는 장수들로부터 아래로 백성에 이르기까지 누구든지 여포를 사로잡아 바치거나 또는 여포의 머리를 바치는 자가 있으면 높은 벼슬과 상을 주리라. 이 방문으로써 고하노니, 모든 사람에게 널리 알리고 각기 명심하라.

이튿날 날이 샐 무렵에, 조조의 군사가 성 바깥에서 일제히 함성을 지르니 땅이 진동한다. 부중에 있던 여포는 그 함성 소리에 크게 놀라, 창을 들고 성 위로 올라가 사방 성문을 살펴보고 나서, 위속이 후성을 잡지 못했기 때문에 사랑하는 적토마를 잃은 사실을 알자,

"장차 네 죄를 다스릴 테니 좀 견뎌봐라!"

하였다. 이때 조조의 군사들이 바라보니 하비성 위에 조그만 흰 기가 나와 있다. 조조의 군사들은 일제히 총공격을 개시했다. 이에 여포가 하는 수 없이 친히 나가서 새벽부터 한낮까지 싸우자, 그제야 조조의 군사들은 물러갔다.

성 위 문루로 돌아온 여포는 의자에 앉아 잠깐 쉬는데, 술과 여자에 상한데다가 싸움에 지쳐서 어느새 꾸벅꾸벅 존다.

송헌은 좌우 군사를 물러가게 한 뒤에 여포의 채색한 창[畵戟]을 몰래 훔쳐 감추고는, 위속과 함께 덤벼들어 여포를 오랏줄로 단단히 결박했다. 여포는 자다 말고 놀라 깨더니 좌우 군사를 급히 부른다.

송헌과 위속이 달려오는 군사들을 쳐죽이며 품속에서 흰 기를 내어 휘두르자, 조조의 군사들이 성 아래로 조수처럼 몰려들어온다.

"여포를 이미 사로잡았다!"

조조의 장수 하후연은 그래도 의심이 나서 믿으려 하지 않았다. 이에 송헌은 성 위에서 여포의 채색한 창을 아래로 내던져 보이더니 즉시 성문을 크게 열어제쳤다. 그제야 조조의 군사들은 일제히 성안으로 몰려들어왔다.

고순과 장요는 서쪽 성문을 지키다가 물 때문에 나가지를 못하고 조조의 군사에게 붙들렸다. 진궁은 남쪽 성문으로 달아나다가 서황에게

사로잡혔다.

조조는 하비성으로 들어와서 근수와 사수의 물줄기를 전처럼 돌려놓도록 명령한 다음에 방문을 내걸어 백성을 위로하는 한편, 유현덕과 함께 백문루白門樓(하비성 동쪽 문루의 이름)에 앉으니 관운장과 장비가 양쪽으로 늘어선다.

이윽고 사로잡힌 자 천여 명이 붙들려 들어온다. 여포는 비록 용맹하고 체격도 크지만 단단히 결박을 당했으니 별수없었다.

여포는 큰소리로 부르짖는다.

"갑갑하구나. 결박을 좀 늦춰라."

조조가 대답한다.

"원래 범을 잡으면 단단히 결박하지 않을 수 없느니라."

여포는 조조 곁에 자기 장수 후성, 위속, 송헌이 늘어서 있음을 보고 꾸짖는다.

"내가 너희들을 박대한 일이 없는데, 어찌 나를 배반했느냐."

송헌이 대답한다.

"아내와 첩의 말만 듣고 장수의 계책은 듣지 않았으니, 그러고도 박대하지 않았단 말이냐!"

"……"

여포는 대답이 없다.

이번에는 고순이 붙들려 들어왔다.

조조는 묻는다.

"네게도 할말이 있느냐?"

"……"

고순은 종시 대답이 없다. 조조는 도리어 화가 나서 호령한다.

"즉시 끌어내어 참하여라!"

다음에는 서황이 진궁을 끌고 들어왔다.

조조는 묻는다.

"공대公臺(진궁의 자)는 그간 별고 없었는가?"

조조는 옛날 생각이 났던 것이다. 조조가 장안을 탈출하여 달아나다가 중모현中牟縣에서 붙들렸을 때 자기를 살려준 사람도 진궁이요, 성고成皐 땅에 들러 그날 밤에 그 집 식구를 다 죽이고 떠나가다가 도중에서 술을 받아오는 노인 여백사呂伯奢마저 죽였을 때 조조를 간특하고 잔인한 자라 꾸짖고 떠났던 사람도 바로 이 진궁이었다.

진궁이 대답한다.

"나는 네가 바르지 못한 자라는 것을 일찍부터 알았기 때문에 너를 버렸노라."

조조가 묻는다.

"내 마음이 바르지 못하다면, 그대는 어째서 저 따위 여포를 섬겼느냐?"

"여포는 꾀는 없지만 너처럼 음흉하고 간사하지는 않다."

조조는 다시 묻는다.

"그대는 스스로 지혜와 꾀가 있다고 자부하더니, 어쩌다 이꼴이 됐는가?"

진궁은 여포를 돌아보고 나서 대답한다.

"이 사람이 내 말을 듣지 않았다. 내 말만 들었더라도 결코 너에게 잡히지는 않았을 것이다."

조조는 또 묻는다.

"이제 어찌할 테냐?"

진궁이 큰소리로 대답한다.

"오늘 나는 죽을 따름이다."

조조는 거듭 묻는다.

"그대가 죽는다면 늙은 모친과 처자는 어찌할 테냐?"

조조에게 사로잡혀 결박당한 여포와 진궁

진궁은 태연히 대답한다.

"내 들으니 옛사람이 말하기를 '효도로써 천하를 다스리는 자는 남의 부모를 해치지 않으며, 어진 덕으로써 천하를 다스리는 자는 남의 제사 지낼 후손을 끊지 않는다'고 하더라. 늙은 어머니와 아내, 자식이 살고 죽는 것은 다 네게 달려 있지만 나는 사로잡힌 몸이니 어서 죽여라. 이 젠 아무 미련도 없다."

조조는 진궁을 살리고 싶은 생각이 간절했다. 그러나 진궁은 문루 아 래로 유유히 내려간다. 좌우 장수들이 조조의 뜻을 알아차리고 만류했으나, 진궁은 끝내 뿌리친다. 조조는 일어서서 눈물 어린 눈으로 뒷모습을 전송하건만, 진궁은 끝내 돌아보지 않는다.

조조는 수하 사람에게 분부한다.

"공대의 늙으신 어머님과 그 가족을 허도로 모시고 가서, 편히 사시도록 극력 주선하여라. 만일 소홀히 하는 자가 있으면 참하리라."

진궁은 조조의 말을 들었건만, 역시 아무 말도 없이 바깥으로 나가 목을 내밀고 참형을 당했다. 모든 사람이 울며 그의 죽음을 애석해했다. 조조가 좋은 널에 진궁의 시체를 담아 허도에 돌아가서 성대히 장사지낸 일은 다음날의 이야기이다.

후세 사람이 진궁을 찬탄한 시가 있다.

살건 죽건 간에 두 가지 마음을 갖지 않았으니
장하구나 참으로 남아 대장부였도다.
여포가 귀중한 충고를 들어주지 않아서
훌륭한 인재가 헛되이 버림을 받았도다.
주인을 돕되 진실로 공경할 줄 아는 인품이었으며
늙은 어머님을 두고 죽음으로 나아갔으니 실로 애달프도다.
백문루에서 그가 세상을 떠나던 날
누구라 진궁 같은 사람이 또 있었으리요.
生死無二志
丈夫何壯哉
不從金石論
空負棟梁材
輔主眞堪敬
辭親實可哀
白門身死日
誰肯似公臺

조조가 진궁의 죽음을 전송하러 백문루에 내려간 사이에, 여포는 유현덕에게 한마디한다.

"귀공은 상객이 되어 높이 앉았고 나는 죄수가 되어 계단 아래에 있는데, 어째서 나를 위해 조조에게 한마디 말도 해주지 않느냐?"

유현덕은 대답 대신 머리를 끄덕였다. 조조가 다시 성루 위로 올라오자 여포는 외친다.

"귀공이 지금까지 골치를 앓은 것은 바로 이 여포 때문이다. 그런데 여포는 이제 이렇듯 굴복하였다. 앞으로 귀공이 대장이 되고 내가 부장이 되면 천하를 잡는 데 어려운 일이 없을 것이다."

조조는 유현덕을 돌아보며 묻는다.

"여포의 뜻을 어떻게 생각하시오?"

유현덕이 대답한다.

"귀공은 지난날 정건양丁建陽(정원丁原)과 동탁으로 인한 여러 가지 사건을 직접 보지 않았습니까. 그런 일이 다시 되풀이되어서는 안 됩니다."

여포는 유현덕을 무섭게 노려본다.

"너야말로 믿을 수 없는 놈이구나!"

조조는 추상같이 명령을 내린다.

"당장 여포를 끌어내어 목을 매어라."

여포는 끌려 나가면서 유현덕을 돌아보고 욕질한다.

"이 귀 큰 놈아! 내가 원문에다 창을 세우고 쏘아 맞히어 너를 도와준 일이 엊그제 같은데 그새 잊었느냐."

이때 한 사람이 크게 외친다.

"여포야, 추태를 떨지 말라. 사내대장부가 죽게 되면 죽는 거지 뭘 그리 두려워하느냐."

모든 사람이 보니, 도부수에게 끌려 들어오던 장요가 잠시 걸음을 멈추고 한 말이었다.

이날 여포는 끌려 나가 결국 교수형을 당하였다. 조조는 그 목을 일반 백성이 볼 수 있도록 네거리에 전시했다.

후세 사람이 여포를 탄식한 시가 있다.

큰 물은 도도히 흘러 하비성이 잠기니

그것이 바로 여포가 사로잡힌 해였다.

하루 천리를 달리는 적토마만 남았으며

채색한 창만 쓸데없이 굴러다닌다.

붙들린 범이 결박을 늦춰달라니 겁쟁이가 됐는가.

'매를 기르되 굶겨야 한다'던 지난날 조조의 말이 옳았도다.

아내를 못 잊어서 진궁의 간하는 말도 듣지 않았던 주제에

'귀 큰 놈아, 은혜를 모르느냐'며 유현덕을 꾸짖은들 무슨 소

용이 있으리요.

洪水滔滔淹下匹

當年呂布受擒時

空餘赤兎馬千里

漫有方天戟一枝

縛虎望寬今太懦

養鷹休飽昔無疑

戀妻不納陳宮諫

枉罵無恩大耳兒

또 유현덕을 논평한 시도 있다.

사람 해치는 굶주린 범을 매우 단단히 결박하라.

난신 적자亂臣賊子 동탁과 충의 있는 정원의 피가 아직도 덜 말
랐다.

유현덕은 지난날에 여포가 아버지로 불렀던 정원과 동탁을 잡
아먹은 일을 누구보다도 잘 알고 있으니

어찌 여포를 살려서 조조를 해칠 수 있으리요.

傷人餓虎縛休寬

董卓丁原血未乾

玄德旣知能啖父

爭如留取害曹瞞

무사들은 조조 앞에 장요를 끌어냈다.

조조는 장요를 손가락으로 가리킨다.

"저자는 어디선가 본 듯한 얼굴이구나!"

장요가 되묻는다.

"지난날 복양성濮陽城 안에서 서로 봤는데(제12회 참조) 그새 잊었느냐."

조조는 껄껄 웃는다.

"오오, 네가 바로 그 당시 일을 기억하는구나."

장요는 말한다.

"지금 생각해도 아까운 일이다."

조조가 묻는다.

"아깝다니? 무엇이 아깝단 말이냐."

"그때 불길이 좀더 세었더라면, 역적인 너를 태워 죽일 수 있었는데
참으로 아깝단 말이다."

조조는 분이 치밀어 오른다.

"싸움에 패한 장수가 어찌 감히 나를 욕하느냐."

조조는 칼을 뽑아 장요를 친히 죽이려 한다. 그러나 장요는 전혀 두려워하는 기색도 없이 목을 내민다.

조조가 칼을 번쩍 쳐들었을 때였다. 한 사람이 뒤에서 조조의 팔을 잡고, 또 한 사람은 조조 앞을 가로막고 꿇어앉으면서,

"승상은 잠깐 손을 멈추시오."

하고 말리니,

> 살려달라, 애걸하는 여포는 돕는 사람이 없더니
> 조조를 역적이라, 욕한 장요는 도리어 살아난다.
> 乞哀呂布無人救
> 罵賊張遼反得生

장요를 구출한 두 사람은 누구일까.

제20회

조조는 허전에서 사냥하고
동승은 비밀리에 조서를 받다

조조가 칼을 들어 장요를 죽이려는데, 뒤에서 팔을 붙든 사람은 유현덕이요, 앞을 가로막고 무릎을 꿇은 사람은 관운장이었다.

유현덕이 말린다.

"이렇듯 지극한 사람은 마땅히 살려서 써야 하오."

관운장도 잇달아 청하면서,

"나는 장요가 충의 있는 인물이란 것을 평소부터 잘 아오. 바라건대 그를 살려주시오."

하고 친히 결박을 풀어주더니 자기 옷을 벗어 입혀준 뒤에 윗자리에 앉히었다.

이에 장요는 그 성의에 감격하고 드디어 항복했다. 조조는 장요를 관내후關內侯(후侯의 칭호만 받고 땅을 받지 않는 작위로 궁중에 출사出仕한다)로 봉하고 장패에게 가서 항복을 권하도록 했다.

장패는 여포가 죽고 장요도 항복했다는 소식을 듣자 드디어 본부 군사를 거느리고 와서 항복하니, 조조는 그에게 많은 상을 주고 위로했다.

장패는 조조의 분부를 받고 가서 산적 패 손관, 오돈, 윤예를 데려와서 항복시켰다.

여포의 장수로서 아직 항복하지 않은 자는 창희뿐이었다.

조조는 장패를 낭야 땅의 상相으로 삼고, 손관 등 산적들에게도 각각 벼슬을 주어 청주, 서주 지방의 바닷가를 지키게 했다. 연후에 조조는 여포의 가족을 허도로 보내고, 음식으로써 삼군의 수고를 크게 위로하고 영채를 뽑아 군사를 거느리고 돌아간다.

조조가 군사를 거느리고 서주 길을 지나가는데, 백성들이 나와서 향불을 피우며 길을 막더니 청한다.

"유현덕 어른을 다시 우리 고을 서주 목사로 임명해주십시오."

조조는 대답한다.

"유사또 어른은 이번 싸움에 공로가 크니, 돌아가 천자를 배알하고 벼슬을 받고 나서 다시 돌아온대도 늦지는 않으리라."

백성들은 승상 말씀만 믿는다면서 감사해 마지않았다.

조조는 거기장군車騎將軍 차주車冑를 불러 분부한다.

"그대가 당분간 서주 지방을 다스려라."

이리하여 조조는 성대히 개선하여 허창許昌(허도)으로 돌아가자, 싸움에 종사한 모든 장수와 군사들에게 벼슬을 봉한 다음 상을 주고, 승상부丞相府 가까이 있는 택원宅院에다 유현덕을 거처시켰다.

이튿날 헌제獻帝가 조회에 나오자, 조조는 유현덕의 이번 공로를 아뢰고 유현덕을 불러들였다. 이에 유현덕은 조복朝服을 갖추고 어전 앞에 나아가 엎드렸다.

헌제는 유현덕을 어전 안으로 올라오게 하고 묻는다.

"경卿의 조상은 누군가?"

유현덕이 아뢴다.

"신은 바로 중산정왕中山靖王의 후손이며, 효경황제孝景皇帝 폐하의 현손玄孫으로, 유웅劉雄의 손자요 유홍劉弘의 아들이로소이다."

황제는 종족 세보宗族世譜(족보)를 내오라 하여 종정경宗正卿에게 읽도록 한다. 종정경은 종족 세보를 읽는다.

"효경황제께서 왕자 열일곱 분을 두시니, 그 일곱째 왕자가 중산정왕 유승劉勝이라. 승이 육성정후陸城亭侯 유정劉貞을 낳고, 정이 패후沛侯 유앙劉昻을 낳고, 앙이 장후仰侯 유녹劉祿을 낳고, 녹이 근수후沂水侯 유영劉英을 낳고, 영이 안국후安國侯 유건劉建을 낳고, 건이 광릉후廣陵侯 유애劉哀를 낳고, 애가 교수후膠水侯 유헌劉憲을 낳고, 헌이 조읍후祖邑侯 유서劉舒를 낳고, 서가 기양후祁陽侯 유의劉誼를 낳고, 의가 원택후原擇侯 유필劉必을 낳고, 필이 영천후潁川侯 유달劉達을 낳고, 달이 풍령후豊靈侯 유불의劉不疑를 낳고, 불의가 제천후濟川侯 유혜劉惠를 낳고, 혜가 동군東郡 범현范縣의 수령守令 유웅을 낳고, 웅이 유홍을 낳고, 홍은 벼슬을 살지 않았으니, 유비는 바로 유홍의 아들입니다."

황제가 세보世譜를 따져본즉, 유현덕이 바로 아저씨뻘이었다. 황제는 크게 기뻐하며 유비를 편전으로 들라 하여 숙질叔姪간으로서의 예禮를 펴고 환대했다.

황제는 속으로 생각한다.

'조조가 모든 권세를 잡아 나랏일을 처결하는 데도 전혀 짐에게 아뢰지 않고 제멋대로 하는 판인데, 이제 이런 영웅다운 아저씨를 만났으니 장차 짐에게 큰 도움이 되리로다.'

이에 황제는 유현덕을 좌장군左將軍 의성정후宜城亭侯로 봉하고 잔치를 베풀어 극진히 대접했다. 유현덕이 사은숙배하고 조정에서 물러나오니 이때부터 사람들은 유현덕을 유황숙劉皇叔(황제의 아저씨라는 뜻이다)이라 불렀다.

조조가 승상부로 돌아오자 순욱 등 일등 모사들이 들어와서 고한다.

"천자는 유비가 아저씨뻘이란 것을 인정했다니, 이러고 보면 승상께 아무 도움이 되지 않을까 걱정입니다."

조조가 대답한다.

"유현덕이 황제의 아저씨뻘로 인정받았으나, 우리는 염려할 것 없소. 내가 천자의 칙명이라 일컫고 명령하면 유현덕도 별도리 없을 것이오. 더구나 이곳 허도에 유현덕을 있게 했으니, 명색은 천자와 가깝지만 실은 내 손아귀에 들어 있음이라. 무엇을 두려워할 것 있으리요. 내가 염려하는 것은 태위 양표楊彪라. 양표는 원술과 친척간이니, 만일 양표가 원술, 원소와 내통하고 사건을 일으키면 피해가 적지 않을 것이오. 그러니 양표를 없애버려야 하오."

조조는 심복 한 사람을 불러 '양표는 원술과 서로 기밀을 내통하는 사이입니다' 하고 천자께 참소하도록 지시했다.

그자가 천자께 참소한 그날로 조조는 드디어 양표를 잡아들여 옥에 가두고 만총滿寵에게 분부했다.

"양표를 심문審問하여 다스리라."

양표는 꼼짝없이 조조의 올가미에 걸려든 것이다. 이때 마침 북해 태수 공융孔融이 허도에 와 있었다. 공융은 소문을 듣자마자 승상부로 조조를 찾아가서 말한다.

"양표의 집안은 4대를 내려오며 청렴한 덕德으로써 존경을 받는 문벌이오. 그러한 분이 어찌 원씨 일족一族 때문에 죄를 지을 리 있겠소."

조조는 시침을 뗀다.

"조정의 여론이 그러한 걸 난들 어쩌오."

공융이 묻는다.

"만일 성왕成王(주나라 2대째 천자)이 소공召公(주공의 동생)을 죽였다면, 주공(어린 성왕을 위해 섭정했다)이 나는 모른다고 할 수 있겠소?"

조조는 더 이상 시치미를 뗄 수가 없었다. 이에 조조는 양표를 죽이지 못하고 벼슬만 빼앗아 시골로 추방하는 정도로 얼버무렸다.

그러나 의랑議郎 조언趙彦은 조조의 횡포에 분격한 나머지, 황제의 뜻을 받들지 않고 제멋대로 대신을 잡아들여 벼슬을 뗐다는 상소를 올려 조조를 탄핵했다.

조조는 격노하여 즉시 조언을 잡아들여 죽이니, 실로 끔찍한 일이었다. 모든 문무 백관은 무서워서 아무도 말을 못했다.

모사 정욱이 조조에게 권한다.

"이제 주공의 위엄이 날로 높거늘, 이런 기회에 왜 패업霸業을 일으키지 않으시오?"

조조가 대답한다.

"조정에는 아직도 천자를 위해 충성을 다하겠다는 자들이 많으니, 경솔히 일을 일으켜서는 안 되오. 내가 천자를 데리고 사냥을 가서 신하들의 동정을 한 번 살펴볼 요량이오."

이에 조조는 좋은 말과 날쌘 사냥 매와 씩씩한 사냥개를 고르고 활과 화살을 준비하여, 군사들에게 성 바깥에 집합하도록 지시했다. 그리고 조조는 궁에 들어가서 천자께 청한다.

"사냥을 가사이다."

천자는 대답한다.

"사냥은 성현聖賢들이 권하는 바른길이 아니오."

조조는 다시 아뢴다.

"옛 제왕이 봄에 사냥하는 것을 수蒐라 했으며, 여름에 사냥하는 것을 묘苗라 했으며, 가을에 사냥하는 것을 선獮이라 했으며, 겨울에 사냥하는 것을 수狩라 했습니다. 그들은 춘하추동으로 교외에 나가서 천하에 무예를 드날렸습니다. 이제 사해四海가 혼란한 때를 당했으니 마땅히 사냥하고 무술을 닦아야 합니다."

황제는 조조가 시키는 대로 하지 않을 수가 없었다. 황제는 소요마逍遙馬를 타고 보조궁寶雕弓과 황금으로 촉을 만든 화살을 메고 의장을 갖추어 허창성을 나간다. 유현덕, 관운장, 장비도 각기 활과 화살을 메고 속에 엄심갑掩心甲(방탄 조끼 같은 것)을 입고 손에 무기를 들고 기병 수십 명을 거느리고 황제의 행차를 따라 성문을 나간다.

이에 조조는 조황비전마爪黃飛電馬를 타고 말 탄 사람 10만여 명을 거느리고 천자와 함께 허전에서 사냥을 하는데, 군사들이 에워싼 사냥터의 주위만도 2백 리가 넘었다.

조조는 외람되게도 천자와 함께 나란히 말을 타고 나아가는데, 겨우 말 머리 하나쯤의 간격을 두었을 뿐이다. 바로 그 뒤를 따르는 자는 모두가 조조의 심복 장수들이라, 문무 백관도 아득히 떨어져서 뒤따르니, 아무도 감히 가까이 갈 수가 없었다.

황제가 말을 달려 사냥터 중심으로 들어가니, 유현덕은 길가에 물러서서 기다리다가 뵈었다.

황제는 청한다.

"짐은 오늘 숙부의 활 쏘는 솜씨를 보고자 하노라."

이에 유현덕은 말에 올라타는데, 문득 풀 속에서 토끼 한 마리가 뛰어나온다. 유현덕은 즉시 활을 쏘아 바로 그 토끼를 쓰러뜨렸다. 황제는 갈채를 보내고 다시 말을 달려 언덕을 넘어가는데, 문득 가시덤불 속에서 큰 사슴 한 마리가 달려 나온다. 황제는 연달아 화살 세 대를 쐈으나 맞지 않자 조조를 돌아보며 분부한다.

"경이 쏘아보라."

조조는 황제의 보조궁과 황금 촉으로 된 화살을 달라고 하더니, 둥근 달처럼 활을 잡아당긴다. 순간 화살은 번개같이 날아가 등에 꽂히고, 사슴이 풀 속에 쓰러졌다.

모든 신하와 장수들이 달려가서 쓰러진 사슴을 보니, 천자의 화살이 꽂혀 있으므로, 그들은 황제가 쏘아서 맞힌 줄로 알고 일제히 환희 용약하여 황제 있는 쪽을 향해 연달아 외친다.

"만세! 만세! 만만세!"

그런데, 보라! 조조가 말을 몰아 썩 나서더니, 천자의 앞을 가로막고 만세 소리를 받지 않는가.

모든 사람들이 만세를 외치다 말고 대경 실색했다. 유현덕의 바로 뒤에 있던 관운장은 이 광경을 보자, 분기 탱천하여 와잠미臥蠶眉(누에 같은 눈썹)를 곤추세우고 단봉안丹鳳眼(봉새처럼 찢어진 눈)을 부릅뜨며 칼자루를 잡은 손에 힘을 주니, 장차 말을 달려 나가 조조를 참할 자세였다.

유현덕은 관운장의 심상치 않은 표정을 보자, 황망히 손짓을 하며 눈짓을 보낸다. 관운장은 형님이 그러하므로 감히 움직이지 못하고 스스로 눈을 감는다. 유현덕은 나아가서 허리를 굽혀 인사하며 조조를 칭찬한다.

"승상의 활솜씨는 신인神人이 하강한 듯, 참으로 세상에서 보기 드문 바요."

조조는 껄껄 웃으며,

"이 또한 천자의 크나큰 복인가 하오."

하고 그제야 말을 돌려 세우더니, 천자에게 축하한다. 그러나 조조는 천자의 활을 돌려드리지 않고 자기 말 위에 걸었다. 사냥이 끝나자 잡은 짐승으로 잔치를 베풀고, 잔치가 끝나자 천자는 허도로 돌아갔다. 다른 사람들도 각기 집으로 돌아갔다.

관운장은 유현덕에게 묻는다.

"역적 조조가 임금을 업신여길새 제가 조조를 죽여 나라의 피해를 덜려 했는데, 형님은 어째서 말리셨습니까?"

평원주렵연만첩감범강애 (平原走獵延蔓輒敢犯江崖)

순허전사록 (巡許田射鹿)

황조점이지일미능소야설 (皇祚漸移遲日未能消野雪)

허전에서 사냥 대회를 개최하다. 왼쪽부터 유비, 조조, 헌제. 왼쪽 위는 관우와 장비

유현덕이 대답한다.

"쥐를 잡으려 그릇을 던져서는 안 된다. 조조는 바로 황제 곁에 있었다. 그의 심복 부하들이 에워싸듯이 조조 곁에 있었으니, 동생이 일순간 분노를 참지 못하여 경솔히 행동했다가, 만일 실수라도 하면 천자만 상하게 되고, 그렇게 되면 우리만 죄인이 되는 것이다."

관운장은 푸념한다.

"오늘 역적을 죽이지 않았으니 다음날에 반드시 국가의 불행이 있을 것입니다."

"우선은 내색하지 말라. 경솔히 입 밖에 내어 말하지 말라."

유현덕은 관운장을 타일렀다.

한편, 황제는 궁으로 돌아와 울면서 복황후에게 세세히 말한다.

"짐이 제위에 오른 뒤로 처음에는 간신 동탁에게 짓눌렸고, 뒤에는 이각과 곽사의 난을 만나 세상 사람도 겪지 못할 고통을 당했소. 나중엔 조조가 나타나기에 사직社稷을 위한 충신인 줄로 알았더니, 뜻밖에 그놈 또한 나랏일을 맘대로 하여 권력을 희롱하며 위엄을 부리고 갖은 영화를 누리니, 짐은 조조를 볼 때마다 바늘방석에 앉아 있는 것 같소. 오늘 사냥터에서 생긴 일만 할지라도 조조가 대신 나서서 만세 소리를 받았으니, 이쯤 되면 임금과 신하 간의 예절은 이미 없어진 것이라. 조만간에 조조가 역모할 것은 뻔한 일이니, 우리 부부는 언제 어느 곳에서 죽을지 모르겠소."

복황후는 분개한다.

"조정의 모든 대신이 국록을 먹고 있거늘, 결국 나라의 위급을 건질 사람이 한 명도 없다는 말씀입니까?"

복황후의 말이 미처 끝나기도 전에 문득 바깥에서 한 사람이 들어온다.

"폐하와 황후께서는 너무 염려 맙소서. 신이 한 사람을 천거하여, 역적을 없애버리겠습니다."

황제가 보니 그는 바로 복황후의 친아버지 복완伏完이었다. 황제는 눈물을 씻으며 묻는다.

"황장皇丈(황제의 장인)도 또한 조조의 횡포를 아는가?"

복완이 대답한다.

"허전에서 사슴을 쏜 일을 그 누군들 보지 않았겠습니까. 오늘날 조정에 선 자는 조조의 일가 친척이거나 아니면 심복 부하들입니다. 그러니 황실과 연고가 있는 사람이라야만 충성을 다하고 역적을 칠 것인즉, 그 외에는 아무도 믿을 자가 없습니다. 이 늙은 신은 권력이 없어 일을 맡을 수 없으나 거기장군 국구國舅 동승董承이면 이 일을 해낼 수가 있습니다."

"동국구董國舅(국구는 황제의 장인이니 동비董妃의 친정 아버지이다)는 여러 번 나라를 위해 어려운 일을 했으니 짐이 평소부터 잘 아는 바

라. 그대는 동국구를 대내大內(궁 안)로 불러 함께 큰일을 상의하시오."

"지금 좌우에서 폐하를 모시는 자들은 다 역적 조조의 심복 부하들입니다. 만일 기밀이 누설되면 큰일납니다."

"그럼 어찌하면 좋을까?"

"신에게 한 가지 계책이 있으니, 폐하는 새 옷 한 벌을 옥대玉帶(옥으로 장식한 띠)까지 겸해서 비밀리에 국구 동승에게 하사하십시오. 옥대의 안쪽 비단을 뜯고 그 안에 비밀 조서를 넣고 표가 나지 않게 기워서 주면, 동승이 집에 돌아가 조서를 본 다음에 밤낮으로 계책을 세울 것이니, 그러면 귀신도 이 일을 모를 것입니다."

황제는 그러기로 했다. 복완은 물러나왔다. 황제는 손가락을 깨물어 비밀 조서를 작성하여 복황후에게 주고, 옥대 속의 자줏빛 비단 안에 넣어 표나지 않도록 꿰매게 했다. 황제는 그 금포錦袍를 입고 그 옥대를 맨 연후에 내사內史를 시켜 동승을 불러오도록 했다.

이윽고 동승이 들어와서 황제께 몸을 굽혀 예를 다한다. 황제가 말한다.

"짐은 어젯밤에도 황후와 함께 지난날 패하霸河에서 겪은 고통을 이야기하다가, 자연 그 당시 국구의 큰 공로를 다시 생각하게 됐소. 그래 오늘 특히 이렇게 들어오라 한 것은 국구를 위로하기 위해서요."

동승은 머리를 조아리며 황공해한다.

황제는 동승을 데리고 내전을 나와, 태묘太廟로 들어가서 공신각功臣閣 안에 올랐다. 황제는 향을 사르어 절하고, 동승을 가까이 오라고 하여 화상畵像들을 보니 한중간이 한 고조 화상인지라.

황제는 묻는다.

"나의 선조 고황제高皇帝께서는 어떤 처지로 어떻게 천하를 정하시고 나라를 세우셨는가?"

동승은 크게 놀라 대답한다.

"폐하는 신을 희롱하시나이까. 성조聖祖(한 고조)의 하신 일을 어찌 모르실 리가 있습니까. 고황제께서는 원래가 사상泗上(땅 이름)의 정장亭長(오늘날의 동장)으로 3척 칼을 들고 흰 뱀을 베신 다음(한 고조는 화덕火德으로써 진秦나라 금金(백색)을 상징하는 흰 뱀을 죽였다는 오행설이 있다)에 대의大義를 일으키사, 천하를 종횡으로 달리신 지 3년 만에 진秦나라를 멸망시키셨습니다. 5년 후에는 초楚(항우)를 멸망시키셨습니다. 드디어 전후 8년 만에 천하를 정하시고, 만세萬世의 기초를 세우셨습니다."

"선조께서는 그렇듯 영특하셨거늘, 나 같은 자손은 이렇게 나약하니 어찌 한심스럽지 않으리요."

황제는 이어서 좌우 초상을 가리키며 다시 묻는다.

"이 두 사람이 바로 유후留侯 장양張良과 찬후鄼侯 소하蕭何가 아니냐?"

동승은 대답한다.

"그러하옵니다. 고조께서 나라를 세우실 때 실로 장양과 소하 두 사람의 힘이 컸습니다."

황제가 돌아보니 시종하는 자들은 멀찍이 떨어져 있다. 황제가 속삭인다.

"경도 저 두 사람처럼 짐의 곁에 그려지도록 하여라."

"신이 조그만 공훈도 없으니, 어찌 감히 바랄 수 있으리까."

"경이 서도西都에서 어가御駕를 돕던 일을 짐은 잊은 적이 없으나, 그간 아무 보답도 못했다."

황제는 입고 있는 비단 도포와 옥대를 손으로 가리키며 말한다.

"마땅히 경은 짐의 도포를 입고 이 옥대를 띠고, 항상 좌우에서 짐을 모시는 그런 마음으로 있거라."

동승이 머리를 조아리며 감사하자, 황제는 비단 도포를 벗고 옥대를 풀어주며 속삭인다.

"경은 집에 돌아가서 이 물건들을 자세히 살펴보고, 짐의 뜻을 저버리지 말라."

동승은 황제의 뜻을 선뜻 알아차리고 즉시 도포를 입고 옥대를 띠고 다시 절하고 공신각에서 내려온다.

궁 안의 모든 일은 즉각 조조에게 보고되게 마련이다.

"황제가 지금 막 공신각에 올라가서 동승과 함께 한가히 담화하십니다."

"그래?"

조조는 잠깐 생각하더니, 서둘러 궁으로 행차한다.

이리하여 동승은 겨우 궁문宮門을 나오다가 마침 들어오는 조조와 만났다. 동승은 갑자기 몸을 피할 수도 없어 길 옆으로 비켜서서 인사한다.

조조는 묻는다.

"동국구는 어디서 나오는 길이오?"

동승이 대답한다.

"마침 천자의 부르심을 받아 입궐했더니, 이 비단 도포와 옥대를 하사하시더이다."

조조는 거푸 묻는다.

"무슨 일로 하사한다 합디까?"

"천자께서는 지난날 내가 서도에서 어가를 구조해드린 공로를 잊을 수 없다 하시면서 하사하셨소."

조조는 반명령조로 말한다.

"옥대를 풀어 내게도 좀 보여주시오."

동승은 도포나 옥대 속에 천자의 비밀 조서가 들어 있는 것을 알기 때문에 발각될까 겁이 나서 주저한다. 조조는 단박에 좌우 시종자들에게 호령한다.

"빨리 받아오지 않고 뭘 하느냐?"

동승은 하는 수 없이 옥대를 끌러서 줬다. 조조가 받아 한참 살펴보더

비밀 조서를 받드는 동승

니 껄껄 웃는다.

"과연 좋은 옥대로다. 기왕이면 그 비단 도포도 좀 구경시켜주시오."

동승은 겁이 나서 도포를 벗어주지 않을 수 없었다.

조조가 받아 햇빛에 치켜 들고 자세히 살펴보더니, 자기 옷 위에 걸쳐 입고 옥대를 띤 다음에 좌우 시종자들을 둘러보며 묻는다.

"소매 길이와 품이 내게 맞느냐?"

좌우 사람들이 고한다.

"참으로 잘 어울리십니다."

조조는 머리를 끄덕이며 청한다.

"동국구는 이 도포와 옥대를 다시 나에게 하사하면 어떻겠소?"

동승은 아찔했다.

"임금이 하사하신 물건이라, 감히 드리지 못하겠습니다. 내가 따로 한 벌을 만들어 바치겠소이다."

"동국구가 이 물건을 받은 것은 무슨 계략이라도 꾸며서 바친 때문이 아니오?"

동승은 그제야 놀란 체를 한다.

"내가 어찌 감히 딴생각을 품을 리 있겠소? 승상이 정 필요하다면 가져가도 좋습니다."

"귀공이 임금에게서 받은 물건을 내가 어찌 빼앗을 수 있으리요. 그저 장난으로 한 말이오."

조조는 비단 도포와 옥대를 벗어 돌려준다. 동승은 조조에게 하직하고 집으로 무사히 돌아왔다.

그날 밤중에 동승은 서실書室에 홀로 앉아 도포를 이리저리 뒤집으며 자세히 훑어보았으나, 아무 물건도 없었다.

동승은 생각한다.

'천자께서 도포와 옥대를 하사하시면서 나에게 자세히 살펴보라고 하셨을 때는 반드시 무슨 뜻이 있을 터인데, 암만 봐도 아무 흔적이 없으니 웬일인가?'

이번에는 옥대를 들고 꼼꼼히 살펴본다. 옥대에는 영롱한 흰 옥玉에 조그만 용이 꽃 더미 속을 뚫고 나오는 정교한 조각이 새겨 있었다. 그 안은 자줏빛 비단을 대어 돌려가며 꼼꼼이 기워져 있을 뿐 역시 아무 흔적조차 없었다.

동승은 의심이 나서 옥대를 책상 위에 놓고 거듭거듭 살펴보다가 피곤해서 그만 책상에 엎드려 잠이 들려 한다. 이때 문득 등불 심지가 옥대 위에 떨어져 안에 댄 자줏빛 비단의 일부분이 탄다. 동승은 깜짝 놀라 황급히 손으로 비벼 껐다. 그러나 어느새 탄 자국이 제법 번졌다. 그

안으로 하얀 비단 자락이 보이는데, 핏자국이 은은히 배어 있었다.

동승이 급히 칼로 실밥을 뜯고 꺼내어 보니 바로 천자가 혈서한 비밀 조서였다. 그 조서에 이르되,

짐이 듣건대 가장 큰 인간 윤리로는 먼저 아비와 자식 사이를 첫째로 꼽는다. 높고 낮은 차이로는 우선 임금과 신하 사이를 첫째로 꼽는다. 하지만 요즘 도둑 조조는 나라 권력을 희롱하여 임금을 누른다. 조조는 자기 당파와 결탁하여 조정의 기강을 무너뜨리니, 칙명을 내리거나 상을 주거나 벼슬을 봉하거나 벌을 내리는 것까지도 짐에게 전혀 아뢰지 않고 제 맘대로 처리하는지라, 짐은 자나깨나 장차 천하가 위태로울까 걱정 근심이로다. 경卿은 국가의 대신이요 짐과 가까운 척당간이니, 마땅히 고황제께서 나라를 세우시던 그 당시의 어려움을 생각하고 충의 겸전忠義兼全한 열사들을 규합, 간특한 무리들을 무찔러 종묘 사직을 편안케 하면, 이는 조종의 크나큰 다행이라. 이제 손가락을 물어 그 피로 조서를 쓰고 경에게 부탁하노니, 거듭 조심하되 짐의 간곡한 뜻을 저버리지 말라.

건안建安 4년 봄 3월에 조詔하노라.

동승은 조서를 읽자 눈물이 흘러서 그날 밤을 뜬눈으로 새웠다. 그는 새벽에 일어나 다시 서원에 가서 조서를 거듭 읽었으나 뾰족한 수가 떠오르지 않는지라, 책상 위에 펴놓은 채 조조를 없애버릴 계책을 이리 궁리 저리 궁리하다가, 아무런 결정도 짓지 못하고 책상에 엎드려 그만 잠이 들었다.

이때 시랑侍郎 왕자복王子服이 문밖에 왔다. 문지기는 왕자복이 평소 동승 대감과 친한 사이기 때문에 막지 않고 그냥 안으로 통과시켰다.

왕자복이 서원에 들어가본즉, 동승은 책상에 엎드려 잠이 들었는데 소매 밑에 깔린 흰 비단 쪽지에 짐朕이란 글자가 반쯤 보인다. 왕자복은 의심이 나서 비단 쪽지를 가만히 빼내어 읽더니 소매 속에 감추고 동승을 깨웠다.

"동국구 대감은 한가히 잘도 주무시는구려."

동승은 깜짝 놀라 깨어보니 조서가 없는지라, 안색이 변하고 손발이 떨린다. 왕자복은 꾸짖는다.

"그대가 조승상을 죽일 작정이구나. 내가 가서 고해바치리라."

동승은 울면서 고한다.

"형이 정 그러겠다면, 우리 한나라 황실은 끝장이 나오!"

왕자복은 정중히 말한다.

"지금 한 말은 농담이오. 나도 조상 대대로 나라 녹을 먹는 집안인데, 어찌 충성하려는 마음이 없겠소. 바라건대 형을 도와서 함께 국가의 도둑을 죽이겠소."

동승은 놀란 마음이 반가움으로 변한다.

"형의 생각이 진정이라면 국가를 위해서 큰 다행이오."

왕자복은 청한다.

"우리 밀실에 가서 함께 연판장連判狀(연명하여 날인한 문서)을 써서 서명한 다음에 각기 삼족三族을 버리고 천자께 충성을 다합시다."

동승은 크게 기뻐하며 흰 비단 한 폭을 내어, 먼저 이름을 쓰고 낙관落款했다. 왕자복도 바로 그 다음에 이름을 쓰고 낙관했다.

왕자복은 붓을 놓으며 말한다.

"장군 오자란吳子蘭이 평소 나와 극친한 사이니 함께 일을 도모할 만하오."

동승도 또한,

"오늘날 조정 대신들 중에 장수교위長水校尉 충즙种輯과 의랑議郎 오석

吳碩이 바로 나의 심복이니, 반드시 우리와 함께 일하려 할 것이오."

하고 서로 한참 의논하는데, 심부름하는 동자 아이가 바깥에 와서 고한다.

"충즙과 오석 두 대감이 오셨나이다."

동승은 반색을 하며,

"이는 하늘이 우리를 도우심이로다."

하고 왕자복에게 잠시 병풍 뒤로 숨도록 했다.

동승은 나가서 두 사람을 영접하여, 서원 밀실로 들어와 자리를 정하고 차를 마신다. 충즙이 먼저 말한다.

"허전에서 사냥하던 때의 일을 자네도 또한 봤겠지? 그래 기막힌 일이라 생각하지 않는가?"

동승이 대답한다.

"분하기는 했으나 어쩔 도리가 있어야지."

오석은 탄식한다.

"나는 맹세코 나라의 도둑인 조조를 죽이겠네. 그런데 나를 도와주는 사람이 없으니 한이로세."

충즙이 대꾸한다.

"나라를 위해 도둑을 없애버릴 수만 있다면 죽어도 한이 없겠네."

이때 왕자복이 병풍 뒤에서 썩 나오며 꾸짖는다.

"너희 두 사람이 조승상을 죽이려 드니 내가 가서 고해바치리라. 동국구는 증인이 되어달라."

충즙은 흥분한다.

"자고로 충신은 죽음을 두려워 않느니, 우리는 죽어도 한나라 귀신이 될지언정 너처럼 도둑놈에게 아첨하지는 않으리라."

동승은 웃는다.

"우리는 그러지 않아도 이 일을 위해서 두 분을 만나뵈려던 참이었소. 왕시랑의 말은 농담이니 허물 마오."

동승은 소매 속에서 천자의 조서를 꺼내어 충즙과 오석 두 사람에게 보인다. 두 사람은 조서를 읽자 연방 눈물을 씻는다.

동승이 마침내 두 사람에게 서명하기를 청하자, 왕자복은 말한다.

"두 분은 여기서 잠시 기다리시오. 내가 가서 오자란을 청해오리다."

왕자복은 간 지 얼마 안 되어 오자란을 데리고 돌아와 함께 맹세한 뒤, 각기 연판장에 서명했다. 동승은 동지들과 함께 후당後堂으로 자리를 옮기고 술상을 내오라고 해서 함께 마신다.

문득 문지기가 들어와서 고한다.

"서량 태수 마등馬騰 영감이 오셨습니다."

동승이 대답한다.

"내가 병이 나서 누웠으니, 오늘은 만나볼 수 없다고 하여라."

문지기가 나가서 주인 대감의 말을 전하자, 마등은 벌컥 화를 낸다.

"내가 지난밤에 동화문東華門 밖에서 대감이 비단 도포에 옥대를 띠고 나오는 것을 봤는데, 무슨 까닭으로 병이 났다고 핑계를 댄다더냐. 내가 놀러 온 것이 아닌데, 어째서 나를 따돌리는가 여쭤보아라."

문지기는 다시 후당으로 들어가서 마등이 분노하여 하던 말을 그대로 고했다. 동승은 자리에서 일어서며 말한다.

"여러분은 잠깐만 기다리시오. 내 나가서 만나보고 오겠소."

동승은 바깥채 대청으로 나가서 마등을 영접하고, 서로 인사를 마치자 자리를 정했다. 마등은 걸쭉한 목소리로 묻는다.

"내가 이번에 천자를 뵙고 장차 서량 땅으로 돌아갈 날이 임박하였기로 작별 인사를 하러 왔는데, 어째서 나를 따돌리려 하셨소?"

동승이 대답한다.

"갑자기 몸이 편치 않아서 영접하지 못했으니, 참으로 죄스럽소이다."

마등이 면박한다.

"대감 얼굴은 봄빛이 가득하오. 조금도 병색을 볼 수가 없소."

동승은 대답할 말이 없었다. 마등은 소매를 떨치며 벌떡 일어나더니 섬돌로 내려서며 탄식한다.

"아무데도 나라를 도울 사람이 없구나!"

동승은 그 말에 감격하여 마등을 붙든다.

"나라를 도울 사람이 없다니 그게 무슨 뜻이오?"

마등은 대답한다.

"허전에서 사냥하던 때의 일만 생각하면, 나는 가슴이 터질 것만 같소. 그런데 귀공은 소위 천자와 인척간이면서도 주색만 즐기고 도둑을 칠 생각은 조금도 없으니, 어디에 황실을 위해서 불행을 막을 사람이 있겠소."

동승은 그래도 믿기지가 않아서 거짓으로 놀란 체한다.

"조승상은 이 나라의 막중한 대신이오. 조정이 다 조승상의 힘을 의지하는데, 귀공은 어째서 그런 말씀을 하시오?"

마등은 노기 띤 얼굴로 꾸짖는다.

"너는 오히려 역적 조조를 믿는 거냐?"

동승은 얼른 말을 막는다.

"이목耳目이 번다하니, 귀공은 조그만 소리로 말하시오."

마등은 눈을 부릅뜨더니,

"사는 데 눈이 멀어서 죽는 걸 두려워하는 무리와 족히 큰일을 논할 수 없다!"

하고 다시 벌떡 일어나 나가려 한다.

동승은 마등이 진정 충신인 것을 알았다.

"귀공은 고정하시오. 내가 귀공에게 보여드릴 물건이 하나 있소."

동승은 마침내 마등을 데리고 서원으로 들어와서, 천자의 조서를 보여쭀다. 마등은 조서를 읽자, 머리털이 온통 치솟더니 이를 가는 바람에 입 안이 터져 가득 고인 피가 입술 사이로 흘러 나온다.

"대감이 거사만 하면, 나는 서량 땅 군사를 일으켜 즉시 호응하겠소."

동승은 마등과 동지들을 인사시키고 연판장에 서명하기를 청했다. 마등은 서명한 뒤에 피 대신 술을 입술에 적시며(예전에는 입술에 피를 발라 맹세했으며 이러한 의식을 삽혈鍤血이라 했다),

"우리는 다 죽을 각오로 맹세를 저버리지 맙시다."

하고 동지 다섯 사람에게 계속 말한다.

"동지가 열 사람만 되어도 대사를 쉽사리 성취할 수 있는데!"

동승은 대답한다.

"충신이란 그리 흔한 것이 아니오. 변변치 않은 인물을 끌어들였다가 는 도리어 해를 입는 수가 있소."

마등은 원행노서부鴛行鷺序簿(고관 대신의 인명록)를 내오라고 해서 한 장씩 뒤져보다가, 유劉씨 종족란에 이르자 무릎을 탁 치며 말한다.

"어째서 이런 분과 함께 상의를 않으시오?"

동지들은 일제히 묻는다.

"누구 말이요?"

마등이 한 사람을 천거하니,

나랏님의 인척인 동승이 조서를 받은 것이 발단되어

이제는 황족인 유씨가 나라를 바로잡으러 나선다.

本因國舅承昭詔

又見宗潢佐漢朝

마등은 무슨 말을 할 것인가.

제21회

조조는 술을 데우며 영웅을 논하고
관운장은 계책을 써서 차주를 참하여 성을 탈환하다

동승은 마등에게 묻는다.

"귀공이 우리 일에 가담시키고 싶은 사람은 누구요?"

"예주 목사 유현덕이 지금 허도에 와 있는데, 어째서 그를 청하지 않소?"

동승이 말한다.

"유현덕은 비록 천자의 아저씨뻘이나, 지금 조조에게 붙어 있으니 어찌 그가 우리 일에 가담하겠소."

마등은 대답한다.

"나는 전날 사냥터에서 똑똑히 봤소. 조조가 모든 사람의 만세 소리를 받을 때, 유현덕의 뒤에 있던 관운장이 칼을 뽑아 조조를 죽이려 하는데, 유현덕이 눈짓으로 말립디다. 그것은 유현덕이 조조를 위해서 한 짓이 아니라, 조조의 심복 부하가 하도 많아서 관운장이 혹 실수라도 할까 두려웠기 때문이오. 대감은 시험 삼아 수작을 걸어보시오. 유현덕은 반드시 우리의 동지가 되어주리다."

오석은 말한다.

"이런 일이란 급히 서두르면 못쓰오. 오늘은 이만하고 다시 모여 조용히 상의합시다."

그래서 모든 사람은 각기 흩어져 돌아갔다.

이튿날, 깜깜한 한밤중이었다. 동승은 천자의 조서를 품에 넣고 유현덕이 거처하는 공관을 찾아갔다.

문지기가 전갈을 받아 들어가더니, 조금 지나자 유현덕이 친히 나와서 영접한다. 유현덕은 동승을 조그만 누각으로 안내하고 서로 자리를 정했다. 관운장과 장비는 좌우에 서서 유현덕을 모신다.

유현덕이 먼저 묻는다.

"동국구께서 한밤중에 오셨으니, 무슨 일이 있는 것 같소이다."

동승이 대답한다.

"대낮에 말을 타고 와서 장군을 찾아뵈면 조조가 소문을 듣고 의심하겠기로 밤을 이용해서 왔소."

현덕은 술상을 내오라고 하여 동승을 대접한다. 동승은 술잔을 들지 않고 먼저 묻는다.

"전번 사냥터에서 관운장이 조조를 죽이려 했는데, 귀공은 어째서 눈짓으로 말리셨소?"

유현덕은 자기도 모르는 중에 흠칫 놀란다.

"귀공이 그것을 어찌 아셨소?"

"다른 사람들은 못 봤지만 나만은 못 속이오."

현덕은 더 감출 수가 없어 대답한다.

"동생이 조조의 외람된 태도를 보자 부지중에 분노한 것뿐이오."

동승은 갑자기 소매로 얼굴을 가리며 운다.

"조정 신하가 다 관운장만 같다면 세상을 근심할 것 없으리다."

현덕은 조조가 동승을 보내어 자기 속뜻을 떠보는 것이 아닌가 의심이 나서 짐짓 놀란 체한다.

"조승상이 나라를 다스리는데, 왜 세상을 근심하시오?"

동승은 얼굴빛이 변하여 일어선다.

"귀공이 한 황실의 아저씨뻘이기에 솔직히 진정을 말씀 드렸는데, 어째서 나를 속이려 드시오?"

그제야 유현덕이 만류한다.

"동국구께서 나에게 속임수를 쓰는 것이 아닌가 하여, 잠깐 시험해본 것이오."

이에 동승은 품속에서 천자의 조서를 꺼내어 유현덕에게 보였다. 유현덕은 조서를 보자 비분 강개함을 금할 수가 없었다.

동승이 이번에는 연판장을 내놓는다. 거기에 서명한 사람을 보니,

첫째는 거기장군 동승, 둘째는 공부시랑 왕자복, 셋째는 장수교위 충즙, 넷째는 의랑 오석, 다섯째는 소신장군昭信將軍 오지란, 여섯째는 서량태수 마등이었다.

유현덕이 말한다.

"귀공이 이미 조서를 받들어 국적國賊을 치겠다 하니, 유비는 견마犬馬의 수고를 아끼지 않겠소이다."

동승은 유현덕에게 절하고 청한다.

"서명을 해주시오."

유현덕은 일곱 번째로 '좌장군 유비'라 서명하고 낙관한 후에 동승에게 돌려준다. 동승은 조서와 연판장을 품에 넣으며 말한다.

"동지를 세 사람만 더 얻으면 열 사람이 되오. 열 사람만 되면 바로 조조를 칠 작정이오."

유현덕이 대답한다.

"이런 일이란 조급히 서두르면 실패하기 쉽소. 되도록 천천히 행동하

되, 일이 바깥으로 새지 않도록 극력 조심하시오."

동승은 5경 때까지 유현덕과 의논하다가 돌아갔다. 그 뒤로 유현덕은 조조의 모략과 중상을 피하기 위해서, 공관 후원에다 채소밭을 가꾸고 친히 물을 주며 자기 존재를 감추었다.

관운장과 장비는 유현덕에게 묻는다.

"형님은 친히 큰일에 뜻을 두지 않고 한갓 농부의 흉내만 내시니 웬 일입니까?"

현덕이 대답한다.

"동생들은 알 바가 아니니라."

어느 날, 관운장과 장비는 출타하였다. 유현덕이 혼자서 후원의 채소에 물을 주는데, 허저와 장요가 부하 수십 명을 거느리고 들어온다.

"승상의 분부시니, 청컨대 공은 우리와 함께 갑시다."

유현덕은 놀라서 묻는다.

"무슨 긴한 일이라도 생겼소?"

허저가 대답한다.

"무슨 일인지는 모르나 모셔오라는 분부를 받자와 나왔소."

현덕은 두 사람을 따라 승상부로 가서 조조를 만나면서도 불안하였다. 조조는 웃으면서 말한다.

"요즘 집에서 큰일을 하신다지요?"

유현덕은 얼굴빛이 변할 정도로 충격을 받았다. 조조는 유현덕의 손을 덥석 잡더니 후원으로 들어가서 말한다.

"현덕이 채소 가꾸는 법을 배우다니 쉬운 일이 아닐거요."

현덕은 그제야 놀란가슴을 겨우 진정한다.

"심심풀이로 채소를 가꿉니다."

"마침 매화나무에 매실이 푸른 것을 보자, 지난해에 장수張繡를 치던 일이 생각났소. 그 당시 행군을 하다가, 도중에 물이 없어서 모든 장수와 군사들은 목이 말라서 괴로워했지요. 그때 한 가지 계책이 생각나기에 내가 말채찍을 들어 공연히 앞을 가리키면서 '저기 가면 매화나무 숲이 있다' 했더니, 아니나다를까 군사들은 내 말만 듣고도 맛이 신 매실을 생각하고, 입에 군침이 생겨서 갈증을 면한 일이 있었소. 이제 매화나무에 매실이 주렁주렁 열린 걸 보니 특히 먹고 싶은 생각도 나거니와, 더구나 전번에 담근 술이 잘 익었다는지라, 저 정자에서 한잔하려고 귀공을 청했소."

유현덕은 그제야 안심하고 조조를 따라 정자로 올라갔다. 상 위에는 푸른 매실이 놓여 있고, 술도 준비되어 있었다. 두 사람은 마주 바라보고 앉아 유유히 대작한다. 서로 술기운이 얼근히 돌았을 때였다. 갑자기 검은 구름이 하늘을 뒤덮더니 댓줄기 같은 빗발이 쏟아진다.

시종하는 자가 멀리 하늘을 가리키면서 고한다.

"용이 하늘로 올라갑니다."

회오리바람에 말려 치솟는 검은 구름 모양은 과연 여의주如意珠를 얻고 승천하는 용과 흡사했다.

조조는 유현덕과 함께 난간에 기대어 그 일대 장관을 바라보다가 묻는다.

"공은 용의 변화를 아시오?"

"아직 자세한 건 모릅니다."

조조가 설명한다.

"용은 능히 클 수도 작을 수도 있고 능히 오를 수도 숨을 수도 있으니, 클 때는 구름과 안개를 토하며 작을 때는 티끌 속에 몸을 감추지요. 오르면 우주 사이를 날며 숨으면 파도 속으로 잠복하나니, 바야흐로 이제 봄이 됐은즉, 용이 때를 만나 변화하는 것은 마치 사람이 큰 뜻을 세워

천하를 종횡으로 치닫는 것과 같아서, 자고로 용을 영웅에 비교하지요. 현덕은 오랫동안 여러 곳에서 많은 것을 깨달은 바 있으리니, 반드시 당대의 영웅을 알 것이오. 청컨대, 누가 당대 영웅입디까?"

유현덕은 대답한다.

"유비의 속된 눈으로 어찌 영웅을 알아보겠습니까."

조조가 말한다.

"그대는 과도히 겸사 마오."

"유비는 외람되이 승상의 은혜를 입고 조정의 벼슬을 받았을 뿐, 참으로 천하의 영웅은 모릅니다."

조조가 거듭 묻는다.

"그 얼굴이야 못 알아본다 할지라도, 이름만은 들었을 것 아니오?"

"회남淮南에 있는 원술은 군사와 곡식이 풍족하니 가히 영웅이지요."

조조가 웃는다.

"원술은 무덤 속의 마른 뼈나 다름없으니, 내가 조만간에 반드시 사로잡아 보이겠소."

"그럼 하북河北에 있는 원소는 4대째 삼공 벼슬을 한 집안이라, 그 문하에 관리들도 많은데다가 이제 기주冀州 땅에 범처럼 웅거하고 유능한 부하를 많이 거느리고 있으니, 가히 영웅이라 할 만합니다."

조조가 껄껄 웃는다.

"원소는 표정만 대단할 뿐 마음이 약하며 계책 쓰기를 좋아하면서도 결단력이 없어, 큰일에는 몸을 아끼고 조그만 이익을 위해서는 목숨을 걸고 덤비니, 영웅이라 할 수 없소."

유현덕이 말한다.

"한 사람이 있으니 그는 팔준八俊이라는 명칭으로 그 위엄이 구주九州(중국)를 누르니, 유표劉表야말로 영웅이라고 할 만하오."

조조가 평한다.

"유표는 명색뿐 실속이 없으니, 영웅이 못 되오."

"또 한 사람이 있으니 강동江東의 혈기 왕성한 손책은 영웅이지요."

"손책은 죽은 아비(손견) 덕분에 이름을 떨치니 영웅이 못 되오."

"그럼 익주益州에 있는 유장劉璋이 영웅일까요?"

"유장은 비록 황실의 친척이지만, 주인을 위해서 집이나 잘 지키는 개 정도라. 어찌 족히 영웅이라 하겠소."

"장수張繡, 장노張魯, 한수韓遂 등은 어떤지요?"

조조는 손뼉을 치면서 크게 웃는다.

"그런 것들은 녹록한 소인이라, 족히 말할 것도 못 되오."

"유비는 이상 말한 사람 외에는 실로 영웅을 모르겠소이다."

조조가 말한다.

"대저 영웅이란 가슴에 큰 뜻을 품고 뱃속에 뛰어난 계책을 숨기고, 우주를 포용하는 기틀과 천지를 삼키며 토하는 의지가 있는 자라야만 하오."

유현덕이 묻는다.

"누가 능히 그럴 수 있나요?"

조조는 엄지손가락을 세워 바로 유현덕을 가리킨 후에, 다시 자기 자신을 가리키며 말한다.

"오늘날 천하의 영웅은 그대와 나뿐이오."

이 한마디에 현덕은 크게 놀라 자기도 모르게 들었던 젓가락을 떨어뜨렸다. 이때 비가 억수로 쏟아지며 뇌성벽력이 천지를 진동한다. 현덕은 조용히 몸을 숙여 떨어진 젓가락을 주워 올리고 변명한다.

"뇌성벽력이 한번 위엄을 떨치는 바람에, 그만 실수했습니다."

조조는 껄껄 웃는다.

"대장부도 뇌성벽력을 무서워하오?"

"성인聖人(공자)도 뇌성벽력 소리를 들으시면 얼굴빛이 변하셨다고 하는데 어찌 무섭지 않으리까."

현덕은 젓가락을 떨어뜨린 이유를 슬쩍 돌려댔다. 꾀 많은 조조도 마침내 유현덕의 이 말을 믿고, 더 이상 의심하지 않았다.

후세 사람이, 이 일을 찬탄한 시가 있다.

호랑이 굴에서 잠시 몸을 피하는 처지에

영웅이란 것이 발각되었으니 어찌 놀라지 않으리요.

뇌성벽력 소리를 끌어대어 교묘히 둘러댔으니

형편 따라서 응변하는 솜씨가 참으로 신과 같더라.

勉從虎穴暫棲身

說破英雄驚殺人

巧借聞雷來掩飾

隨機應變信如神

큰비가 억수로 쏟아지는데 밖에서 두 사람이 후원으로 뛰어들어온다. 그들은 각기 칼을 들고 있었다. 좌우 사람들은 그들을 가로막지 못하여 달아나듯 물러선다. 어느새 두 사람은 정자의 댓돌 위까지 선뜻 뛰어올라왔다.

조조가 보니 그 두 사람은 바로 관운장과 장비였다. 원래 그날 관운장과 장비는 성 바깥의 사장射場에 나가서 활을 쏘다가 돌아왔는데, 유현덕이 허저와 장요에게 연행되었다는 것이다. 그들은 무슨 일이라도 생긴 것이 아닌가 하여 황급히 승상부로 달려왔다가, 유현덕이 후원에 있다는 말을 듣자 혹시 형님이 조조에게 해를 입지나 않나 하고 또 정신없

영웅을 논하는 조조와 유비(오른쪽). 왼쪽은 장비와 관우

이 뛰어들어온 것이다.

그들은 유현덕이 조조와 함께 술을 마시는 것을 보자 마음이 놓였다. 그들은 조용히 유현덕 곁에 가서 칼을 짚고 시립侍立한다.

조조가 묻는다.

"두 사람은 어째서 왔는가?"

관운장이 대답한다.

"승상이 우리 형님과 술을 드신다기에, 칼춤으로 한번 흥을 돋우러 왔소이다."

조조는 껄껄 웃으며,

"여기는 홍문鴻門의 잔치 자리가 아닌데, 항장項莊과 항백項伯이 무슨 필요 있으리요." 진秦나라가 멸망한 그 해(기원전 206)에 항우가 한 고조 유방과 홍문에서 잔치를 한 일이 있었다. 그때 항우의 종제인 항장이 한 고조를 죽일 생각으로 칼춤을 추자, 항백이 눈치를 채고 한 고조를 구출하려고 역시 칼춤을 추어 호위하였다. 조조는 이런 옛 고사를 인용하여 관운장에게 응수한 것이다.

유현덕도 또한 따라 웃는다.

조조는 시종하는 자에게 분부한다.

"두 번쾌樊噲에게 술을 주어 놀란가슴을 진정시켜라." 홍문의 잔치에서 한 고조가 위기를 모면한 것은 장수 번쾌가 들어와서 구출했기 때문이다. 이 역시 조조가 관운장과 장비를 빗대놓고 한 말이다.

관운장과 장비는 술을 받아 마시고 조조에게 감사했다.

마침내 술자리가 파하자, 현덕은 조조에게 하직하고 돌아오는 길에,

"그 음흉한 자 때문에 나는 놀라서 죽을 뻔했다."

하고 젓가락을 떨어뜨린 일을 관운장과 장비에게 말했다.

관운장과 장비가 묻는다.

"그건 무슨 뜻입니까?"

유현덕은 설명한다.

"내가 요즘 채소를 가꾸는 이유는, 바로 조조에게 나는 아무런 큰 뜻도 없다는 것을 알려주기 위함이다. 그런 나를 조조가 뜻밖에 영웅이라고 하니 어찌나 놀랐던지 부지중에 젓가락을 떨어뜨렸다. 순간 의심을 살까 겁이 나서 일부러 뇌성벽력에 놀란 체 꾸며댄 것이다."

"형님은 참으로 사세를 판단하시는 안목이 높으십니다."

관운장과 장비는 거듭 머리를 끄덕였다.

이튿날에도 조조는 유현덕을 초청했다. 두 사람이 술을 마시는데 아랫사람이 들어와서 고한다.

"원소를 정탐하러 갔던 만총이 돌아왔습니다."

조조는 만총을 불러들이고 묻는다.

"그래, 그곳 사세는 어떻던가?"

만총이 대답한다.

"원소가 공손찬公孫瓚을 완전히 격파했습니다."

곁에서 현덕은 황급히 묻는다.

"좀 자세한 소식을 들려주시오."

"공손찬은 원소와 싸우다가 전세가 불리해지자 기주로 물러가서 성을 수축하고 성벽을 튼튼히 하여, 그 위에다 높이 수십 길이나 되는 역경루易京樓라는 누각을 세웠습니다. 한편 성안에 곡식 30만 석을 저장하고 방위에 만전을 기하면서, 수시로 군사를 내보내어 싸우게 했습니다. 그러자니 성 바깥에 나가서 싸우는 군사들은 간혹 원소의 군사들에게 포위당하여 위기에 빠질 때도 있었는데, 그럴 때마다 성안의 군사들이 공손찬에게 '지금 우리 편 군사들이 싸우다가 포위를 당했으니, 곧 응원군을 내보내어 구출해야 합니다' 하고 청하면, 공손찬은 으레 한다는 소리가 '늘 구출해주면 다음에 나가서 싸우는 군사들도 또 응원군이 와서 구출해주려니 하고 바라는 버릇이 생겨서 아무도 목숨을 걸고 싸우지 않을 것이다' 하면서 거절해왔답니다. 그래서 군사들 중에는 싸우기는커녕 불만을 품고 원소에게로 달아나는 자들이 많았답니다. 이렇게 형세가 점점 고단해지자 공손찬은 원조를 청하는 서신을 허도로 보냈는데, 그 서신을 전하러 오던 사자가 도중에서 원소의 군사에게 잡혀버렸습니다. 다시 공손찬은 '불[火]을 올리면 그것을 신호 삼아 우리가 서로 안팎으로 원소를 협공하자'는 서신을 장연張燕에게로 보냈는데, 그 서신을 전하러 가던 사자도 도중에서 원소의 군사에게 잡혔습니다. 뿐만 아니라 원소는 그 서신을 역이용해서 한밤중에 불을 올려 신호를 보냈습니다. 공손찬은 장연이 군사를 거느리고 와서 올리는 신호 불인 줄로 알고, 친히 군사를 거느리고 성문을 나가 적진으로 쳐들어갔다가, 미리 매복해 있던 원소의 군사에게 포위당하여 군사와 말을 태반이나 잃고 간신히 달아나 성안으로 돌아갔습니다. 그 뒤로, 공손찬은 성안에서 굳게 지키고만 있었는데 뜻밖의 사태가 벌어졌습니다. 그 동안 원소의 군사는 공손찬이 거처하는 역경루 누각 밑까지 땅굴을 파고 들어와, 갑자기 성 위로 올라와서 일제히 불을 질렀던 것입니다. 달아날 길을 잃은 공손찬은 먼저 아내와 아들들을 죽인 연후에, 스스로 목을 매고 자결했습니다. 참으로 비참한 일이었습니다. 이리하여 공손찬의 일족은 타오르는 불길 속에서 재가 되어 시체조차 건지지 못했습니다. 지금 원소는 공손찬의 군사까지 휘하에 거느리고 형세가 자못 대단합니다. 한편 원소의 동생 원술은 회남 땅에 있으면서, 그간 교만과 사치가 정도를 지나친데다가, 군사와 백성들을 전혀 거들떠보지 않아서 인심을 잃을 대로 잃었습니다. 궁지에 빠진 원술은 형 원소에게 사람을 보내어 황제 칭호를 넘겨줄 테니 도와달라고 청했습니다. 그러나 원소는 아우인 원술에게 '네가 가진 옥새까지 나에게 넘기라'고 요구했습니다. 원술이 친히 옥새를 원소에게 전하려고 회남 땅을 떠나 하북으로 갈 것이라는 소문이 자자한 것을 제가 들었습니다. 만일 원소와 원술 형제가 서로 힘을 합쳐 들고일어나면, 천하대세는 매우 복잡해질 것 같습니다. 바라건대 승상께서는 속히 그들에 대한 대책을 세우십시오."

유현덕은 공손찬이 죽었다는 소식을 듣자 매우 슬펐다. 지난날 자기를 맨 처음으로 천거해준 사람이 바로 공손찬이었던 것이다. 그리고 공손찬에게 가 있던 조자룡趙子龍은 무사히 빠져 나왔겠지만, 지금 어디서 무엇을 하고 있을까. 현덕은 이 생각 저 생각을 하다가,

"내가 이 참에 이곳을 벗어나지 못하면, 다시는 기회가 없으리라."

결심하고 마침내 일어서서 조조에게 청한다.

"원술이 원소에게로 가려면 반드시 서주를 지나가야 할 테니, 청컨대

나에게 군사를 주십시오. 내가 군사를 거느리고 가서 도중에서 기다렸다가 치기만 하면, 원술을 가히 사로잡을 수 있습니다."

조조는 반색을 하며 웃고 대답한다.

"내일 황제께 아뢰고 곧 군사를 일으켜 떠나가도록 하시오."

이튿날 유현덕은 황제를 뵙고 원소와 합류하지 못하도록 원술을 치러 떠나야겠다는 뜻을 아뢰었다. 이에 조조는 유현덕에게 군사 5만을 주고 주영朱靈과 노소路昭 두 장수를 딸려 보낸다.

유현덕은 다시 궁으로 들어가서 하직 인사를 드렸다. 황제는 울면서 유현덕을 보냈다. 궁에서 공관으로 돌아온 유현덕은 밤낮없이 무기를 수습한 후, 말에 안장을 얹고 장군의 인印을 허리에 차고 군사를 독촉하여 떠나갔다.

동승은 10리 장정長亭까지 뒤쫓아와서 유현덕을 전송한다. 현덕은 동승에게 말한다.

"대감은 경솔히 행동하지 마오. 참고 참으면서 기회를 기다리시오. 내 이번에 가면 반드시 좋은 소식으로써 보답하리다."

동승은 유현덕의 손을 잡으며 부탁한다.

"귀공은 지난번 맹세를 유의하고, 황제의 부탁을 저버리지 않도록 하시오."

두 사람은 이별했다. 관운장과 장비는 말을 달리면서 유현덕에게 묻는다.

"형님은 전에는 그런 일이 없으셨는데, 이번 출정만은 왜 이렇듯 황급히 서두르십니까?"

유현덕은 머리를 끄덕이며,

"나는 그간 새장 속에 갇힌 새요, 그물 속에 든 고기 신세였다. 그러나 이제는 마치 고기가 큰 바다로 들어가고 새가 푸른 하늘로 날아오르는 것 같구나. 오늘에야 조조의 무서운 손아귀를 벗어났다."

하고 관운장·장비·주영·노소에게 분부한다.

"급히 행군하라."

한편, 곽가와 정욱은 지방에 가서 세납税納 수금收金을 두루 살피고 허도로 돌아와, 조조가 유현덕에게 군사를 주어 서주로 보낸 사실을 알자 황망히 들어가서 묻는다.

"승상은 어찌하여 유비에게 군사를 주어 보냈습니까?"

조조는 대답한다.

"원술이 원소에게로 가는 것을 막기 위해서요."

정욱이 다잡아 묻는다.

"지난날 유현덕이 예주목豫州牧으로 있을 때, 저희들이 유현덕을 죽여버리자고 권했건만 승상은 듣지 않았습니다. 그런데 이제 군사까지 주어서 보냈으니, 이는 용을 바다로 들여보낸 것이요 범을 산으로 보낸 격입니다. 이후에도 유현덕을 맘대로 잡아 부릴 수 있다고 생각하십니까?"

곽가도 또한 말한다.

"승상은 큰 실수를 저지르셨습니다. 유비를 죽이지는 않는다 할지라도 붙들어는 됐어야 합니다. 옛사람이 말하기를 '단 하루 동안에 적을 놓치면 천대 만세千代萬世에 골치를 앓아야 한다'고 했습니다. 바라건대 승상은 깊이 생각하십시오."

조조도 머리를 끄덕이며, 즉시 허저를 불러들여 분부한다.

"속히 군사 5백 명을 거느리고 뒤쫓아가서 유현덕을 데려오너라."

이에 허저는 군사를 거느리고 나는 듯이 유현덕을 뒤쫓아간다.

한편, 유현덕은 군사를 거느리고 바삐 가는데, 문득 뒤에서 먼지가 뿌옇게 일어나면서 군사들이 달려오는지라. 관운장과 장비에게,

"저건 조조의 군사가 뒤쫓아오는 것이 틀림없다."

하고 즉시 영채를 세운다. 관운장과 장비는 무기를 들고 양쪽으로 나섰다.

이윽고 뒤쫓아온 허저는 완전 전투 태세를 갖춘 군사들을 보자, 말에서 내려 영채 안으로 들어와 유현덕을 뵈었다.

유현덕은 묻는다.

"귀공은 무슨 일로 왔소?"

허저가 고한다.

"승상께서 장군에게 즉시 돌아오시라는 분부입니다. 따로 상의할 일이 있다고 하십디다."

"장수는 원래 바깥에 있을 때면 임금의 명령도 경우에 따라서는 받지 않기로 되어 있소. 나는 떠날 때 황제를 직접 뵈었소. 또 승상의 말씀도 자세히 들었으니, 더 이상 새로 의논할 일도 없소. 귀공은 속히 돌아가서 나의 말을 잘 전하시오."

현덕의 대답에, 허저는 마음속으로,

'우리 승상은 평소에 유현덕과 친한 터이며, 또 이번에 나를 보낼 때 유현덕을 죽이라고 하지 않았으니, 돌아가서 들은 대로 고하고 다시 분부를 듣기로 하자.'

생각하고, 마침내 하직하고 군사를 거느리고 돌아갔다. 허저는 허도로 돌아오자 조조에게 유현덕의 말을 그대로 전했다. 조조는 아무런 결단도 내리지 못하는데, 정욱과 곽가가 고한다.

"유현덕이 군사를 돌려 돌아오지 않으니, 가히 그 마음이 변한 것을 알 수 있습니다."

조조는 곽가와 정욱을 돌아보며,

"나의 장수 주영과 노소가 따라갔으니, 유현덕은 쉽사리 마음을 바꿀 수도 없으려니와 떠나 보내고서 새삼 후회한들 무엇 하리요."

하고 다시 잡아오라고는 하지 않았다. 그것도 그럴 것이 잡아오란다고 잡혀올 유현덕이 아니었다.

후세 사람이 유현덕을 찬탄한 시가 있다.

군사를 거느리고 말을 배불리 먹인 뒤, 총총히 떠나가니
생각은 오로지 옥대에서 나온 천자의 부탁 말씀이더라.
쇠창살을 부수고 사나운 범이 달아나듯
갑자기 황금 쇠사슬을 끊고 교룡이 내뺐도다.
束兵荏馬去最最
心念天言衣帶中
撞破鐵籠逃虎豹
頓開金鎖走蛟龍

마등도 유현덕이 떠난 것을 보자, 또 변방에서 급한 보고도 있고 해서 허도를 떠나 서량주 임소任所로 돌아갔다.

한편, 유현덕이 군사를 거느리고 서주에 당도하니, 서주 자사 차주가 나와 영접하고 잔치를 베풀어 대접한다. 손건과 미축 등이 달려와서 유현덕을 뵌 것은 물론이다. 유현덕은 오랜만에 집에 돌아가 식구들을 만나본 뒤, 첩자를 원술에게로 보내어 동정을 살피도록 했다.

첩자가 돌아와서 보고한다.

"원술은 사치가 지나쳐서 뇌박雷薄과 진난陳蘭은 모두 숭산崇山으로 떠나가버렸으며, 재물도 모두 탕진하여 형편이 말이 아니었습니다. 그래서 원술은 황제 칭호를 양도하겠다는 글을 써서 원소에게로 보냈습니다. 원소는 원술에게 직접 오라고 하였으므로, 이에 원술이 궁금어용지물宮禁御用之物(천자만이 쓸 수 있는 물건)과 사람과 말을 수습하고 먼저 서주로 올 것이라 합니다."

유현덕은 원술이 틀림없이 올 것을 알자 관운장, 장비, 주영, 노소와 함께 군사 5만을 거느리고 원술의 선봉장 기영을 기다렸다가 싸움을 시작했다. 장비는 불문곡직하고 바로 달려나가 기영과 맞부닥친다. 싸운 지 불과 10합에 장비가 갑자기 크게 부르짖으면서 기영을 찔러 말 아래로 떨어뜨려 죽이니, 적군은 크게 패하여 달아난다.

이에 원술은 친히 군사를 거느리고 뒤따라와서 싸움을 거든다. 유현덕은 군사를 세 길로 나누어 주영과 노소에게는 왼편을 맡긴다. 관운장과 장비는 오른쪽을 맡았다. 유현덕은 스스로 한가운데를 맡고, 마침내 원술과 대치하자 말을 달려 문기門旗 아래로 나서서 크게 꾸짖는다.

"대역무도한 역적 원술아, 내가 황제의 조서를 받자와 너를 치러 왔으니, 마땅히 손을 묶고 항복하여 죄를 면하도록 하라."

원술은 크게 노하여,

"옛날에 짚신 삼고 돗자리 짜던 천한 놈아! 네가 어찌 나를 업신여기느냐."

하고 한바탕 욕하더니 군사를 휘몰아 쳐들어온다.

유현덕은 틈을 노려 슬쩍 뒤로 물러선다. 좌우 양쪽 길에 있던 군사들이 내달아 원술의 군사를 에워싸면서 마구 무찌르니, 시체가 들에 가득하다. 피는 흘러 도랑을 이룬다. 달아나는 군사는 그 수효를 헤아릴 수 없을 정도였다.

더구나 원술은 군사와 함께 달아나다가, 숭산에 들어박혀 있던 지난날의 부하 뇌박과 진난에게 돈과 양식, 그리고 마초까지 몽땅 약탈당했다. 원술은 급히 수춘 땅으로 다시 돌아가다가 도중에서 좀도둑놈들의 습격을 받아 더 나아가지 못하고, 강정江亭에서 머무른다. 이때 남은 군사라고는 천여 명에 불과했으며, 대부분 늙고 약한 이들뿐이었다. 날씨는 찌는 듯이 더운데 양식은 겨우 보리 30석밖에 남지 않았다. 악머구리

처럼 외치는 군사들에게 나누어주고 나니, 정작 직속 식구들은 먹을 양
식이 없어서 계속 굶어 죽는 형편이었다.

　그래도 원술은 깡보리밥이 목구멍에 넘어가지를 않아서, 부엌일을
보는 사람에게 명령한다.

　"이거 어디 먹겠느냐! 목이 마르다. 꿀물이나 한 그릇 타다오."

　부엌일을 보는 자가 눈을 흘기며 대답한다.

　"꿀물이 어찌 있겠습니까. 있는 거라곤 핏물뿐이오."

　원술은 바보처럼 침상에 앉았다가 갑자기 크게 외마디소리를 지르
더니 밑바닥으로 굴러 떨어져, 이내 피를 한 말[斗] 남짓 토하고 죽었다.
이때가 건안 4년(199) 6월이었다.

　후세 사람이 원술을 탄식한 시가 있다.

　　한나라 말기에 군사들이 사방에서 일어나 소란했으나
　　그 중에서도 원술이야말로 대표적인 미친놈이었다.
　　대대로 높은 벼슬을 한 집안은 생각하지도 않고
　　혼자서 제왕이라 일컬으며 날뛰었다.
　　난폭한 그는 나라를 전하는 옥새를 가지고 공연히 자랑했으며
　　교만 사치한 그는 하늘의 운수가 제게로 돌아왔다며 망령을
　　부렸도다.
　　결국은 갈증이 났으나, 꿀물도 없어서 목을 축이지 못한 채
　　침상 아래로 쓰러져 피를 토하고 외로이 죽었다.
　　漢末刀兵起四方
　　無端袁術太猖狂
　　不思累世爲公相
　　便欲孤身作帝王

強暴枉誇傳國璽

驕奢妄說應天祥

渴思蜜水無由得

獨臥空牀嘔血亡

원술의 죽음은 그것만으로 끝나지 않았다.

원술의 조카 원윤袁胤은 원술의 영구와 유족인 처자들을 거느리고 여강군廬江郡으로 급히 가다가, 서구徐璆에게 붙들려 한꺼번에 몰살당했다. 서구는 옥새를 찾아내자 그길로 허도로 가서 조조에게 바쳤다. 조조는 크게 반색하고 건달 서구를 고릉高陵 태수로 봉했다. 이때부터 옥새는 조조의 것이 되고 말았다.

한편, 유현덕은 원술이 죽은 것을 알자, 표문을 써서 천자께 보내고 아울러 조조에게도 따로 서신을 보내는 한편, 주영과 노소를 허도로 돌려보내고 그들의 군사만은 자기 휘하에 두어 서주를 지켰다.

유현덕은 서주성을 나가서 친히 먼 시골까지 돌아다니며 흩어진 백성들에게 서주로 돌아와서 지난날의 가업을 복구하도록 권했다.

한편, 주영과 노소는 허도로 돌아가서 조조를 뵙고 고한다.

"유현덕이 군사를 돌려주지 않아서 저희들 두 사람만 왔습니다."

조조는 이 말에 노기가 탱천하여 주영과 노소를 칼로 쳐죽이려 한다.

곁에서 순욱이 간한다.

"큰 권력을 이미 유비에게 줘버렸으니, 두 사람의 지위로는 어쩔 수가 없었을 것입니다."

조조는 탄식하고 두 사람을 용서했다. 순욱은 계속 말한다.

"이젠 별수없습니다. 서주에 있는 차주에게 유비를 암살하라는 밀서를 보내십시오."

조조는 머리를 끄덕이더니 마침내 밀사를 급히 서주로 보냈다. 밀사는 자기 본색을 감추고 서주로 가서, 차주에게 조조의 밀서를 몰래 전했다. 차주는 곧 진등을 청해다가 이 일을 상의한다.

진등이 말한다.

"이런 건 극히 쉬운 일이오. 지금 유비가 시골로 돌아다니며 백성들을 안무하니, 머지않아 돌아올 것이오. 그 동안에 장군은 옹성雍城(성문을 지키기 위해 성밖에 쌓아 올린 작은 성) 변두리에 군사를 매복시키고 기다리시오. 유비가 말을 타고 돌아오거든, 나가서 영접하는 체하면서 한칼에 베어 죽이면, 나는 성 위에서 군사를 거느리고 유비 뒤를 따라오는 군사를 활로 쏘아 물리치겠소. 그러면 만사는 깨끗이 끝나오."

차주는 계속 머리를 끄덕였다. 그날 진등은 집으로 돌아와서, 부친 진규에게 차주와 수작한 일을 자세히 고했다.

진규는 아들에게 분부한다.

"그렇다면 너는 먼저 유현덕에게 이 사실을 알려라."

진등은 부친의 분부를 받자 곧 말을 달려 유현덕을 만나려고 시골로 가다가, 도중에서 관운장과 장비를 만났다. 진등은 그들에게 자세한 내막을 알려주고 나는 듯이 돌아왔다.

원래 관운장과 장비는 먼저 돌아오는 길이었으며, 유현덕은 아직 뒤에 처져 있었던 것이다.

장비가 분노한다.

"형님, 당장 가서 그놈들을 싹 죽여 없앱시다."

관운장이 말린다.

"그들이 지금 옹성에 매복하고 우리를 기다린다는데, 가면 되겠느냐. 내게 계책이 있으니 차주를 죽이기는 어렵지 않을 것이다. 오늘 밤에 우리가 조조의 군사로 가장하고 서주로 돌아가서, 차주를 꾀어내어 무찔러버리기로 하자."

장비는 그제야 머리를 끄덕인다. 군사들에게는 쓰다가 둔 조조의 기호旗號도 있으려니와, 군복도 같았던 것이다.

그날 밤 3경에 관운장과 장비는 서주성 바깥에 이르러 큰소리로 성문을 열라 외친다.

"그대들은 누구냐?"

성 위에서 묻는 말에 군사들은 일제히 대답한다.

"우리는 조승상께서 보낸 장문원張文遠 장군의 휘하 군사들이니, 속히 차주 영감께 알려라."

이 말을 듣자 차주는 즉시 진등을 청해다가,

"나가서 영접하지 않으면 의심을 살 것이오. 그렇다고 불쑥 나갔다가 속임수에 빠지면 낭패를 볼까 싶소."

하고 성 위로 올라가서 밑을 굽어보며 대답한다.

"깜깜해서 분별할 수가 없으니, 내일 날이 밝거든 서로 만나보자."

성 밑에서 군사들의 대답 소리가 들려온다.

"유현덕이 알면 안 되니, 속히 성문을 열어주시오."

차주는 어찌해야 좋을지 결단을 내리지 못하는데, 성 바깥에서,

"성문을 열라!"

는 아우성 소리가 계속 들려온다.

차주는 결국 갑옷 차림으로 말을 타고 군사 천 명을 거느리고 성 바깥으로 나가서, 조교를 건너가 큰소리로 묻는다.

"장문원은 어디 계시오?"

불길 속에서 관운장이 칼을 들고 말을 달려와 차주를 맞이하며 외친다.

"보잘것없는 놈아, 네 어찌 속임수로 우리 형님을 죽이려 하느냐?"

차주가 크게 놀라 맞싸운 지 수합에 관운장의 칼을 더 이상 막아낼

차주의 목을 베는 관우

수가 없어, 말을 돌려 조교로 거의 돌아갔을 때였다.

성 위에서 화살이 어지러이 날아온다. 놀란 차주가 성 위를 쳐다보더
니 한층 더 놀란다. 성 위에서 진등이 활을 쏘는 것이었다. 다급해진 차
주는 성을 끼고 달아나는데, 관운장이 뒤쫓아가서 한칼에 참한 뒤에 그
머리를 베어 들고 성 위를 바라보며 외친다.

"내 이미 배반자 차주를 죽였노라. 나머지 사람들은 아무 죄가 없으
니, 어서 항복하고 죽음을 면하도록 하라."

이에 성안의 모든 군사는 창을 놓고 항복하니 백성들도 편안 무사했다.

관운장은 차주의 머리를 들고 가서, 돌아오는 유현덕을 도중에서 영
접하고 자초지종을 고했다. 유현덕은 크게 놀란다.

"만일 조조가 우리를 치러 오면 어쩌려고 죽였느냐?"

관운장이 대답한다.

"저는 장비와 함께 조조의 군사를 맞이해 싸우겠습니다."

유현덕은 고민하고 염려하면서 서주성으로 돌아왔는데, 백성들은 남녀노소 할 것 없이 길가에 나와 꿇어 엎드려 영접한다.

유현덕은 부중에 이르도록 장비가 보이지 않자 찾아오도록 분부했다. 좀 지나자 장비는 차주의 집안 식구를 모조리 다 죽이고 왔다면서 자랑했다.

유현덕은 몹시 근심한다.

"조조의 심복 부하 차주를 죽였으니, 어찌 뒤가 무사하리요."

진등이 유현덕에게 말한다.

"제게 한 가지 계책이 있으니, 조조가 제 아무리 쳐들어온대도 격퇴할 수 있습니다."

　　외로운 몸이 겨우 호랑이 굴에서 벗어났는데
　　도리어, 피비린 싸움을 면할 묘한 계책이 생겼다.
　　既把孤身離虎穴
　　還將妙計息狼煙

진등의 계책이란 무엇일까.

제22회

원소와 조조는 각기 기병과 보병 등 삼군을 일으키고
관운장과 장비는 왕충과 유대 두 장수를 사로잡다

진등이 유현덕에게 계책을 말한다.

"조조가 두려워하는 사람은 원소입니다. 지금 원소는 범처럼 기주, 청주, 유주幽州, 병주并州 등 모든 군郡을 거느리고 있으니, 그 군사가 백만 명이요 모사와 장수들이 이루 헤아릴 수 없이 많습니다. 왜 원소에게 서신을 보내어 구원을 청하지 않습니까?"

유현덕은 대답한다.

"나는 원래 원소와 친분이 없을 뿐더러 이번에 그 동생 원술을 죽음으로 몰아넣었으니 원소가 어찌 나를 도울 리 있으리요."

"이곳에 원소와 3대를 내려오며 서로 세의世誼를 맺고 있는 분이 계십니다. 그분에게 서신을 부탁해서 보내면 원소는 반드시 우리를 원조해줄 것입니다."

"그분이란 누구요?"

"귀공도 평소에 예의를 다하여 공경하시는 분인데, 어째서 잊으셨습니까?"

유현덕은 그제야 크게 깨닫는다.

"정강성鄭康成 선생이 아니신가요?"

진등이 웃으며 대답한다.

"그렇습니다."

원래 정강성 선생의 이름은 현玄이요 자가 강성康成이다. 정현鄭玄은 본시 학문을 좋아하고 재주가 많은 사람으로 일찍이 당대 학자 마융馬融의 문하에서 학업을 닦았다.

그런데 마융은 학문을 강講할 때마다 붉은 방장房帳을 치고, 앞에는 학인(학생)들을 늘어앉혔다. 뒤에는 노래 잘하는 기생들을 두고, 자기 좌우로는 시녀들을 둘러앉혔다.

정현은 마융 문하에서 3년 동안 공부하면서 그 여자들을 한 번도 거들떠본 일이 없었다. 그래서 마융은 많은 제자들 중에서도 특히 정현을 기이한 사람으로 알았다. 정현이 학업을 이루어 문하를 하직할 때, 마융은

"내 학문의 깊은 진리를 터득한 자는 오직 정현 한 사람뿐이다."

하고 찬사를 아끼지 않았다.

그 뒤 정현이 일가를 이루자, 그 집안은 노비들까지도 다『시경詩經』을 외울 줄 알았다.

어느 날 한 시비侍婢가 정현의 분부를 어긴 일이 있었다. 그래서 정현은 오래도록 뜰 밑에 그 시비를 꿇어앉혀두었다. 다른 노비가 벌받는 시비를 놀린다.

"어쩌다가 진흙에 빠졌는가?" '호위호니중胡爲乎泥中'은『시경』식미장式微章에 있는 시구이다.

그랬더니 벌받던 시비가 즉시,

"진정을 말씀 드렸다가, 도리어 꾸중만 들었소이다." '박언왕소薄言往愬봉피지노逢彼之怒'는『시경』백주장柏舟章에 나오는 시구이다.

하고 받아넘겼다. 정현의 집안은 여자 종들도 이처럼 유식하고 풍류가
있었다.

환제桓帝(147~167) 때, 정현은 벼슬이 상서尚書에까지 올랐으나, 그
뒤 십상시十常侍의 난이 일어나자 벼슬을 버리고 표연히 서주 땅 시골로
돌아와서 살았던 것이다.

유현덕은 일찍이 탁군涿郡에 있을 때 정현을 스승으로 모신 적이 있
었다. 그 뒤 서주 목사로 있을 때도 때때로 정현의 초당草堂에 가서 가르
침을 청하고 극진한 예의로써 공경했다. 정현을 비로소 생각해낸 유현
덕은 크게 기뻐하며, 진등과 함께 그 집으로 찾아가 뵙고 원소에게 보낼
서신을 간곡하게 청했다.

정현은 조용히 응낙하더니 서신 한 통을 써서 유현덕에게 주었다. 유
현덕은 손건에게 서신을 주며 밤낮없이 달려가 원소에게 바치게 했다.

원소는 서신을 읽고 나서,

'유현덕이 내 동생 원술을 망쳤으니, 내 어찌 그를 도울까마는, 정상
서鄭尚書가 부탁한 사연을 존중하자면 가서 돕지 않을 수 없다.'

생각하고, 드디어 모든 모사와 장수들을 부른 다음에, 앞으로 군사를
일으켜 조조를 칠 일을 상의한다.

모사 전풍田豊이 말한다.

"해마다 군사를 일으키면 백성이 견뎌내기 어렵거니와, 창고에 쌓이
는 곡식이 없으면 다시는 군사를 크게 일으키지 못합니다. 그러니 먼저
천자께 사람을 보내어, 우리가 공손찬을 쳐서 이긴 첩보捷報부터 아뢰
십시오. 그리고 조조가 천자와 우리 사이를 방해하면서 신하들의 충성
하는 길을 막는다고 상소하십시오. 그런 후에 군사를 여양黎陽 땅에 주
둔시키고, 배들을 하내河內로 모아 모든 무기를 손질하고 날쌘 군사를
변방으로 파견하면, 3년 안에 천하대세를 정할 수 있습니다."

모사 심배審配는 반대한다.

"그렇지 않소이다. 우리 주공의 신무神武한 힘으로 이미 하북河北의 강성한 공손찬을 쳐부쉈으니, 이제 군사를 일으켜 조조를 무찌르는 일은 손바닥을 뒤집는 것보다도 쉬운 일이오. 그러하거늘 쓸데없이 많은 세월을 허비할 필요는 없소."

모사 저수沮受는 심배의 말에 반대한다.

"싸움이란 힘으로만 이기는 것은 아니오. 조조는 법령을 세상에 낱낱이 펴고 있으며 잘 훈련된 군사들을 거느리고 있으니, 공손찬처럼 앉아서 죽음을 기다리는 그런 얼른 자는 아니오. 이제 좋은 의견이 나왔는데도 명목 없이 군사를 일으킨다면, 나는 주공을 위해서 찬성할 수 없소."

모사 곽도郭圖가 반대한다.

"그건 모르는 말씀이오. 조조를 치는 것을 어째서 명목 없는 일이라 하시오. 우리 주공은 시국에 맞추어 정정당당히 천하를 잡고, 속히 만년 기초를 확립하셔야 하오. 여러 말 할 것 없이 정상서의 서신대로 유비와 함께 대의명분을 내걸고 역시 조조를 아주 없애버려야 합니다. 그러는 것만이 위로는 하늘의 뜻에 순종하며 아래로는 만백성의 바라는 바에 응하는 것이오."

네 사람의 주장이 서로 엇갈려 결론이 나지 않으니 원소도 주저하고 결정을 짓지 못한다.

이때 허유許攸와 순감荀諶이 들어왔다. 원소는 그들의 인사를 받고 나서 묻는다.

"두 분의 평소 식견이 대단하니, 좀 물어보아야겠소. 정현 선생의 서신이 왔는데, 내용에 우리더러 군사를 일으켜 유비를 돕고 조조를 치라하였으니, 군사를 일으키는 것이 옳겠소, 그만두는 것이 옳겠소?"

두 사람은 일제히 대답한다.

"주공께서 많은 무리로써 적은 무리를 무찌르고 강한 힘으로써 약한 것들을 무찌르사 한나라 역적을 쳐서 한나라 황실을 부축하시려면, 군사를 일으키는 것이 마땅합니다."

원소는 거듭 머리를 끄덕인다.

"두 분 뜻이 바로 내 마음에 합당하오."

이리하여 군사를 일으키기로 결정했다.

원소는 손건에게

"우리는 군사를 일으킬 테니 먼저 돌아가서 정현 선생에게 이 뜻을 전하시오. 유현덕에게는 우리가 가거든 호응하라 하오."

하고 돌려보냈다. 그리고 원소는 심배와 봉기逢紀에게 군사를 통솔하게 하고, 전풍·순감·허유를 모사로 삼고, 안양顔良과 문추文醜를 장수로 삼아 기병 15만과 보병 15만, 도합 30만 대군을 일으켜 여양 땅을 향하여 나아가기로 했다.

모든 준비가 끝났을 때 곽도가 고한다.

"주공께서 이제 조조를 크게 치시려면, 먼저 조조의 모든 죄악을 적은 격문을 천하 모든 고을로 띄우고 성토한 연후에 쳐야만, 대의명분이 뚜렷이 섭니다."

원소는 머리를 끄덕이고 마침내 서기書記 진임陳琳에게 분부한다.

"격문을 기초하시오."

진임의 자는 공장孔璋이니, 그는 원래 문장가로서 이름이 높았으며, 환제 때 주부主簿 벼슬에 있으면서 하진何進을 간했으나 듣지를 않아서 무위로 끝났고(제2회 참조), 그 뒤에 동탁의 난을 당하여 기주로 피신해오자, 원소가 기실記室(서기)로 삼았던 것이다.

이날 진임은 원소의 분부대로 즉석에서 격문을 지으니, 이 격문은 「위 원소격예주爲袁紹檄豫州」라는 제목으로 중국의 명문집인 『문선文選』 권 44에 수

록되어 있다.

　대저 듣건대 총명한 임금은 위험한 결단을 내리어 변란을 제압하며, 충신은 어려운 시국을 미리 염려하기 때문에 권력을 세운다고 하였다. 그러므로 비상한 사람이 있어야 비상한 일을 하며, 비상한 일이 있은 후라야 비상한 공을 세우게 되니, 무릇 비상한 일은 진실로 비상한 사람에 의해서 착안되는 것이다.

　蓋聞明主 圖危以制變 忠臣 慮難以立權 是以 有非常之人 然後 有非常之事 有非常之事 然後 立非常之功 夫非常者 固非常之人所擬也.

　옛날에 진秦나라는 컸지만 2세 황제가 나약해서, 간신 조고趙高가 조정의 권력을 잡고, 살리며 죽이는 일을 제 마음대로 했기 때문에 사람들은 겁에 질려서 감히 바른말을 못하다가, 마침내 2세 황제는 망이궁望夷宮에서 조고에게 죽음을 당했다. 따라서 진나라 조종祖宗은 무참히 망하고 궁궐은 불타버리니, 그 기막힌 치욕이 오늘에까지 전해져 길이 세상의 교훈이 되었다. 그 뒤에 여후呂后(한 고조의 아내) 말년에 이르러 여산呂産과 여녹呂祿이 나라의 권력을 잡고, 안으로는 남북南北 이군二軍의 대장을 겸하는 동시에 밖으로는 양梁과 조趙 두 나라를 통솔하면서 천자를 젖혀놓고 모든 일을 제 마음대로 처리 결정하되 궁중을 무시하여 상하의 질서를 뒤집어버렸으니, 천하가 다 한심해하였다. 이에 강후絳侯 주발周勃과 주허후朱虛侯 유장劉章이 분노하여 군사를 일으켜서 역적들을 쳐죽이고, 태종太宗(한 효문황제孝文皇帝)을 받들어 모실새, 비로소 왕도는 흥하여 찬란한 광명이 다시 나타났으니, 그러므로 알지라. 이는 권세를 세워야 할 책임이 대신에게 있다는 것을 단적으로 증명함이라.

　鹹者强秦弱主 趙高執柄 專制朝權 威禍由己 時人迫脅 莫敢正言 終有望

夷之敗 祖宗焚滅 汚辱至今 永爲世鑒 及臻呂后季年 産‧祿專政 內兼二軍 外統梁‧趙 擅斷萬機 決事省禁 下凌上替 海內寒心 於是 絳侯‧朱虛 興兵奮 怒 誅夷逆暴 尊立太宗 故能王道興隆 光明顯融 此則大臣立權之明表也.

사공司空 조조曹操의 할아비 중상시中常侍 조등曹騰은 고자로서 좌관左跳, 서황徐璜 등과 짜고 갖은 요사스런 짓을 다하되, 악랄한 수법으로 부정 축재를 일삼고 풍속을 타락시켜 백성들을 못살게 굴었다. 조조의 아비 조숭曹嵩으로 말하면, 그는 고자 조등의 양자로 들어와 뒷구멍으로 뇌물을 써서 벼슬을 얻자, 황금과 보옥寶玉을 세도하는 집안으로 보내어 삼정승三政丞의 자리를 도둑질하고, 마침내 천하에 파탄을 일으킨 자였다. 그럼 그 아들 조조는 어떤 자인가. 조조는 흉악한 고자 조등의 손자로서, 본시 아름다운 덕이 없는데다가 교활하기 짝이 없는 잡것으로서 난을 일으키기를 좋아하며, 세상의 불행을 기뻐하는 자이라.

司空曹操 祖父中常侍騰 與左跳‧徐璜 幷作妖突 刷璜放橫 傷化虐民 父嵩 乞匃携養 因臟假位 輿金輦璧 輸貨權門 竊盜鼎司 傾覆重器 操 贅芲遺醜 本無懿德 靈狡鋒俠 好亂樂禍.

내가 용맹한 군사를 거느리고 몹쓸 고자들을 쳐부수던 중, 잇달아 동탁이 국법을 어기고 국가를 혼란으로 몰아넣는 시국을 당하였다. 이에 나는 칼을 들고 북을 울려 동하東夏(발해渤海)에서 군사를 일으켜 천하의 영웅들을 막하로 모을새, 어리석은 자를 버리고 유능한 인물을 등용한지라. 그래서 마침내 조조와 함께 일을 도모하기로 하고 군사까지 내준 것은 소위 매와 개도 주둥이로 물어뜯으며 발톱으로 할퀴는 재주가 있다는 것을 믿은 때문이었다. 그러나 조조는 어리석고 경솔하고 소견이 없어서, 가벼이 진격하고 쉽사리 후퇴하다가 패하여 노상 군사만 잃었다. 그러나 나는 곧 씩씩한 군사를 보내어 보충해주었고, 천자께 아뢰어 동군 태수를 시키고 연주 자사로 승격시키는 등 권력을 주어 위엄을 떨치게 하면서, 그저 적과 싸워 승리했다는 소식이나 알려올까 바랐더니, 뉘 알았으리요! 조조는 일단 권세를 잡자 멋대로 놀아나 사방에 손을 뻗어 갖은 간특한 짓을 다하여 백성들을 학대하고, 어진 사람에게 잔인했으며 착한 사람에게 해를 끼쳤다.

幕府 董統鷹揚 掃除凶逆 續遇董卓 侵官暴國 於是 提劍揮鼓 發命東夏 收羅英雄 棄瑕取用 故遂與操 同諮合謀 授以裨師 謂其鷹犬之才 爪牙可任 至乃愚圓短略 輕進易退 傷夷折衄 數喪師徒 幕府 輒復分兵命銳 修完補輯 表行東郡 領徐州刺史 被以虎文 獎成威柄 冀獲秦師一剋之報 而操 遂乘資跋扈 恣行凶胡 割剝元元 殘賢害善.

그러므로 천하에 영특하며 재주 있기로 유명한 구강九江 태수 변양邊讓은 바른말만 하고 아첨하지 않다가 조조의 눈에 벗어나, 마침내 목이 잘리어 길거리에 내걸리고, 처자 할 것 없이 그 일가족이 몰살을 당했으니, 그때부터 천하의 선비들은 통분하고 백성들의 원망하는 소리가 들끓다가 한 사람이 참다못해 팔을 걷어붙이자 천하가 일제히 성토하였음이라. 그러므로, 조조는 서주에서 도겸과 싸워 패하고, 여포에게 복양 땅을 빼앗기고, 동쪽으로 방황하면서 의지할 곳이 없었다. 나는 나라의 근본인 임금을 강하게 하고 곁가지[枝]인 제후들의 힘을 누르고자, 역적 여포의 무리에 들지 않았고 다시 정기를 들어 군사를 무장하여 나아가 적을 쳤으니, 징소리와 북소리가 진동하는 곳마다 적은 무너져 달아났음이라. 그래서 조조는 죽음을 면하고 옛 지위를 되찾았으니, 나는 실로 연주 땅 백성에게는 하등의 은덕을 베풀지 못한 대신, 조조만 크게 도와준 결과가 되고 말았다.

故九江太守邊讓 英才俊偉 天下知名 直言正色 論不阿諂 身首 被梟懸之
誅 妻北 受灰滅之咎 自是士林憤痛 民怨彌重 一夫奮臂 擧州同聲 故躬破於
徐方 地奮於呂布 彷徨東邊 蹈據無所 幕府 惟强幹弱枝之義 且不登叛人之黨
故復援旌饊甲 席捲赴征 金鼓響振 布衆奔沮 拯其死亡之患 復其方伯之位則
幕府 無德於徠土之民 而有大造於操也.

천자께서 환도하신 뒤에 동탁 등 뭇 흉악한 것들이 쳐들어갔을
때 나는 나의 영지인 기주에 있었는데, 마침 북쪽 공손찬이 공격해
왔기 때문에 떠날 수가 없어서, 그 대신 종사중랑從事中郎 서훈徐勛
을 시켜 조조를 파견할새, '가서 종묘 사직을 수리하되 어린 황제
(헌제)를 극력 보좌하라'고 일러 보냈다. 그런데 조조는 가서 갖은
횡포를 다 부려 천자를 우격다짐으로 옮기고 관청을 손아귀에 넣
고, 황실을 모독하고 국법과 기강을 뒤엎고 높이 앉아 삼대三臺(상
서尚書·어사御史·알자謁者)를 거느리고 조정 정사를 마음대로 결
정했다. 제멋대로 벼슬과 상을 주며 입 하나로 사람을 마구 죽이는
데, 제 마음에 드는 자는 오종五宗(조부로부터 손자)까지 부귀를
주고 미운 자는 삼족을 멸하였다. 뒤에 모여서 반대하는 자는 잡아
내어 뭇 사람 앞에서 죽이고, 안으로 비난하는 자는 귀신도 모르게
없애버렸다. 그래서 문무 백관은 입을 닫고 눈짓으로 뜻을 소통하
고 상서는 조회에 나온 자를 기록할 뿐이요, 공경 대부는 벼슬 수
효를 충당하는 데에 불과했다.

後會鸞駕反桓 群賊寇攻 時冀州 方有北鄙之警 匪遑難局 故使從事中郎徐
勛 就發遣曹操 使繕修郊廟 翊衛幼主 操放志專行脅遷 當御省禁 卑侮王室 敗
法亂紀 坐領三臺 專制朝廷 爵賞由心 刑戮在口 所愛 光五宗 所惡 滅三族 群
談者 受顯誅 腹議者 蒙隱戮 百寮鉗口 道路以目 尚書記朝會 公鄉員品而已.

그러므로 태위 양표는 일찍이 사공司空과 사도司徒의 직품을 지

내고 그 뒤에 나라에서 가장 높은 지위를 받은 분이었는데도, 조조의 눈에 벗어났기 때문에 억울한 죄명을 입고 갖은 고문을 당하다가 오형五刑을 당했다. 조조는 이처럼 제 마음대로 하며 나라의 법과 기강을 돌보지 않았다. 또 의랑議郎 조언趙彦으로 말할 것 같으면 평소에 바른말로 직간하여 옳은길을 제시하기 때문에, 천자께서도 귀를 기울이사 때로는 뉘우치시고 때로는 공경하셨는데, 조조는 정권을 휘두르자마자 정당한 언론을 막기 위해서 조언을 잡아죽였을 뿐만 아니라, 천자께 아뢰지도 않았다. 또 양梁 효왕孝王(이름은 유무劉武, 한 문제의 형님이요 경제景帝의 아우이다)은 선제先帝(경제)와 동복 형제同腹兄弟간이시라. 그분의 능陵은 존귀한 황족의 분묘인 만큼 그 주위의 나무까지도 엄숙히 보호해야 하건만, 조조는 군사와 관리를 거느리고 가서 무덤을 파헤쳐 널을 부수고 시체를 발가숭이로 드러내고 황금과 보옥을 약탈했기 때문에, 천자께서 우시니 선비와 백성이 다 슬퍼하였다.

故太尉楊彪 典歷二司 亨國極位 操 因綠膿繩 被以非罪 榜楚參幷 五毒備至 觸情任胡 不顧憲綱 又議郎趙彦 忠諫直言 義有可納 是以聖朝 合聽 改容加錫 操欲迷奪時權 杜絶言論 擅收立殺 不俟報聞 又梁孝王 先帝母昆 墳陵尊顯 桑梓松栢 猶宜肅恭 而操師將校吏士 親臨發掘 破棺裸屍 掠取金寶 至今聖朝流涕 士民傷懷.

조조는 또 발구중랑장發丘中郎將이니 모금교위摸金校尉니 하는 따위를 두어 닥치는 대로 해골을 드러내며 보물을 노략질하니, 몸은 삼공의 지위에 있으면서 행실은 도둑질을 일삼고 나라를 더럽히고 백성을 해치고 사람과 귀신에게까지 악독한 짓을 행하였다. 법은 없는 것 없이 다 있고 형벌은 너무나 가혹하여 곳곳마다 그물을 치듯 벌여놓고 길마다 함정을 팠기로, 손만 움직여도 법망에 걸려

들고 발만 움직여도 함정에 빠지게 되었다. 그래서, 조조의 영지領地인 연주와 예주의 백성들은 기쁨을 모르고 도읍에는 한숨과 원망의 소리가 드높았다. 과거 역사 책을 두루 보면 무도한 신하가 많았지만, 욕심 많고 잔인하고 가혹하기로는 일찍이 조조 같은 자가 없었음이라.

操又持置發丘中郎將·摸金校尉 所過凍突 無骸不露 身處三公之位 而行盜賊之態 汗國害民 毒施人鬼 加其細政慘苛 科防互設 會交充蹊 坑辱塞路 舉手掛網羅 動足觸機陷 是以徠·豫 有無聊之民 帝都 有培噆之怨 歷觀載籍 無道之臣 貪殘酷烈 於操爲甚.

　나는 바야흐로 간특한 외적外賊을 치기에 바빠서 미처 정리하거나 교훈할 여가가 없었을 뿐만 아니라, 너그러운 마음으로 용서하고 개과천선하기를 바랐더니, 조조는 표범과 늑대 같은 야심을 품고 속으로는 역적질할 음모를 꾸미고, 이에 나라의 동량지신棟梁之臣을 휘어잡아 황실을 무능케 하고 충신을 몰아내거나 또는 죽여 악독한 영웅이 되었다. 지난번 내가 북을 울려 북쪽 공손찬을 쳤을 때, 악착스런 적은 포위당한 후에도 1년 동안이나 항거하였다. 조조는 내가 적을 격파하지 못하는 것을 보자 몰래 공손찬에게로 서신을 보내어 내통하고, 겉으로는 관군을 돕는 체하면서 속으로는 나를 치려 했으나, 사자가 잡히는 바람에 이 흉계가 발각되었으며, 공손찬도 또한 죽는 바람에 조조는 군사를 움츠리고 계획한 바를 이루지 못했던 것이다.

　幕府方詰外姦 未及整訓 加緒含容 冀可彌縫 而操豹狼野心 潛包禍謀 乃欲逐撓棟梁 孤弱漢室 除滅忠正 專爲梟雄 往者伐鼓北征公孫瓚 强寇桀逆 拒圍一年 操因其未破 因其書命 外助王師 內相掩襲 會其行人 發露 瓚亦梟夷 故使鋒? 挫縮 厥圖不果.

그런데 이제 조조는 오창敖倉 땅에 군사들을 주둔하고 강 저편에서 전투 준비를 서두르며, 당랑거철螳螂拒轍 격으로 나의 대군과 대결하려 한다. 나는 한나라 황실의 명령을 받들어 천지를 바로잡으려 하노니, 장창長槍이 백만이요 씩씩한 기병이 천만이라. 중황中黃, 육育, 획獲(이상은 고대의 용사이다)과 같은 용사가 좋은 무기와 강한 활을 가진 형세를 거느리고 힘을 분발하니, 병주幷州의 고간高幹(원소의 외생질)은 태항산太行山을 넘고, 청주靑州의 원담袁譚(원소의 큰아들)은 제수濟水와 탑수漯水를 건너고, 대군은 황하에 배를 띄워 나아가는 동시에 형주荊州의 유표劉表는 완현宛縣과 섭현葉縣 두 고을로 내려가 적군의 뒤를 쳐서 우레처럼 진동하고 범처럼 진군하여 적의 소굴을 무찌르면, 마치 타오르는 불로써 바람에 나는 쑥대를 사르고 푸른 바다를 뒤엎어 숯불을 끄는 것과 같으리니, 그 누구라 멸망하지 않을 자가 있으리요.

今乃屯據敖倉 阻河爲固 欲以螳螂之斧 御隆車之隧 幕府 奉漢威靈 折衝宇宙 長戟百萬 驍騎千群 奮中黃 · 育 · 獲之士 聘良弓勁弩之勢 幷州越太行 靑州涉濟 · 響 大軍汎黃河而角其前 荊州下宛 · 葉而杭其後 雷震虎步 幷集虜廷 若擧炎火而炳飛蓬 覆滄海以沃爐炭 有何不滅者哉.

더구나 조조의 군사로서 가히 싸울 만한 자는 다 나의 영지인 유주幽州와 기주冀州 땅 출신이니, 일찍이 내 밑에 있었던 사람들은 모두 일가 친척을 그리워하고 돌아오고 싶어서 눈물을 흘리며 북쪽 하늘을 바라볼 것이다. 그 나머지 군사는 연주, 예주 땅 출신 또는 여포와 장양이 남긴 무리이니, 주인을 잃고 위협에 못 이겨 하는 수 없이 조조를 따르나 다 몸에 상처를 입고 조조를 원수로 아는지라. 우리가 깃발을 높이 들고 나아가 높은 언덕에 올라서 북을 치고 흰 기를 올리고 항복을 권하는 날이면, 조조의 군사는 저절로 무너지리니, 우리는 칼에 피를 묻히지 않아도 이길 수 있다.

又操軍吏士 其可戰者 皆出自幽冀 或故營部曲 咸怨曠思歸 流涕北顧 其
餘徐·豫之民及呂布·張楊之餘衆覆亡迫脅 權時苟從 各被創夷 人爲讐敵
若回桓反苑 登高岡而擊鼓吹 揚素揮而啓降路 必土崩瓦解 不俟血刃.

이제 한나라 황실은 쇠약하여 기강이 흐리고 조정에는 보필하
는 신하가 하나도 없으니, 역적과 맞설 만한 기상이 없는지라. 도읍
안의 충의로운 신하들도 다 머리를 숙이고 날개를 접고 어찌할 바
를 모르며, 충성심 있는 신하라 할지라도 흉악한 신하에게 짓눌렸
으니, 어찌 그 일편단심을 펼 수 있으리요.

方今漢室凌遲 綱維弛絶 聖朝 無一介之輔 股肱 無折衝之勢 方畿之內 簡
練之臣 皆垂頭享翼 莫所憑恃 雖有忠義之佐 脅於暴虐之臣 焉能展其節.

또 조조는 휘하의 날쌘 군사 7백 명으로 궁궐을 포위하고 겉으
로는 천자를 호위한다지만, 실은 천자를 꼼짝못하도록 감시한 것
이니 아아 두렵도다. 조조의 역적질할 싹수가 이때부터 싹텄던 것
이다. 이야말로 충신이 간과 뇌를 땅에 뿌리어 몸을 바칠 때요, 의
열義烈한 선비가 공훈을 세우러 모일 때이다. 가히 모든 힘을 기울
이지 않을 수 있겠는가.

又操持部曲精兵七百 圍守宮闕 外託宿衛 內實拘執 懼其簒逆之萌 因斯而
作 此乃忠臣肝腦塗之秋 烈士立功之會 可不勗哉.

조조가 또 '천자의 칙명으로 정해진 제도'라 거짓말하고 사람을
각 지방으로 보내어 군사를 소집할새, 나는 먼 변방의 주州와 군郡이
그 속임수를 참인 줄로 믿고 군사를 내줄까 두렵나니, 왜냐하면 이
는 억조 창생에 거역하고 역적 패에 가담함이라. 이름을 더럽히고
천하의 웃음거리가 되는 일은 명석한 선비의 취할 바가 아니로다.

操又矯命稱制 遣使發兵 恐邊遠州郡 過聽給興 違衆旅叛 擧以喪名 爲天

下笑 則名哲不取也.

　오늘로 유주·병주·청주·기주 네 지방의 군사가 일제히 나아가리니, 이 글이 형주에 당도하거든 군사를 일으켜 완성 땅에 있는 건충장군建忠將軍 장수張繡와 힘을 합쳐 성세를 드날릴지며, 모든 주와 군이 각기 의병을 일으켜 경계로 나아가 크게 뭉쳐 위세를 드날리고, 아울러 종묘 사직을 바로잡는다면, 앞서 말한바 비상한 공이 이제부터 나타나리라.

　卽日幽·幷·靑·冀·四州 疊進 書到荊州 便勒見兵 與建忠將軍 協同聲勢 州·郡各整義兵 羅落境界 擧師揚威 疊匡社稷 則非常之功 於是乎著.

　조조의 목을 가지고 오는 자에게는 5천호후五千戶侯를 봉하고 5천만 금을 상으로 줄 것이다. 연대나 부대나 장수나 졸개나 관리나, 항복해오는 자에 대하여서는 그 지난날의 죄를 묻지 않을 것이다. 이 은덕과 믿음을 널리 천하에 선포함으로써 천자께서 위기에 처하심을 억조 창생에게 알리고 명령이 내리는 즉시로 시행하라.

　其得操首者 封五千戶侯 賞錢五千萬 部曲·偏裨·將校諸吏降者 勿有所問 廣宣恩信 班揚符賞 布告天下 感使知聖朝 有拘攣之難 如律令.

　원소는 격문을 읽자 크게 기뻐하며 분부한다.

　"이 격문을 모든 주와 군으로 보내어 각처의 관소와 나루와 요긴한 곳마다 내걸게 하라."

　격문이 허도에 이르렀을 때였다. 조조는 머리의 풍증으로 침상에 누워 앓고 있는데, 부하들이 들어와서 격문을 바친다. 조조는 격문을 읽고 어찌나 놀랐던지 모골이 송연하고 온몸에서 식은땀이 흐르는 바람에 풍증이 나아서, 벌떡 일어나 앉아 조홍을 돌아보며 묻는다.

　"이 격문을 누가 지었다더냐?"

조홍이 대답한다.

"듣건대 진임이 지었다고 합니다."

조조는 껄껄 웃으며,

"원래 글이란 무략武略이 따라야 효과를 거둘 수 있다. 진임의 글 솜씨는 대단하나, 원소의 무략이 부족하니 별수없다."

하고 모든 모사를 모으고 장차 싸울 일을 상의했다.

이때 북해 태수 공융은 장군으로 승격되어 잠시 허도에 머물러 있었는데, 원소의 군사가 쳐들어올 것이라는 소문을 듣자 승상부로 갔다.

"원소의 세력이 매우 크니, 공연히 싸울 것이 아니라 오로지 화해하도록 하십시오."

곁에서 순욱이 조조 대신 대답한다.

"원소는 아무데도 쓸데없는 사람인데, 왜 하필이면 화해하라 하시오?"

공융이 되묻는다.

"원소의 땅은 크고 그 백성들은 강하며, 그 부하 허유·곽도·심배·봉기는 지혜가 뛰어난 모사이며, 전풍·저수는 충신이며, 안양·문추는 하북의 맹장猛將이요, 그 외에 고남高覽·장극長沕·곽우경郭于瓊 등도 뛰어난 장수인데, 어찌 원소를 쓸데없는 사람이라 하시오?"

순욱은 빙긋 웃고 대답한다.

"원소의 군사는 많지만 질서가 없고, 전풍은 억세지만 윗사람에게 반항하기가 일쑤고, 허유는 욕심만 많을 뿐 지혜가 없고, 안양과 문추는 하잘것없는 용기뿐이니 한 번 싸워 단번에 잡을 수 있는즉, 그 밖의 녹록한 무리들이야 백만이 있은들 무엇에 쓰겠소."

공융은 대답을 못한다. 조조는 크게 웃는다.

"우리 순욱의 짐작에서 아무도 벗어나지 못하리라."

조조는 드디어 전군前軍 유대劉岱와 후군後軍 왕충王忠을 불러 분부한다.

"승상의 기를 내세워 서주로 가서 유비를 공격하라."

원래 유대는 연주 자사였는데, 연주가 함락됐을 때 조조에게 항복하고 편장偏將이 된 사람이었다. 그래서 조조는 유대에게 왕충과 함께 군사를 거느리고 가도록 한 것이다.

장차, 조조는 친히 20만 대군을 거느리고 여양 땅으로 나아가 원소를 막을 작정이었다.

정욱이 말한다.

"유대와 왕충이 책임을 능히 완수할 수 있을지 모르겠습니다."

"나도 그들이 유비의 적수가 못 된다는 것은 알지만 허장성세로 임시방편을 써본 것이다."

조조는 다시 유대와 왕충을 불러 분부한다.

"이번에 가서는 경솔히 쳐들어가지 말라. 내가 원소를 격파하고 곧 서주로 갈 터인즉, 그리 알아라."

이에 유대와 왕충이 군사를 거느리고 서주로 떠나가는 동시에, 조조도 대군을 거느리고 여양 땅으로 나아간다.

그러나 조조와 원소는 80리 거리를 사이에 두고 각기 참호를 깊이 파서 보루만 높이 쌓을 뿐 싸우지 않았다. 이러구러 8월에서 10월에 이르도록 서로 노려만 보고 있었다.

그 동안에 원소의 군중 내막은 어떠했던가. 원래 허유는 심배가 군사를 거느리게 된 것에 대해서 불만이었다. 또 저수는 원소가 자기 계책대로 하지 않아서 불평이 대단하였다. 그들은 서로 화합하지 못하여 나아가 싸우려 하지 않았고 원소도 또한 여러 가지로 주저하느라고 진격하지 않았다.

이때 조조는 지난날 여포 밑에 있다가 항복한 장수 장패를 불러 청주와 서주 방면을 경비하게 하고, 우금과 이전을 황하 상류로 보내어 주둔케 하는 한편, 조인曹仁에게 대군의 지휘권을 맡겨 관도官渡 나루에 주둔

左: 分兵拒守秋深風捲渡河旗

右: 高壘抗衡天闊雲連排陣馬 / 曹操分兵拒袁紹

원소를 토벌하려고 대군을 일으킨 조조

하게 하였다. 조조 자신은 일지군만 거느린 채 마침내 허도로 돌아갔다.

한편, 유대와 왕충은 어찌 되었는가. 그들은 군사 5만을 거느리고 가서 서주를 백 리 앞두고 영채를 세운 뒤에 중군中軍으로 하여금 승상기丞相旗를 세워 허장성세할 뿐 감히 진격하지 못했다. 그들은 하북河北 쪽 싸움이 과연 어찌 되었는지 소식이 있기만을 기다렸다.

이때 유현덕도 또한 조조의 계책을 알 수가 없어서 군사를 함부로 움직이지 못하고, 하북 쪽 소식만 기다리는 중이었다.

어느 날, 유대와 왕충은 허도에서 온 사자로부터 즉시 서주를 공격하라는 조조의 명령을 받았다. 유대와 왕충은 진영 안에서 서로 상의한다.

유대는 왕충에게 말한다.

"승상이 서주성을 공격하라는 독촉이니, 자네가 먼저 가서 치게나."

"승상은 자네에게 먼저 가서 치라고 하지 않았는가?"

"나는 주장主將이니, 어찌 먼저 갈 수 있으리요."

"그럼 나와 자네가 함께 가세."

유대가 대답한다.

"그럼 제비를 뽑아서 정하기로 하지."

두 장수는 제비를 뽑은 결과, 왕충이 먼저 가게 되어서 군사 반을 거느리고 서주로 쳐들어간다.

유현덕은 적군이 온다는 보고를 받자 진등과 상의한다.

"원소가 여양 땅까지 왔으면서도 모사들의 불화로 아직 싸움을 않는다던데, 그럼 조조는 어디에 있는 것일까. 소문에 의하면 여양 땅에 온 조조의 군사에게는 조조의 기가 없고, 이리로 오는 적군에게는 조조의 기가 있다니 웬일일까?"

진등은 대답한다.

"조조는 반드시 하북에서 원소와 싸울 일을 중요시하고 거기 가서 있으면서도, 워낙 속임수를 잘 쓰기 때문에 자기 기를 내세우지 않고 이곳으로 자기 기를 내세운 것이니, 제 생각으로는 이쪽에 조조가 없는 것이 분명합니다."

유현덕은 관운장과 장비에게 묻는다.

"두 동생 중에서 누가 가서 적의 내막을 알아오겠는가?"

장비가 벌떡 일어선다.

"제가 가리다."

"너는 성미가 난폭하고 조급하니 그만두어라."

"가서 조조만 있으면 당장에 잡아올 테니 보십시오."

관운장이 말한다.

"그럼 제가 가서 동정을 보고 오리다."

유현덕은 머리를 끄덕인다.

"운장이 간다면 나도 마음을 놓겠다."

이에 관운장은 군사 3천을 거느리고 서주를 떠나갔다. 이때가 초겨울이라, 음산한 구름이 가득히 퍼지더니 흰 눈이 꽃잎처럼 휘날린다. 관운장과 군사들은 눈보라를 무릅쓰며 진을 세웠다.

관운장은 칼을 들고 나서며 크게 외친다.

"왕충은 나와서 나와 수작하라."

이윽고 왕충이 나와서 말한다.

"승상께서 이곳까지 오셨거늘, 너희들은 어째서 항복하지 않느냐?"

관운장이 대답한다.

"청컨대 승상이 왔거든 직접 출진하라고 하여라. 내가 할말이 있노라."

"승상께서 어찌 너 같은 자와 경솔히 대하리요."

관운장이 분노하여 곧바로 달려드니, 왕충은 창을 쳐들고 내닫는다. 관운장은 싸우다가 문득 말 머리를 돌려 달아난다. 왕충이 기를 쓰며 뒤를 쫓아 산마루를 넘자, 달아나던 관운장이 갑자기 말을 돌려 세우더니 크게 소리를 지르고 춤추듯 칼을 휘두르면서 달려든다. 왕충은 관운장의 칼을 막지 못하여 달아나려 한다. 관운장은 칼을 왼손으로 바꾸어 들더니, 어느새 오른손을 뻗어 왕충의 갑옷 끈을 움켜잡고 말 안장에서 끌어내린 뒤에 다시 가벼이 말 위로 끌어올려 겨드랑이에 끼고 진영으로 돌아온다. 왕충의 군사들은 장수가 그 모양으로 잡혀가는 꼴을 보자 사방으로 흩어져 달아났다.

관운장은 왕충을 서주로 데려와서 유현덕을 뵙게 했다. 유현덕이 묻는다.

"너는 누구며 현재 무슨 벼슬에 있으며, 어째서 조승상이 왔다고 우리에게 속임수를 쓰느냐?"

왕충이 대답한다.

"저희들이 어찌 감히 속임수를 쓰겠습니까. 조승상이 그렇게 하라고 분부하기에 그대로 한 것뿐이오며, 조승상은 여기에 없습니다."

유현덕은 왕충에게 의복과 술과 음식을 내주고 잠시 감금시키도록 하고, 유대까지 사로잡은 이후에 다시 상의하기로 했다.

관운장은 말한다.

"저는 형님이 화해할 뜻이 있는 줄 알았기 때문에, 왕충을 사로잡아왔습니다."

유현덕이 대답한다.

"나는 익덕(장비의 자)이 사납고 조급해서 왕충을 죽일까 염려하고 보내지 않았는데, 사실 그런 것들은 죽여도 아무 소용이 없으니, 그저 살려뒀다가 화해하는 데나 쓸까 한다."

장비가 나선다.

"운장 형님이 왕충을 잡아왔으니, 나는 유대를 잡아오겠소."

유현덕이 타이른다.

"유대는 지난날 연주 자사까지 지낸 사람이요, 호뢰관虎牢關에서 동탁을 칠 때에는 제후의 하나로서 참가했던 사람이다. 비록 그가 지금은 몰락해서 조조의 전군前軍이 됐지만 경솔히 대적할 인물은 아니다."

장비가 대답한다.

"그까짓 걸 형님은 뭘 염려하십니까. 나도 운장 형님처럼 사로잡아올 테니 두고 보십시오."

현덕은 주저한다.

"공연히 유대를 죽이고 중대한 일까지 망칠까 두렵구나."

"제가 유대를 죽이면 대신 제 목을 바치겠소."

현덕은 그제야 장비에게 군사 3천 명을 주었다. 장비는 즉시 군사를 거느리고 떠나갔다.

한편 유대는 왕충이 붙들려간 것을 안 뒤로, 진을 굳게 지키면서 나가지 않았다.

장비는 날마다 유대의 진영 앞에 와서 갖은 욕설을 퍼부었다. 그러나 유대는 장비가 온 줄 알고는 나갈 생각조차 하지 않았다.

며칠이 지났다. 장비는 유대가 그래도 나오지 않는 것을 보자, 계책 하나를 생각해내고 명령한다.

"오늘 밤 2경에 적의 영채를 공격할 것이니 그리 알라."

대낮에 장비는 장중에서 술을 마시고 취한 체하면서, 군사들 중에서 허물 있는 자를 가려내어 호되게 매질한 뒤, 진영 안에 비끄러매두었다. 장비는

"오늘 밤 적의 진영을 치러 갈 때, 너를 죽여 기旗에 제사지낼 테니 그런 줄 알아라."

하고, 몰래 좌우 부하들에게 그 군사를 풀어주어 도망 보내도록 일렀다.

이리하여 그 군사는 죽는 줄 알았다가 풀려나게 되자, 유대의 진영으로 도망가서 오늘 밤에 장비가 공격할 것이라고 일러바쳤다.

유대는 도망 온 장비의 군사가 얼마나 호되게 맞았는지 전신에 입은 중상을 보고서야 그 말을 곧이듣고, 진영을 비운 뒤에 모든 군사를 바깥에 매복시켰다.

그날 밤 장비는 군사를 세 길로 나누어 중간 군사 30여 명으로 하여금 적의 영채에 불을 지르게 하고, 양쪽 군사들에게는 적의 영채에서 오르는 불길을 신호로 삼아 협공하도록 일렀다.

밤 2경이 되자 장비는 친히 날쌘 군사를 거느리고 가서, 먼저 유대가 달아나지 못하도록 뒷길을 끊었다. 동시에 중간 군사 30여 명이 일제히 적의 영채로 돌격하여 사방에 불을 지르자, 지금까지 바깥에서 매복하고 기다리던 유대의 복병들이 뒤따라 쳐들어가는데, 장비의 군사들이

유대를 맨손으로 잡아 돌아가는 장비. 왼쪽 위는 관우

좌우에서 내달아와 무찌른다. 유대의 군사는 정신을 잃고 스스로 혼란한 중에 적군이 얼마나 많은지를 몰라 각기 흩어져 달아난다.

유대는 1대의 패잔병을 거느리고 길을 찾아 달아나다가 좁은 길에서 바로 장비와 마주쳤다. 유대는 이미 피할 수 없음을 깨닫자 장비에게 달려든다. 그러나 싸운 지 겨우 1합에 어느새 장비에게 사로잡히니, 남은 군사들은 모두 항복하고 말았다.

장비는 먼저 사람을 서주로 보내어 결과를 보고했다. 유현덕은 장비가 유대를 사로잡았다는 자세한 보고를 듣자, 관운장에게

"익덕이 원래 거칠고 사납더니, 이제는 계책까지 쓸 줄 아는구나. 이제야 근심이 없다."

하고 친히 서주성 바깥까지 나가서 장비를 영접했다.

장비는 자랑한다.

"형님은 저더러 늘 난폭하며 조급하다고 책망하셨는데, 오늘 제 솜씨는 어떻습니까?"

현덕이 대답한다.

"내가 과격한 말로 주의를 주지 않았던들, 네가 어찌 그런 꾀를 낼 수 있었겠느냐?"

이 말을 듣자 장비는 크게 껄껄 웃는다. 이윽고 유현덕은 잡혀오는 유대를 보자 황망히 말에서 내려 친히 그 결박을 풀어주며,

"나의 동생 장비가 버릇없는 짓을 저질렀으니, 바라건대 널리 용서하시라."

하고 성안으로 데리고 들어가서, 왕충을 석방하고 두 사람을 극진히 대접했다.

유현덕이 말한다.

"지난날 차주가 나를 없애려 하기에 부득이 그를 죽인 것인데, 승상은 내가 무슨 배반이라도 한 줄로 착각하고 두 장군을 보내어 나를 치니, 참으로 억울하오. 나는 승상의 큰 은혜를 입었으므로 늘 보답할 일을 생각하였을 뿐, 어찌 감히 배반할 리가 있겠소. 두 장군은 허도에 돌아가거든 승상께 이 유비의 심정을 잘 말씀 드려주시오. 그러면 유비는 천만다행이겠소."

유대와 왕충은 대답한다.

"우리는 귀공께서 죽이지 않으시는 깊은 은혜를 입었으니, 돌아가서 마땅히 승상께 실정을 잘 말씀 드리고, 우리 두 사람의 가족을 볼모로 잡히는 일이 있더라도 귀공을 위해서 극력 주선하리다."

유현덕은 유대와 왕충에게 감사한다. 이튿날 유현덕은 그들의 군사와 말을 다 돌려주고 서주성 바깥까지 나가서 전송했다.

유대와 왕충이 서주를 떠나 10여 리쯤 갔을 때였다. 갑자기 난데없이

북소리가 일어나더니, 장비가 나타나 길을 막고 크게 외친다.

"우리 형님은 참 분별을 못하시는도다. 애써 잡은 적장을 어째서 이렇듯 놓아 보낼까!"

유대와 왕충은 말 위에서 벌벌 떨기만 한다. 장비가 고리눈을 부릅뜨며 창을 꼬느어 들고 내닫는데, 등뒤에서 한 사람이 나는 듯이 말을 달려 나오며 크게 외친다.

"아우는 무례한 짓을 말라!"

장비가 돌아보니 관운장이 온다. 유대와 왕충은 그제야 겨우 안심한다. 관운장이 말한다.

"형님이 놓아 보내신 사람들인데 동생은 어째서 법령을 어기느냐."

장비가 투덜댄다.

"이것들을 놓아 보내면 다음에 또 올 것이니, 이 참에 아주 없애버립시다."

관운장은 타이른다.

"다시 오면 그때 처치해도 늦지는 않으리라."

유대와 왕충은 거듭 고한다.

"조승상이 저희들의 삼족을 멸한다고 해도 다시는 오지 않으리다. 그 점만은 안심하시고 살려주십시오."

장비가 으름짱을 놓는다.

"조조가 오기만 와봐라, 내가 살려서 돌려보내지는 않을 것이다. 이번만은 특별히 너희들의 목을 도려내지 않고 그냥 돌려보낸다."

유대와 왕중은 머리를 감싸고 달아났다.

관운장과 장비는 돌아와서 유현덕에게 말한다.

"조조가 반드시 우리를 치러 올 것입니다."

손건이 제의한다.

"서주는 공격을 받기 쉬우니 오래 있을 곳이 못 됩니다. 군사의 일부를 소패 땅으로 주둔시키고 하비성에도 주둔시켜 서로 긴밀히 연락을 취하면서 조조를 막도록 하십시오."

유현덕은 손건의 말대로 관운장을 하비성으로 보내면서, 감부인甘夫人과 미부인糜夫人을 함께 가도록 했다. 서주보다는 하비 땅이 안전할 것 같아서 그렇게 한 것이다. 유현덕의 두 부인 중 감부인은 원래 소패 땅 출신이요, 미부인은 미축의 여동생이었다. 손건·간옹·미축·미방은 서주성을 지키고, 유현덕은 장비와 함께 소패 땅에 가서 주둔했다.

한편 유대와 왕충은 허도에 돌아가서 조조에게,

"유비는 승상을 결코 배반한 적이 없었습니다. 우리가 그 사실을 알아 왔습니다."

하고 유현덕을 위해서 변명한다.

조조는 격분하여,

"국가 체면을 손상한 놈들아! 너희들을 그대로 둔들 무엇에 쓰리요."

꾸짖고 좌우 무사들에게,

"저 두 놈을 끌어내어 당장에 참하라."

하고 호령하니,

개와 돼지가 어찌 범과 싸울 수 있으리요.
물고기와 새우 따위가 공연히 용과 겨뤘다.
犬豕何堪共虎鬪
魚鰕空自與龍爭

유대와 왕충 두 사람의 목숨은 어찌 될 것인가.

【3권에서 계속】

290

三國志演義 부록

2

◉ ─ 일러두기

1. 「나오는 사람들」은 역자가 직접 작성한 것이다.
2. 「간추린 사전」은 『삼국지연의』 전문 연구가 정원기 교수의 자문을 토대로 구
   성하였다.

나오는 사람들

공융孔融 | 153-208 | 자는 문거文擧. 북해 태수. 황건의 난 때 제후로 출전, 유비를 천거하였다. 학식과 덕망이 높아 뭇사람 의 추앙을 받았다. 후일 조조 수하에서 바른말을 하다가 죽음을 당한다.

곽가郭嘉 자는 봉효奉孝. 조조의 모사. 여 포 및 원소를 멸하는 데 크게 공헌했으나 38세로 요절한다.

동승董承 | ?-200 | 동귀비의 오라버니로 헌제의 밀서를 받아 조조를 치려다가 일 이 사전에 누설되어 누이 동귀비와 함께 죽음을 당한다.

만총滿寵 | ?-242 | 자는 백녕伯寧. 조조의 모사. 유엽의 천거로 조조의 휘하에 들 어와 많은 공을 세운다. 서황을 달래어 조조를 섬기게 하였고, 번성의 조인이 관우에게 포위당했을 때도 끝까지 지키 게 하였다. 벼슬이 태위에 이른다.

문추文醜 | ?-200 | 원소의 맹장. 조조의 장수인 장요·서황 등을 물리쳐 용맹을 떨쳤으나, 조조에게 잠시 의탁해 있던 관우에게 어이없이 죽고 만다.

복완伏完 복황후의 아버지. 복황후의 친 서를 받아 조조의 세력을 제거하려다 일 족이 죽음을 당한다.

손건孫乾 | ?-214 | 자는 공우公祐. 유비의 모사. 일찍이 유비가 서주에 있을 때부터 그를 따랐는데, 외교 방면에서 크게 활약 한다.

손권孫權 | 182-252 | 자는 중모仲謀. 오의 초대 황제. 시호는 대황제. 일찍이 영웅 의 기상이 있어 부형의 대업을 이어받아 강동에 웅거한다. 촉과 우호를 맺으면서 위의 침입에 전력하였다. 수하의 뛰어난 문무 신하들이 보좌하여 위·촉에 이어 황제로 즉위한다.

손책孫策 | 175-200 | 자는 백부伯符. 손견 의 장자이자 손권의 형. 손견이 죽자 원 술에게 잠시 의탁해 있다가 손견을 섬기 던 이들의 도움을 얻어 동오로 들어가기

반을 닦는다. 그러나 웅지를 펴보지 못하고 26세로 요절한다.

심배審配 | **?-204** | 자는 정남正南. 원소의 모사. 원소가 죽은 후 원상을 도와 조조 및 원담과 싸웠다. 그러나 조조의 큰 형세를 당할 수 없어 붙잡혀 항복을 권유받았으나, 끝내 굽히지 않고 죽음을 택한다.

악진樂進 | **?-218** | 자는 문겸文謙. 조조의 장수. 일찍부터 조조를 도와 여러 차례 큰 공을 세운다. 적벽 대전 이후 오를 침입했을 때 손권의 장수 송겸·가화 등을 베어 용맹을 떨치기도 한다.

안양顏良 | **?-200** | 원소의 맹장. 문추와 함께 하북의 맹장으로 크게 이름을 떨쳤다. 조조와 싸울 때 송헌, 위속 등을 베어 감히 그를 대적할 자가 없었다. 그러나 이때 조조에게 잠시 의탁해 있던 관우에게 어이없이 죽는다.

양봉楊奉 | **?-197** | 원래 동탁의 수하였으나, 이각·곽사의 횡포를 보자 그들과 맞서 천자를 돕는다. 그러나 조조가 세력을 잡자, 원술에게 갔다가 다시 여포에게 의탁한다. 여포가 양봉과 한섬에게 산동을 맡겼는데, 이들이 이곳에서 노략질을 일삼자 유비가 토벌한 후 양봉을 잡아죽인다.

엄백호嚴白虎 일찍이 동오에서 세력을 키워 기반을 닦더니, 오래지 않아 스스로 덕왕이라 칭하였다. 이때 강동을 차지한 손책의 침입을 받아 여러 차례 패한 끝에 동습의 손에 죽음을 당한다.

여포呂布 | **?-198** | 자는 봉선奉先. 변화무쌍하여 일찍이 의부 정원을 죽이고 동탁을 섬겼으며, 그 후 왕윤과 초선의 연환계에 빠져 의부 동탁마저 죽인다. 그러나 동탁의 잔당 이각·곽사의 난을 피해 떠돌아다니다가 하비 전투 때 조조에게 잡혀 죽는다.

우금于禁 | **?-221** | 자는 문칙文則. 조조의 용장. 일찍부터 조조를 위기에서 구하는 등 많은 공을 세웠다. 장수와 싸울 때 뛰어난 공을 세워 조조의 특별한 신임을 받는다. 그러나 형주에서 관우에게 패해 사로잡혔다가 풀려 나온 뒤 울분 끝에 죽는다.

원담袁譚 | **?-205** | 자는 현사顯思. 원소의 장자. 원소가 후처 소생인 셋째 아들 원상을 총애하여 그에게 뒤를 잇게 하려는 것을 알고 형제가 반목한다. 원소가 조조에게 패하여 진중에서 죽자, 자리 다툼으로 분란을 일으키다가 조조의 손에 죽는다.

오부伍孚 | **?-190** | 자는 덕유德瑜. 월기교위. 동탁의 잔학함을 보고 분함을 이기지 못해 동탁 시해를 도모하다가 결국 죽

음을 당한다.

원소袁紹 | **?-202** | 자는 본초本初. 명문 귀족 출신이라는 후광으로 일찍부터 하북에서 기반을 닦는다. 일찍이 하진을 도와 환관들을 죽였으며, 동탁을 칠 때에는 17제후의 맹주였다. 이어 공손찬을 멸하고 조조와 맞섰으나, 여러 차례 패한 끝에 진중에서 죽는다.

유비劉備 | **161-223** | 자는 현덕玄德. 촉의 황제. 한 황실의 종친으로 원래부터 큰 뜻을 품은 영웅이었다. 황건의 난 때 관우·장비와 도원결의하고 거병한 이래 제갈량을 얻음으로써 비로소 천하를 삼분, 촉에 근거하였다. 그러나 관우의 원수를 갚고자 오를 치다가 패하여 백제성에서 죽는다.

유표劉表 | **142-208** | 자는 경승景升. 형주 자사. 형주에 웅거하며 오와 자주 싸웠다. 유비가 조조에게 쫓겨 그를 의지할 때 예의로써 대우하였다. 유비에게 뒷일을 부탁하였으나, 후처 채부인의 모략으로 번민하다 죽는다.

저수沮授 | **?-200** | 원소의 모사. 뛰어난 지모로 원소를 도왔으나, 편협한 원소의 미움을 받아 옥에 갇힌다. 원소를 멸한 조조가 항복하기를 권하였으나, 거절하고 몰래 말을 훔쳐 달아나다가 붙잡혀 죽는다.

전위典韋 | **?-197** | 조조의 용장. 충성스럽고 용맹하여 조조의 호위를 맡았다. 조조가 완성에서 장수의 기습을 받아 위급할 때 끝까지 조조를 호위하다가 무수한 화살을 맞고 죽는다.

전풍田豊 | **?-200** | 자는 원호元皓. 원소의 모사. 지모가 뛰어나고 강직하였으나, 여러 차례 원소에게 바른말을 하여 미움을 산다. 조조를 공격하려는 원소에게 간언하다 하옥되었다. 조조와 싸우다 크게 패하여 그를 보기 부끄러워하던 원소에게 도리어 죽음을 당한다.

정보程普 자는 덕모德謀. 손견·손책·손권을 도와 많은 공을 세운다. 한때 주유가 대도독이 되자 불복하였으나, 그가 뛰어난 인물임을 알고 흔연히 승복하였다.

정현鄭玄 | **127-200** | 자는 강성康成. 한의 대학자. 일찍이 상서직에 있었으나, 십상시의 난을 피해 고향에 은거한다. 유비의 스승으로 유비가 곤경에 처했을 때 여러 가지로 도와준다.

조조曹操 | **155-220** | 자는 맹덕孟德. 위왕. 황건의 난에서 그 뜻을 세운 이래 뛰어난 지모와 웅지를 품고 천하를 종횡으로 달려 마침내 뜻을 이룬다. 그러나 위왕이 된 지 4년 만에 문무 신하들에게 아들 조비를 부탁하고 세상을 떠난다.

진궁陳宮 | **?-198** | 자는 공대公臺. 한때 조조를 구해주기도 했으나, 조조가 여백사 일가를 무참히 죽이는 것을 보고는 그를 떠난다. 뒤에 여포를 따르다가 조조에게 잡혔는데 의를 굽히지 않고 죽는다.

진등陳登 자는 원룡元龍. 부친 진규와 함께 도겸·유비·여포 등을 도왔다. 그러나 조조와 만난 후로 여포를 없애는 데 큰 역할을 한다.

진임陳琳 | **?-217** | 자는 공장孔璋. 문장이 뛰어났는데, 특히 원소가 조조를 칠 때 쓴 격문은 유명하다. 원소를 물리친 조조가 그를 잡아죽이려 하였으나, 그의 재능을 아껴 종사로 삼는다.

하후돈夏侯惇 | **?-220** | 자는 원양元讓. 조조의 맹장. 일찍부터 조조를 도와 많은 공을 세운다. 일찍이 여포의 장수 조성이 쏜 화살이 눈에 맞았는데, 화살과 함께 뽑혀 나온 자기 눈알을 씹어 삼킨 일화로 유명하다.

허유許攸 | **?-204** | 자는 자원子遠. 원소의 모사였으나 원소가 그의 계책을 듣지 않자 조조에게 가 원소를 멸망시키는 데 큰 공을 세웠다. 그러나 사람됨이 경박하여 뭇사람의 미움을 받았고, 결국 허저의 손에 죽는다.

헌제獻帝 | **181-234** | 자는 백화伯和. 한의 마지막 황제. 9세 때 동탁에 의해 황제가 된 후 일생을 불운하게 보낸다. 후일 조비에게 제위를 빼앗겼으며, 54세로 비운의 일생을 마친다.

간추린 사전

◉ ─ **고조보관중**高祖保關中

　　조조가 부친의 원수를 갚기 위해 서주를 공격하려 하자, 순욱은 후방 근거지인 연
　　주마저 잃을까 염려하여 연주를 관중에 비유했다.(12회)

고조 유방이 천하를 놓고 항우와 서로 다툴 때, 신하 소하蕭何에게 관중을 지키게 하
여 후방의 근거로 삼았다.

◉ ─ **광무거하내**光武据河內

　　조조가 부친의 원수를 갚기 위해 서주를 공격하려 하자, 순욱이 후방 근거지인 연
　　주마저 잃을까 염려하여 연주를 하내에 비유했다.(12회)

광무제 유수劉秀가 황하 이북 지역을 다스릴 때, 구순寇恂에게 하내河內를 점거하고
지키게 하여 후방의 근거로 삼았다.

◉ ─ **반간계**反間計

　　양표는 이각·곽사의 난을 평정하기 위해 헌제에게 반간계를 제안하여 내분을 조
　　장함으로써 난을 진압할 수 있었다.(13회)

36계 중 제33계. 거짓 정보를 유출함으로써 적의 판단력을 흐리게 하여 적진에 내분
이 일어나게 하는 병법이다. 반간계에는 크게 두 가지 방법이 있다. 하나는 적의 관
리를 매수하여 아군의 간첩으로 삼는 방법이고, 다른 하나는 적의 간첩에게 거짓 정

보를 흘려 허위 보고하게 하는 방법이다.

● ─ 원문轅門

여포는 원문 가운데에 창을 세워놓고 먼 거리에서 활로 쏘아 맞혀 유비와 원술의 싸움을 중재했다.(16회)

장수將帥의 영문營門 혹은 관서官署의 외문外門을 가리킨다. 처음에는 고대의 제왕이 순행을 하거나 사냥하면서 밖에서 노숙할 때, 반원형의 문을 만든 것이 원문이었다.

● ─ 주후직적덕누공周后稷積德累功

원술이 황제의 위에 오를 뜻을 보이자, 주부 염상은 원술을 만류하기 위해 은나라에 신하 노릇했던 주 문왕의 예를 들면서 주의 시조 후직에 대해서도 함께 언급하였다.(17회)

후직后稷은 성이 희姬이고 이름은 기棄이며 주周 부족의 시조이다. 그는 어려서부터 농작물 심기를 좋아했는데, 그 성과가 현저하였다. 이 때문에 일찍이 요堯와 순舜의 농관農官을 지내면서 백성들에게 경작을 가르쳐 공덕을 쌓아 후에 중국의 농업신農業神으로 받들어졌다.

● ─ 성인신뢰풍열필변聖人迅雷風烈必變

유비가 젓가락을 떨어뜨리는 것을 보고, 조조가 유비에게 대장부도 뇌성벽력을 무서워하느냐고 묻자, 유비는 자신을 공자와 비교하여 위기를 모면했다.(21회)

출전은『논어論語』「향당鄕黨」편이다. 성인은 공자孔子를 말한다. 이 말은 공자가 천둥과 폭풍을 만나면 반드시 얼굴색을 바꿈으로써 하늘에 대한 경외를 표시했다는 뜻이다.

三國志演義 ②

구판 1쇄 발행 2000년 7월 20일
개정신판 1쇄 발행 2003년 7월 8일
개정신판 8쇄 발행 2023년 12월 29일

지 은 이 | 나관중
옮 긴 이 | 김구용
펴 낸 이 | 임양묵
펴 낸 곳 | 솔출판사
책임편집 | 임우기

주   소 | 서울시 마포구 와우산로29가길 80(서교동)
전   화 | 02-332-1526
팩   스 | 02-332-1529
이 메 일 | solbook@solbook.co.kr
홈페이지 | www.solbook.co.kr
출판등록 | 1990년 9월 15일 제10-420호

ISBN 978-89-8133-649-3 04820
ISBN 979-11-6020-016-4 (세트)

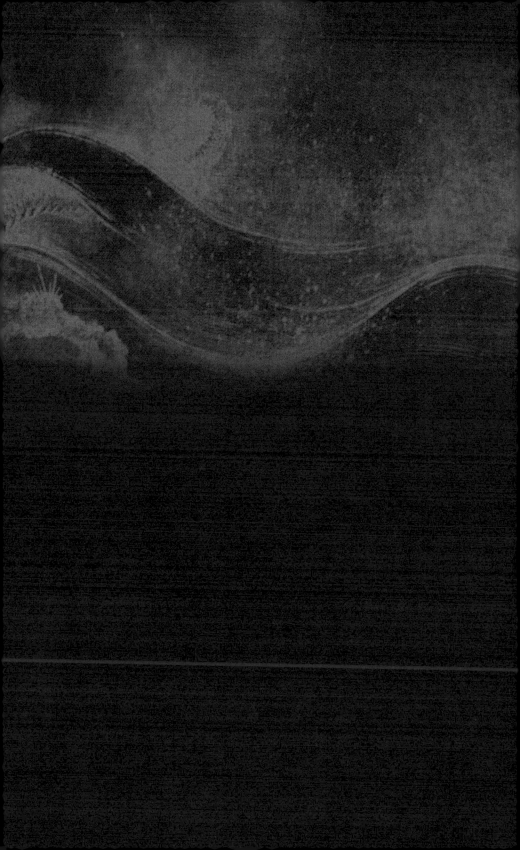